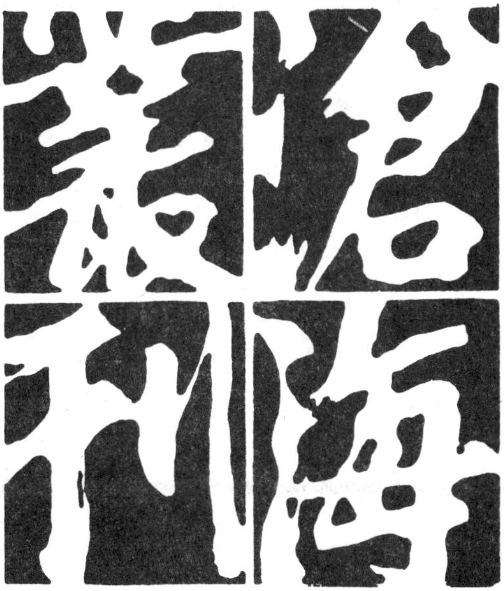

漢賦史論

簡宗梧 著

東大圖書公司 印行

國立中央圖書館出版品預行編目資料

漢賦史論／簡宗梧著.--初版.--臺北
市：東大發行：三民總經銷，民82
面；　公分.--（滄海叢刊）
ISBN 957-19-1498-3（精裝）
ISBN 957-19-1499-1（平裝）

1.辭賦-歷史-漢（公元前202-公元220）

820.92　　　　82002218

著　者　簡宗梧
發行人　劉仲文
著作財產權人　東大圖書股份有限公司
總經銷　三民書局股份有限公司
印刷所　東大圖書股份有限公司
地址／臺北市重慶南路一段
六十一號二樓
郵撥／〇一〇七一七五　〇號
初　版　中華民國八十二年五月
編　號　E 82065
基本定
行政院新　九七號

ISBN 957-1

自序

本書共收十一篇論文，是筆者十六年來有關漢賦的第三本論著。第一部是一九七五年十二月完成，並於次年五月通過教育部博士學位考試的《司馬相如揚雄及其賦之研究》；第二部是一九八〇年十二月，由文史哲出版社出版的《漢賦源流與價值之商榷》。

本書所收各文，大多是各就一個問題去抽繭剝蕉，或是從一個角度去發現柳暗花明，沒有賦史應有的整體架構與規模，所以取名史論，不敢直稱爲史。大致而言，這十一篇論文，探討了漢賦史兩方面的問題：一是有關漢賦史料，其次是有關漢賦本質與特性之發展。完全著眼於文學史問題的解決，以及漢賦在文學史的角色定位，而不涉及漢賦欣賞與其文學價值的闡發，這是與前兩本著作不同的地方。本書卽以前述兩方面爲綱，分爲上下編。

上編《漢賦史料之編纂與考辨》，是由七篇論文所組成。

首篇〈編纂全漢賦之商榷〉：由於《全唐詩》、《全宋詞》等一代文學總集早已問世，《全漢賦》卻遲遲不見蹤影，乃撰此文，分析編彙《全漢賦》的必要，爲它催生。因爲《全漢賦》的編纂，要比《全唐詩》、《全宋詞》困難得多，爲避免從事此項工作的人，重蹈《御定歷代賦彙》的覆轍，故不避野人獻曝之譏，乃將編纂時可能遭遇的問題，一一列舉，探討其因應解決之道。其中涵蓋賦類界定與要件問題、材料來源與異文問題、作者歸屬與眞僞問題、作品殘全與輯佚、斷代、編次等問題，這對研究漢賦及有意編纂《全漢賦》者，或將有所助益。本論文在一九八九年十二月發表於《國立政治大學學報》。如今收入本書，做爲探討漢賦史料的總論。

其次是〈運用音韻辨辭賦眞僞之商榷〉及〈美人賦辨證〉與〈長門賦辨證〉。今傳的漢賦篇章，眞僞雜陳，而作品眞僞考辨，原本就是文學或文學史研究的首要工作。歷來對辭賦的辨僞，大多做語言特色的分析、故實用典的考覈、相關史料的徵引、或時代思想的研判，但都很難得到確證。司馬相如的〈美人賦〉與〈長門賦〉，是不是僞託之作，就眾說紛紜，莫衷一是。在我撰述博士論文時，曾仔細考辨司馬相如、王褒、揚雄的辭賦韻字，並歸納其用韻特色。於是將〈美人〉、〈長門〉二賦用韻，與其他西漢蜀郡辭賦詳加比較，終於大膽認定二賦是司馬相如的作品。分別撰成二賦之考辨，於一九七三年在《大陸雜誌》發表，曾得張琨院士與丁邦新院士的稱許。張院士任教美國加州柏克萊大學時，曾將二文印發學生，用來說明音韻有辨證文學作品的功能。近年來，筆者與學生探討音韻辨僞法，覺得有必要將它做客觀的分析，檢討以往的成果，探討其先決條件，說明其優越性與有限性。於是撰述〈運用音韻辨辭賦眞僞之商榷〉，於「第七屆全國聲韻學研討會」（一九八九年四月）宣讀，丁邦新院士及會長陳新雄博士都參與了這篇論文的討論，次年「中國聲韻學國際學術研討會暨第八屆全國聲韻學研討會」卽以「聲韻學用於辨析文學作品時代及眞僞」爲會議兩大中心主題之一，可見它已受到普遍的重視。

另外〈高唐賦撰成時代之商榷〉與〈神女賦探究〉二篇所探討的，原不屬於漢賦史的範疇，但〈高唐賦〉與〈神女賦〉關係漢賦發展至鉅，是否爲宋玉的作品，爭辯已久，這兩篇卽以音韻考辨爲主，探討二賦的有關問題。〈高唐賦撰成時代之商榷〉於一九九二年五月在高雄國立中山大學「第二屆國際暨第十屆全國聲韻學研討會」發表；〈神女賦探究〉則於一九九二年十月在香港中文大學「第二屆國際賦學研討會」發表。〈高唐賦〉與〈神女賦〉之眞僞既然是詮釋漢賦發展的重要關鍵，故本書乃予以納入。

史料及作品的考辨，除了辨眞僞之外，著作年代也常常是討論的議題，筆者於是將一九七四年發表於《大陸雜誌》的〈上林賦著作年代之商榷〉，一併收入本書。這篇論文，不但與何沛雄先生的考證相左，也指出王先謙《漢書補注》一些繫年的疏失，立論相當大膽，至於求證是否小心，則有待讀者來審斷。

下編〈漢賦本質與特色之歷史考察〉，是由四篇論文所組成，分別從不同的角度，對漢賦本質與特色的變化加以考察。

首篇〈漢賦爲詩爲文之考辨〉：我國在六朝有所謂文筆之辨，賦當然是文不是筆；唐以後有所謂詩文之分，賦似乎一直被歸之於文，而不歸之於詩。近人寫中國詩史，包括了楚辭和詞曲，卻排除了賦。王力《古漢語通論．賦的構成》則說：「賦的性質在詩和散文之間。」究竟賦該歸在詩的系統，或該歸於文的類別？本篇便是爲賦追溯源流、推究衍變，論其形式、析其內容，並就作家的主觀意識，以及作品客觀形貌，認定它是詩的別支、詩的延伸。多角度觀照的結果，異於一般的歸類，希望這篇有關賦在中國文學史上角色定位的討論，是周延的。本篇在一九八四年發表於《東方雜誌》，原題爲〈漢賦和詩文的關係——賦體屬性之考辨〉，今爲精簡而改題。

其次是〈從揚雄的模擬與開創看賦的發展與影響〉：一般文學史提到揚雄，總認爲他是了無新意的模擬者，因爲「文有所摹，氣有所傷」，於是每下愈況，不足稱道，卻忽略了他致力於通變的心路歷程，以及他變造與開創的豐碩成果。如果我們從文章體類發展的觀點，去檢驗揚雄所有的篇章，便不難發現：他的模擬，竟使那類文章從此「文成法立，備爲一體」；他的變造，竟使這類文章更有品式；他的開創，使文章的體類多所開拓，也使文章辭賦化的影響更爲擴大。所以，他的所有篇章，幾乎都在文學史上有它獨特的地位，有深遠的歷史意義。本篇便是在這個認下逐一檢視揚雄作品的成果，它於一九八六年十一月刊載在前臺中師範校長黃金鰲先生八秩華誕紀念論文集，原題目是〈揚雄在文學上的模擬和開創——從文章體類發展的觀點評估揚雄在文學史的地位〉。一爲精簡醒目，二爲強調賦的影響，如今題目也做了些許的改動。

再次爲〈賦體語言藝術的歷史考察〉：文學是以語文爲媒介所表現的藝術，語文藝術講求的歷史，應是文學史所考察的軌轍，也是文學研究者所矚目的焦點。漢賦是中國文學從口傳轉爲書面文學的初期產物，賦的發展，正當中國文學致力於語言本身——聲音組織與章句結構的藝術的階段。因此，從賦體的演化，不難看出中國語言藝術的發展歷程；同時，探討中國語言藝術發展的理路，也可以解釋和了解賦體演化的現象和原因。因此撰述〈從「鋪張揚厲」到「據事類義」——賦體語言藝術的歷史考察〉，試圖從賦體的題材內容、表現形式，以探討賦體語言藝術的發展脈絡，從而解釋辭賦各階段的特質，及其特質轉變的原因。本文在淡江大學「文學與美學研討會」（一九八九年十月）發表，如今也只取當時的副題爲題目。

又次爲〈從專業賦家的興衰看漢賦特性與演化〉：漢賦原本是昌盛於宮廷的貴遊文學，有一羣背景相似的作者羣，被稱爲言語侍從。他們同爲帝王而創作，於是其作品呈現了某些共同的特色，作者羣的聚散與地位的起落，都使作品產生了變化。從這角度切入，去觀察漢賦，去印證歷史，可以使漢賦的各種特質與其演化的現象，得到相當合理的詮釋，並使漢賦對中國文學的影響，得到具體的確認，因此撰述本文，在本校主辦的「漢代文學與思想學術研討會」（一九九〇年六月）發表，今收錄於末，做爲本書之總結。

如果我們用艾布蘭斯（M. H. Abrams）《鏡與燈》（*The Mirror and the Lamp*）的譬喻和理論架構來說明的話，歷來文學史對於漢賦的敍述，大多著眼於宇宙（universe）與作品（work）間的模仿理論（mimetic theories），強調作品所反映的外在世界，即使提到作品與欣賞者（audience）、藝術家（artist）的關係，也都是「帝王的獎倡」等有關作品產生外在誘因的說明。換句話說，他們都十分重視外在的物質條件，以此去解釋其皮相；忽略了內在的生命力量，罔視其氣脈，更別說去了解它的精神世界了。因此筆者對漢賦的研究，特別強調其生態，偏重作者、讀者與作品的交互影響。前所出版的《漢賦源流與價值之商榷》，比較偏重艾氏所說作品與欣賞者之間的實用理論（pragmatic theories），對漢賦為增強娛樂及諷諭的功能所造成的激盪，做了較多的探討；本書則比較偏重艾氏所說作品與藝術家之間的表現理論（expressive theories），對賦家的內心世界，做較多的探究。艾氏的理論是否周延完美，那是文學批評方面的問題，暫且不去討論，在此只是藉其理論架構，說明本書的特色而已。

最後還需加以說明的是：筆者撰述各篇，並沒有故作新論的意思，只是認為從事學術研究，一方面要吸取前人的研究成果，但另方面也當發掘問題，疑其所當疑，再回頭檢視原始資料，尋求新角度，提出新觀點，使作品或現象得到更合理的詮釋。唯有如此，學術的生機才會蓬勃，研究的成果才能累積，學術的水準才能提昇，所付出的心血才有代價。只要態度客觀、推理縝密，新角度的研究都可能有新的創獲。當然，新跨出的腳步，方向可能偏差；新提出的觀念，思慮可能欠周，論文之所以結集付梓，即期盼有更多的機緣求教於方家，藉指闕糾謬，益我不足，以臻於更圓融的境地。

本書中〈從揚雄的模擬與開創看賦的發展與影響〉、〈賦體語言藝術的歷史考察〉、〈運用音韻辨辭賦眞僞之商榷〉、〈從專業賦家的興衰看漢賦特性與演化〉、〈高唐賦撰成時代之商榷〉等五篇，分別獲行政院國家科學委員會民國七十五、七十八、七十九、八十、八十一學年之研究獎助，這些獎助實爲我致力研究的精神支柱，在此謹表謝忱。

簡宗梧謹識

中華民國八十二年四月
於政治大學中國文學研究所

目次

上編　漢賦史料之編纂與考辨

壹　編纂《全漢賦》之商榷

一、編《全漢賦》之必要

清康熙四十五年（西元一七〇六年），康熙皇帝御定《歷代賦彙》，次年又御製《全唐詩》。一作特定文類篇章的全面蒐錄，一作斷代的限制。前者以類相從，後者以人為綱，體例的改變，對後來影響頗大。嘉慶十九年（西元一八一四年），董誥等奉敕編《全唐文》，以後嚴可均《全上古三代秦漢三國六朝文》、李調元《全五代詩》、丁福保《全漢三國六朝詩》，以至唐圭璋《全宋詞》，無不就特定文類先作斷代，然後以人為綱，編錄其作品。於是唐詩、宋詞等一代文學（注一）皆有全集，甚至唐文、五代詞等全集都已完成，宋詩全集亦在編纂之中（注二），惟獨《全漢賦》竟付闕如。難道是有了《歷代賦彙》，就可以不必有《全漢賦》嗎？或是嚴可均的《全漢文》和《全後漢文》，都蒐錄了賦篇，使《全漢賦》沒有成書的必要呢（注三）？

其實《歷代賦彙》除了體例問題使我們難以窺見漢賦全貌之外，採錄也相當疏漏，只要將其所錄篇章，與嚴可均《全漢文》、《全後漢文》略一比對，卽可見其端倪。《歷代賦彙》於漢賦多取《文選》及張溥《漢魏六朝百三家集》，以爲定本，而嚴可均則「刺取引見之文，以校訛補缺，至乃碎錦殘圭，義不連貫，則爲散條，附當篇之末」（注四），其校讎工夫，使篇章更爲完整，訛誤更爲減少，並且附注異文，使資料更爲精審。蓋前修未密，後出轉精，爲理所當然。不過，嚴可均《全漢文》、《全後漢文》的精審，並不意味著《全漢賦》就沒有編纂的必要。雖然嚴可均已將所有賦篇，置於每位作家作品之首，表面上看來，他區別賦作與其他作品，似乎非常明確。其實不然，嚴氏將文分爲賦、騷、制、誥、詔、敕、璽書、下書、賜書、册、策命、策問、令、教、誓、盟文、對策、對詔、章、表、封事、疏、上書、上言、奏、議、駁、檄、移、符、牒、判、啟、牋、奏記、書、答、對問、設論、設、難、釋難、辨、考、七、記、序、頌、贊、連珠、箴、銘、誡、傳、敘傳、別傳、約、券、誄、哀册、哀辭、墓誌銘、碑、靈表、行狀、弔文、祭文、祝文、題後、雜著等七十類（注五）以爲編次，即可知所謂「賦」的界定範圍，如《歷代賦彙》一樣，極其狹隘，完全是篇名以「賦」稱者爲限。一個漢賦的研究者，如果只取資於此，將使視野大受侷限，無法觀照漢賦發展的全貌。

其他，如賦篇眞僞的考辨、異文的比對取捨，以及賦文或全或缺的考訂，都有待更進一步整理與努力。《全漢賦》之所以未能著手編纂，也許就因爲賦的義界未能取得共識、賦篇眞僞猶待考辨、異文龐雜不知如何取捨、篇章殘全難以考訂，以致難以入手所致。本人探討漢賦多年，乃略述管見，或許對研究漢賦及有意編纂《全漢賦》的人，多少有所助益。

二、賦類界定的問題

《歷代賦彙》和《全上古三代秦漢三國六朝文》所收錄之賦篇，幾乎都是以賦名篇者爲限。《歷代賦彙》對篇名的處理方式是：以它爲賦，就直接以賦爲名。如《史記・屈原賈生列傳》和《漢書・賈誼傳》都說，賈誼被謫爲長沙王太傅，「意不自得，及渡湘水，爲賦以弔屈原」，並載其文辭。於是《歷代賦彙》將它命名爲〈弔屈原賦〉，而收入覽古類；《全漢文》則依《昭明文選》，不歸於賦，而歸於「弔文」。二家對賦界定得十分狹隘，竟也出現歧異，爲賦的範圍做精確的界定，取得共識之難也就由此可知了。

我國爲文章界定類別，從曹丕《典論・論文》的四類，到《昭明文選》的三十八類（或把「難」從「檄」類分出，成爲三十九類）（注六），其寬嚴不同可以想見。其後各家分類難有共識，《唐文粹》分二十二類，是比較折衷的結果（注七）。可是到了清代，似乎有兩極化現象，嚴可均《全上古三代秦漢三國六朝文》分七十類以爲編次，而姚鼐《古文辭類纂》分爲十三類，曾國藩的《經史百家雜鈔》選錄的範圍更廣，卻只分三門十一類。分類的多寡，對各類所涵蓋的範疇，有決定性的影響。依姚鼐《古文辭類纂》，司馬相如的〈難蜀父老〉、〈封禪文〉，東方朔的〈答客難〉、〈非有先生論〉，揚雄的〈解嘲〉、〈解難〉，都歸於賦，那麼賦的範疇就擴大了許多。

判斷作品是不是賦，作者的主觀意識爲最主要之考慮。作者品題稱之爲賦，即該歸之爲賦。即使不合公認的賦體要件，也應該算是賦的變體。作品既然傳世，既然被肯定，我們不但不能將它排除於賦類之外，反而該藉此以考量當時的人稱之爲賦的要件是什麼？

可是漢代文章，作者多未命題，今見之題目，多爲後人所加，所以賈誼〈弔屈原賦〉，或稱〈弔屈原文〉；司馬相如〈封禪文〉，或稱〈封禪書〉(注八)，也莫衷一是，於是賦體客觀要件的認定，就有其必要了。

鄭玄注《周禮．大師》說：「賦之言鋪，直陳今之政教善惡。」是針對詩之六義而發，不是就詞人之賦來說的。《漢書．藝文志》引傳曰：「不歌而誦謂之賦」並說荀子和屈原「皆作賦以風，咸有惻隱古詩之義。」著眼於與詩的傳承和區別上。班固〈兩都賦序〉所謂：「賦者，古詩之流也。」「或以抒下情而通諷諭，或以宣上德而盡忠孝，雍容揄揚，著於後嗣，抑亦雅頌之亞也。」也是與漢人心目中的《詩》，尋求其共相。到劉勰《文心雕龍．詮賦》所謂：「賦者鋪也，鋪采摛文，體物寫志也。」「述主客以首引，極聲貌以窮文。」才從內容與形式，尋求它與其他文類的共相與異相。當然，後世有的執著於題稱，有的重視其內容，有的強調其形式，有的斤斤於異相，有的放眼於共相，於是賦體客觀要件的認定，難以取得共識，賦的範疇也就大小不一了。章學誠的《文史通義》，對賦的特色，做了更明確的敘述：「古之賦家者流，原本《詩》

《騷》，出入戰國諸子。假設問對，《莊》《列》寓言之遺也；恢廓聲勢，蘇、張縱橫之體也；排比諧隱，《韓非・儲說》之屬也；徵材聚事，《呂覽》類務之義也。」姚鼐則重在假說事實，義主託諷。曾國藩則強調有韻。雖然這些都不是必要條件（necessary condition），但多項的共相，就可以做爲賦的充分條件（sufficient condition）。

此外，還有一項不可輕忽的判斷標準，便是漢人心目中的賦，到底含括那些作品？我們編《全漢賦》，當然不能忽視漢代人的看法。《史記・屈原賈生列傳》說屈原「作懷沙之賦」，〈懷沙〉是〈九章〉之一，原本沒有以賦爲名，竟稱之爲賦。漢代人將本非騷體的〈卜居〉、〈漁父〉，同列於《楚辭》，而司馬相如〈長門賦〉、〈大人賦〉、班固〈幽通賦〉、張衡〈思玄賦〉等楚辭騷體的作品，卻稱之爲賦；《漢書・藝文志・詩賦略》首列「屈原賦二十五篇」，與賈誼、枚乘、司馬相如諸人同列；在《漢書・賈誼傳》也說屈原「作〈離騷賦〉」，《漢書・揚雄傳贊》還說「賦莫深於〈離騷〉」（注九）。可見在漢人心目中，所謂楚辭實歸於賦，所以編纂《全漢賦》，是否應編入漢人所作楚辭體的作品，是首先要考量的重要課題。

除了《昭明文選》的騷類、辭類之外，其所謂設論一類，在漢人眼中可能全是賦。許愼《說文解字・氏部》引揚雄〈解嘲〉「響若氏隤」，即稱之爲賦。考設論一類，全是假設問對、恢廓聲勢、排比諧隱、徵材聚事的韻文，稱之爲賦，誰曰不宜？另外，《漢書・王褒傳》稱王褒〈洞簫賦〉爲〈洞簫頌〉（注一〇）；馬融〈長笛賦〉，序稱〈長笛頌〉。所以在漢人心目中，賦與頌也糾纏不清（注一一），使我們對《文選》頌類，不能不重作考量。

我們只要對漢代作者的主觀意識和漢人稱之爲賦者予以尊重，然後訂出賦體的客觀要件，以爲其充分條件，就不難釐析賦的範疇來。大體說來，姚鼐「一以《漢略》爲法」（注一二）的觀念，是值得稱許的。因此《文選》的騷、辭、設論、七、符命及論的一部分，皆該歸之於賦。當然，《古文辭類纂》的歸類，也有值得商榷之處，如賈誼〈弔屈原賦〉歸於哀祭類，不歸於辭賦類，便不無可議。我們只要把握前述的原則，賦與非賦的研判，就不再是太大的難題。走出《歷代賦彙》狹隘的拘限，組合《全漢文》、《全後漢文》碎雜的割裂，看出漢代賦體如何旁衍、如何氾濫、如何造成文章體類的多變與孳乳，那麼對一個中國文學研究者來說，《全漢賦》就比《全唐詩》、《全宋詞》更迫切需要了。

三、材料來源與異文問題

《歷代賦彙》在凡例中說：「秦漢六朝及唐以前之賦，有梁《昭明文選》、《漢魏六朝百三家集》、《賦苑》、《修文御覽》、《文苑英華》、《唐文粹》六種，書內所載甚多，咸爲類次」，當爲其材料之主要來源。而《文選》後人考異者衆，至於《漢魏六朝百三家集》，《四庫全書總目提要》說它「卷帙既繁，不免務得貪多，失於限斷，編錄亦往往無法，考證亦往往未明。」所以其所收者仍不可依信。

嚴可均《全上古三代秦漢三國六朝文》凡例說：「東漢、三國、晉文散見羣書者，各自刪節，往往有文同此篇，從數處采獲，或從數十處采獲，合而訂之，可成完篇，張溥《百三家集》所載魏晉賦亦如此，而《賦彙》即據爲定本。」其所未全，幸賴嚴可均「謹遵此例，剌取引見之文，以校訛補缺。」而能後出轉精。其中所能徵補者，以出於《文選注》爲最多。以張衡的賦爲例：

張衡〈羽獵賦〉在《歷代賦彙》中，看來似乎是完整的，因爲《藝文類聚・六六》和《初學記・二二》，所引相同，但《全後漢文》卻從《御覽・八〇九》輯得「乘瑤珠之雕軒，建輝天之華旗」二句，從《文選・魏文帝芙蓉池作詩・注》輯得「風颯颯其扶輪」，從《文選・陸機漢高祖功臣頌・注》輯得「開閶闔兮坐紫宮」句。

又如在《歷代賦彙》名爲〈觀舞賦〉的，也以完整面貌載於第九二卷。在《全後漢文》除依《文選注》校其異文外，依《後漢書・邊讓傳・注》、《文選・舞賦・注》、《御覽・五七四》輯得「歷七盤而蹤躡」句；依《文選・陸機演連珠・注》輯得「既娛心以悅目」句；依《初學記・一五》及《文選・笙賦・注》輯得「且夫九德之歌」等四十六字，並稱爲〈舞賦〉。

又如極爲人所重視的〈髑髏賦〉，《歷代賦彙》依《古文苑》、《藝文類聚》、《初學記》、《御覽》收在第一九卷，而《全後漢文》則依《文選・郭泰機贈傅玄詩・注》將「飛風曜景，秉尺持刀」八字，插入「不亦輕于塵毛」與「巢許所恥」二句之間。張衡其他僅存逸句，蒐存於

《歷代賦彙》者，如〈扇賦〉與〈定情賦〉，於嚴可均《全後漢文》皆有所增補。

嚴可均《全漢文》、《全後漢文》的賦篇，的確比《歷代賦彙》所錄精審完善，但是這不意味著它已盡善盡美，尤其異文的比對，實在十分粗疏。如司馬相如的〈子虛賦〉、〈上林賦〉，就《史記》、《漢書》、《文選》加以比對，其瑋字異文即達一百六十五字以上（注一三），可是《全漢文》竟無一字之標注。看來嚴可均對史傳所載之賦篇，全不作異文比對之工作（注一四），而史傳所載與《文選》所載，其文字出入頗大，竟隻字不提。若編纂《全漢賦》，基於資料完整精審之考慮，自不可如此。

如司馬相如〈哀秦二世賦〉爲百餘字之短篇，依《史記》本傳所載爲一百五十八字，《漢書》本傳則斬其尾，無「敻邈絕而不齊兮，彌久遠而愈未，精罔閬而飛揚兮，拾九天而永逝，烏乎哀哉！」等五句三十字，其他異文又少五字，所以全賦只一百二十三字。朱熹《楚辭後語》所錄，即依《漢書》。歷來對此或以爲《漢書》刪脫，或以爲《史記》爲後人所妄增，多所爭議（注一五）；此五句之美惡，也見仁見智（注一六）。嚴氏《全漢文》僅就《史記》收錄，未審《漢書》之舛互，其粗疏可見。日後若編《全漢賦》，自當審慎校勘，細心比對，逐一標注，以提供研究者最完整的資料。

最早的第一手資料最可靠，而最晚輯佚的材料卻可能最周全。由於《全上古三代秦漢三國六朝文》其集成也晚，參考資料較多，又都標注資料來源，所以要編纂《全漢賦》，可以此爲藍本。但由於它校勘比對不够細心，所以不能以它爲滿足，不妨按圖索驥，調出《史記》、《漢書》、《後漢書》等較原始材料。《楚辭》、《文選》等較早的選本，固然要派上用場；《藝文類聚》、《初學記》等唐人類書也不可或缺。唐人注《文選》所引的片段資料，則是輯佚和校勘的最佳資源。《太平御覽》、《古文苑》、《漢魏六朝百三家集》、《歷代賦彙》也都有參考價值，《漢魏叢書》也有吉光片羽，彌足珍貴，搜羅愈廣，也就愈爲周善。

至於異文的處理，自當以善本爲骨幹，以其他異文爲附注。如果《史記》與《漢書》所載賦篇出現異文，原本應以《史記》爲藍本，但顏師古《漢書·司馬相如傳·注》說：「近代之讀相如賦者多矣，皆改易文字，競爲音說，致失本眞，徐廣、鄒誕生、諸詮之、陳武之屬是也，今依班書舊文爲正，於彼數家，並無取焉。」今見裴駰《史記集解》大量徵引徐廣之說，所以今傳三家注的《史記》，是否因徐廣音說，改易文字，致失本眞，不免令人懷疑。加以今見三家注《史記·司馬相如列傳》所載相如之賦，比《漢書》所見更爲瑰怪，如《漢書》作昆吾、庸渠、箴疵、荅遝，《史記》作琨珸、鷛𪆎、𪇗鴜、榙㯫（注一七），反而累加形符以爲形聲字，而使瓌怪聯邊，趨於嚴重，或許正是後人競爲音說改易文字的結果。顏師古《漢書敍例》說：「《漢書》舊文，多有古字，解說之後，屢經遷易。後人習讀，以意刊改，傳字既多，彌更淺俗，今則曲覈古本，歸其正眞。」以意刊改既是當時的風氣，《漢書》遭遇如是，《史記》恐也難免。今傳《漢書》既經顏師古「曲覈古本，歸其正眞」，似乎更可依信，所以司馬相如賦似當以《漢書》爲本（注一八）。至於其他，則可依一般校勘原則處理。

四、作者歸屬與眞僞問題

不論編總集或別集，篇章作者的考定和作品眞僞的研判，是決定其精審與否的主要項目。而這些有關著作權的問題，卻常是纏訟不休的筆墨官司。從《西京雜記》記載長安慶虯之，作〈清思賦〉而託司馬相如之名，於是大重於世，也就註定漢賦會有層出不窮的僞託問題。

賦篇作者的問題，除了有意僞託比附之外，也有可能是流傳抄錄時張冠李戴的結果。如公孫乘的〈月賦〉，已見於《西京雜記》，《文選注》於〈雪賦〉、曹植〈責躬詩〉、鮑照〈翫月城西門解詩〉注中，都已引用，但《初學記》卻說全以爲枚乘所作。或許是二人皆名「乘」，而枚乘知名度高，所以被誤植。又如傅毅〈舞賦〉，見於《文選》、《藝文類聚》及《初學記》，但《古文苑》卻以其爲宋玉所作。這些錯誤，張溥《漢魏六朝百三家集》已有所辨，《歷代賦彙》當然也就免蹈其誤。嚴可均《全後漢文》因徵引《文選注》，所以有更進一步的辨證。如蔡邕〈霖雨賦〉（注一九），《藝文類聚》編於曹植〈愁霖賦〉後，題「又〈愁霖賦〉」，張溥因此收入《曹子建集》，《歷代賦彙》也就在曹植〈愁霖賦〉後，用「又曰」二字然後附之。《全後漢文》依《文選・張協雜詩・注》引蔡邕〈霖雨賦〉云：「瞻玄雲之晻晻，聽長雨之霖霖。」《文選・曹植美女篇・注》引蔡邕〈霖雨賦〉云：「中宵夜而歎息。」所以獨立而稱〈霖雨賦〉，置於蔡邕名下。

其實在漢賦篇章中，有作者歸屬和眞僞問題的，可還不少。見於《西京雜記》的枚乘〈柳賦〉(注二〇)、羊勝〈屏風賦〉、公孫詭〈文鹿賦〉、公孫乘〈月賦〉、鄒陽〈酒賦〉、〈几賦〉、路喬如〈鶴賦〉等詠物賦，就不無可疑；見於《古文苑》而不見於唐人類書及《文選》的，如賈誼〈旱雲賦〉、劉向〈請雨華山賦〉、揚雄〈太玄賦〉，也有待辨證。連見之於《文選》和《藝文類聚》的司馬相如〈長門賦〉，也有眞僞的爭議。這些都是嚴可均《全漢文》及《全後漢文》所未提及的。若要編《全漢賦》，自當疑其所當疑，加以辨證，以免魚目混珠。

前人辨賦篇作者歸屬，或以風格評斷，但總是見仁見智，難有定論。如《南齊書・陸厥傳》載陸厥〈與沈約書〉，提到「〈長門〉、〈上林〉殆非一家之賦。」何屺瞻也說：「〈長門賦〉乃後人所擬，非相如作，其辭細麗，蓋張平子之流也。」(注二一)但張惠言《七十家賦鈔》就說：「此文非相如不能作，或以爲平子之流，未知馬、張之分也。」若以語言形式來辨別，卻因漢賦駢散相間爲用，雖有「前漢語多單行，後漢則多偶句」的區別，但各人語言習慣不同，所以難爲確證。

考證漢代賦篇的眞僞，一般古籍篇章辨僞之法，當然都可以加以運用，但要尋得確證，並可以廣泛運用的，莫過於考察其用韻情形。因爲時有古今，地有南北，歷代各地用韻不盡相同，前人既不知音變之理（注二二），更不知其演變過程，所以有心作僞者，也不免留下破綻，尤其沒有韻書的漢代，既沒有同一的用韻依據，所以押韻時不免各用其音，即使根據雅言以協韻，也難脫方音的影響。

羅常培及周祖謨《漢魏晉南北朝韻部演變研究》第一分册，即以兩漢詩賦作品較多的作家作個別研究：西漢的蜀郡人有司馬相如、王褒、揚雄；東漢的關中人有杜篤、馮衍、班固、傅毅、馬融；另外東漢的張衡和蔡邕，分別是南陽和陳留人，都屬於今之河南。另取西漢的《淮南子》、《急就篇》、《易林》，東漢的《論衡》、《釋名》；以《淮南子》代表江淮音，《易林》代表涿郡音，《論衡》代表會稽音，《釋名》代表青徐音，《急就篇》爲關中音。於是分析兩漢時期秦隴、蜀漢、幽冀、江淮、青徐、吳越等地方音的若干現象（注二三），對我們研判有問題的漢賦篇章，其作者歸屬和眞僞，將有很大的幫助。加以該書有詳細的兩漢韻譜可供比對，我們在使用時，只要汰除有疑議的篇章的韻譜，取其可信度高的作品押韻情形，與待考作品的押韻情形，詳加分析，就不難見其端倪。拙作〈美人賦辨證〉及〈長門賦辨證〉，即將這兩篇有問題的賦，與沒有問題的〈子虛賦〉、〈上林賦〉、〈封禪文〉等相如作品，在用韻方面加以比較，更以王褒、揚雄等西漢蜀郡人的押韻情形作爲旁證，並就西漢、東漢、魏晉、南北朝韻部分合情況加以考察，於是肯定〈美人賦〉不會是齊梁以後的作品，〈長門賦〉不是張衡的作品，而該是西漢蜀郡人的傑作（注二四）。

賦篇用韻的精密分析，以研判作者的時代和地域，將可尋得不可改易的鐵證，證明其眞僞，所以是很值得運用的。這種方法固然也有所窮（注二五），但對於廓清漢賦可疑篇章的作者歸屬與眞僞，將有很大的幫助；同時對羅常培與周祖謨〈兩漢詩文韻譜〉的缺失，也可提供補正的材料（注二六），嘉惠士林，當可預期。

五、殘全研判與輯佚問題

嚴可均《全上古三代秦漢三國六朝文》凡例說：「東漢、三國、晉文散見羣書者，各自刪節。」其實不只是東漢，西漢亦然。蓋唐人類書，原本就是節摘精華，以供文人參考，非爲研究者保留完整文獻，所以不見於史傳和選集，而見於類書的賦篇，就有刪節不全的疑慮。張溥《漢魏六朝百三家集》卽知多處采蒐，合而訂定，以求完篇的做法，但是否已成完整的篇章，並未加以考辨，而《歷代賦彙》常以爲完篇，這對研究者有很嚴重的誤導作用，誤以爲當時賦篇如此簡短，章句如此唐突。如賈誼〈虡賦〉，《藝文類聚·四四》引：「牧太平以深志，象巨獸之屈奇。妙彫文以刻鏤，舒循尾之采垂，舉其鋸牙以左右相指，負大鐘而欲飛。」《初學記·一六》則引：「妙彫文以刻鏤兮，象巨獸之屈奇兮。戴高角之峨峨，負大鐘而顧飛。美哉爛兮，亦天地之大式。」《太平御覽·五八二》則引：「攫攣拳以蟉虯，負大鐘而欲飛。」《漢魏六朝百三家集》以《藝文類聚》爲主，合《初學記》而訂之，錄爲「考太平以深志，象巨獸之屈奇。妙雕文以刻鏤，舒循尾之采垂。舉其鋸牙以左右相指，戴高角之峨峨，負大鐘而欲飛。美哉爛兮，亦天地之大式。」《歷代賦彙》以其爲完篇，而收錄在正集卷九三音樂類。其實只要細讀其文，第五句沒有相對應的句子，第六、七句也不順，從《御覽》而知在「負大鐘而欲飛」之前，還有「攫攣拳以蟉蚪」一句，湊補之後，仍然不是完整的賦篇。

類似這種情況還很多，如劉歆〈甘泉宮賦〉、班彪〈冀州賦〉（注二七）、杜篤〈首陽山賦〉、傅毅〈雅琴賦〉（注二八）、李尤〈辟雍賦〉、楊修〈出征賦〉〈許昌宮賦〉、張衡〈舞賦〉（注二九）、王逸〈荔支賦〉、劉楨〈魯都賦〉〈遂志賦〉、蔡邕〈協和婚賦〉〈琴賦〉、王粲〈大暑賦〉〈閑邪賦〉〈寡婦賦〉、陳琳〈止欲賦〉、阮瑀〈止欲賦〉、徐幹〈齊都賦〉、丁儀〈勵志賦〉等，《全漢文》及《全後漢文》都應用《文選注》等有關資料，加以增補，但其中有的可以串組，有的卻不知如何安置，可見漢賦篇章殘缺的情況十分嚴重。

賦篇是否完整，在研判上比詩詞曲困難多了。因爲詩大多有格律，而詞有詞牌、曲有曲牌可供對照。賦則不但長短不拘，又換韻自由，語可單行、亦可駢偶，也可多句並列，所以研判較爲困難。研判既然比較困難，在資料收錄時，就更有研判的必要。因爲初讀者需要指引，而研究者需要更多的資訊以爲參考，所以編纂《全漢賦》就有必要提供這方面的研判。蓋編纂時，對類書以外的資料有所蒐羅，自然可以得到更多可以幫助研判的資料。

如前所舉的劉歆〈甘泉宮賦〉，《藝文類聚．六二》和《初學記．二四》所錄，除了「秋城」作「增城」，「翡翠孔雀」作「鸞孔」等異文之外，都完全相同。這很容易就令人相信：二書所錄都是全篇。但《文選．西都賦．注》引「章黼黻之文帷」一句；《文選．鮑照君子有所思行．注》引「雲闕蔚之巖巖，衆星接之皚皚」，都不見於其中，可見二書所錄都有所刪節。

此外，正如揚雄所說：「能讀千賦則善賦」，編纂《全漢賦》時，賦讀多了，對賦篇形式與內容當更能掌握，判斷賦篇是否完整的鑑別能力也應該會爲之提高，所以編纂時提供初步的判斷，對使用者將有所幫助。

篩選類書以外的資料，輯得賦篇的逸句，除了用來比對異文，及研判殘全之外，當然也要用來輯佚，嚴可均所謂「碎錦殘圭，義不連貫，則爲散條，附當篇之末」(注三〇)的做法，是值得依循的。由於許多篇章的殘全不够明確，所以《歷代賦彙》全篇見於正、外集，單辭殘句別爲二卷的做法(注三一)，恐怕只有增加紛擾而已。因此，編纂《全漢賦》時以人爲目，完篇的列之於前，殘缺的置之於後；可信的排之於前，可疑的置之於後；稱之爲賦的收錄在前，其他篇章安置於後，該是可以考慮的方式。

六、作品斷代與編次問題

蕭統〈文選序〉說：「遠自周室，迄于聖代，都爲三十卷。」但是當代文人的作品，收錄不多，最年幼的是徐悱（西元四八八至五二四年），死得最晚的是陸倕，死於梁武帝普通七年（西元五二六年），而蕭統死於西元五三一年，所以顯然是作古的人，才選其作品。其以死爲其朝代歸屬，對後世有相當的影響。

《歷代賦彙》分類而再以時代先後排列，作者都冠以朝代，也大體以其卒年的時代爲依歸，如生於唐、卒於宋，則歸於宋。只是不甚精確，如王粲、陳琳、應瑒、劉楨、徐幹、楊修等都死於曹操之前，即在東漢建安二十二年至二十四年之間，竟然都歸之於魏。嚴可均《全後漢文》收錄了他們，當然精確得多。不過《全上古三代秦漢三國六朝文》那種「其仕前代又仕後代者，歸後代。」（注三二）「其累仕數代者，歸最後之代。」「其前代遺老卒于後代者，歸前代。」斤斤於出仕及致仕，也不無可議。

唐圭璋編《全唐五代詞》和《全宋詞》時，兼採了年齡以斷代，他用「凡唐五代詞人入宋者，俱以爲唐五代人；凡宋亡時年滿二十者，俱以爲宋人。」（注三三）的辦法。

其實，斷代的文學總集，應以作品爲主，作品完成於後漢，則歸於後漢；完成於入魏之後，則歸之於三國。如曹植與建安七子同題共作的〈詠物賦〉，應收入《全漢賦》（注三四），而〈洛神賦〉作於黃初年間，則留待《全三國賦》才予收錄。如果著作年代不可考，才參酌作者年齡與仕進，以研判其歸屬。如毫無資料以供研判，則附列於末。

至於作家的次序，當然不能依《全唐詩》：「首諸帝，次后妃，次宗室諸王，次公主宮嬪」的封建規模，也不用《全上古三代秦漢三國六朝文》：「曰帝、曰后、曰宗室諸王、曰國初羣雄、曰諸臣、曰宦官、曰列女、曰闕名、曰外國、曰釋氏、曰僊道、曰鬼神」那麼複雜的架構，只要以時代先後爲序，可採《全宋詞》的體例：「凡生年可考者，以生年爲序；生年不可考而卒年可考者，以卒年爲參；生卒年不可考而知其登第之年者，以登第年爲序；三者俱無可考而知其交往酬和者，以所交往酬和者之時代爲參。」漢代入仕及唱和資料較少，如今卻可利用梁廷燦《歷代名人生卒年表》、姜亮夫《歷代人物年里碑傳綜表》，及劉汝霖《漢晉學術編年》，加以參酌，定賦家之先後以繫其作品，至於闕名之作，則只能附於最後了。可考之作者，自當爲之小傳，里系察舉、遷除封拜、贈謚著述，略具始末，不在話下。

七、結語

《全漢賦》的完成，可以使漢代賦體如何演化、如何旁衍、如何氾濫、如何造成文體的多變與孳乳等問題，得到完整的資料與訊息。所以對一個中國文學研究者來說，它的參考價值，將凌越《全唐詩》、《全宋詞》之上，尤其對一個探究中國文學演化歷程的文學史的學者而言（注三五），簡直就是一部尋寶手冊。如果以它與《文選》相對照，那麼魏晉六朝文體的形成，是「文章辭賦化」的現象（注三六），就可一目了然。將賦與非賦釐析清楚的《全漢賦》，與混合不分的《全漢文》、《全後漢文》相對照，也可以看出賦的色彩是如何濡染漢代的散文；伐石頌誄的碑傳文，失去史傳文的眞實要求，漢視諸子文的思想內涵，如何刻意於形式美的講求；文士文的產生（注三七），造成文章體制的複雜化，以及種種文學形式孕育於漢代的情形，也都歷歷在目了。

同時，在編纂過程中，賦與非賦的釐析、賦篇異文的考定、賦篇眞僞與作者的研判、篇章輯佚的完成、完篇或殘篇的認定、篇章著作年代的推敲，都將爲中國文學史解決不少的問題，於是可產生不少的副產品——研究漢代文學的論文。這些都是可以預期的，也應該是相當豐碩的。

此外，唐人《文選注》是我們考察漢賦篇章殘全、眞僞、作者、異文，以及輯集佚文的重要材料。但反過來說，我們應用它以編纂《全漢賦》時，有時卻可以校出《文選注》的錯誤，如《文選》李善注〈蜀都賦〉，引桓譚〈七說〉：「戲談以要譽」，但考之《北堂書鈔》、《藝文類聚》、《太平御覽》，可知〈七說〉乃桓麟之作，而非桓譚所作。類此資料，也將有助於文選學之研究。

至於編纂《全漢賦》，自當編附篇名索引和作者索引，如此不但可使讀者按圖索驥，也可讓入門者知其崖略，那都不在話下。

注釋

注一：焦循《易餘籥錄》卷十六，以賦盛之於漢，詩盛之於唐，詞盛之於宋，曲盛之於元，推為一代之勝。而王國維〈宋元戲曲史序〉也說：「凡一代有一代之文學，楚之騷，漢之賦，六代之駢語，唐之詩，宋之詞，元之曲，皆所謂一代之文學，而後世莫能繼焉者也。」

注二：成功大學中文系師生編纂《全宋詩》已接近完成，而大陸所編纂者已逐册出版。

注三：梅鼎祚《文紀》雖為《全上古三代秦漢三國六朝文》之所本，但它沒有賦。

注四：見《全上古三代秦漢三國六朝文》凡例，其散條附於篇末者，以漢賦最多，蓋因其散見羣書者，多各自刪節所致。

注五：見《全上古三代秦漢三國六朝文》凡例。

注六：《文選》有「詩」一類，依唐以後「詩」「文」二分的觀念，今所討論者，乃在「詩」之外的「文」，所以《文選》是將文分為三十七類。

注七：當然還有像《文苑英華》分為三十八類，明代吳訥《文章辨體》分五十九類，徐師曾《文體明辨》分一百二十七類，就更不用說了。不過其分之所以多，與詩歌之細分類別有關。

注八：《昭明文選》、《古文辭類纂》等，皆稱〈封禪文〉，但《史記》本傳：「所忠奏其書，天子異之，其書曰……」似乎該稱書而不稱文。林逋詩：「茂陵他日求遺稿，猶喜曾無〈封禪書〉。」以及李善注《文選》，徵引此文，並作〈封禪書〉。詳見孫志祖《文選考異》。

注 九：漢人稱爲〈離騷賦〉者，尚見於應劭《風俗通義・六國》。

注一〇：另外在《漢書・王褒傳》稱爲〈甘泉頌〉，《文選・魏都賦注》引作〈甘泉賦〉。

注一一：並非所有「頌」皆可歸之爲賦，如董仲舒〈山川頌〉，見於《春秋繁露・一六》，似難歸入賦類。

注一二：見姚鼐《古文辭類纂・序目》。

注一三：見拙著《漢賦源流與價值之商榷・漢賦瑋字源流考》頁六二至七一，有詳細比對資料。民國六十九年，文史哲出版社出版。

注一四：如司馬相如〈哀秦二世賦〉、〈大人賦〉、〈上書諫獵〉、〈喻巴蜀檄〉、〈難蜀父老〉，其他如東方朔、揚雄莫不如是。

注一五：王先謙《漢書補注》以爲班固所刪，吳汝綸《史記集評》以爲《漢書》誤脫。梁玉繩《史記志疑》則以爲《史記》衍文，爲後人所妄增。

注一六：吳汝綸《史記集評》以爲「此文神理邈絕，全在末五句。」但《漢書評註》引劉辰翁之說，以爲刪之爲工。

注一七：其例甚多，又如《漢書》作夫容、毒冒、參差、允溶；《史記》作芙蓉、瑇瑁、參嵯、沇溶。詳見拙作《漢賦源流與價值之商榷》頁六二至七二。

注一八：〈哀秦二世賦〉則爲例外，因《史記》畢竟比較周詳。

注一九：僅三十九字之殘篇：「夫何季秋之淫雨兮，既彌日而成霖，瞻玄亦雲之晻晻兮，聽長霤之淋淋。中宵夜而歎息，起飾帶而撫琴。」

注二〇：尤其枚乘〈柳賦〉用「盈」字，竟不避漢惠帝名諱。

注二一：見《義門讀書記》卷一。

注二二：僞託漢賦作品，大體遲不過唐，而知古今音變之理，則待明人陳第。

注二三：第一分册爲漢代部分，一九五八年十一月，科學出版社出版。有關〈個別方言材料的考查〉，見該書頁七六—一一四。該書共三二二頁。

注二四：〈美人賦辨證〉見於《大陸雜誌》四十六卷一期；〈長門賦辨證〉見於《大陸雜誌》四十六卷二期。收入本書上編叁、肆。

注二五：詳見本書上編貳〈運用音韻辨辭賦眞僞之商榷〉。

注二六：拙作《司馬相如揚雄及其賦之研究》及〈王褒辭賦用韻考〉，即指出不少〈兩漢詩文韻譜〉的缺漏。〈兩漢詩文韻譜〉係《漢魏晉南北朝韻部演變研究》第一分册之第八章。

注二七：《歷代賦彙》依《藝文類聚》稱爲〈遊居賦〉，收於外集行旅類。

注二八：《歷代賦彙》稱〈琴賦〉，收於正集音樂類。

注二九：《歷代賦彙》稱〈觀舞賦〉，收於正集音樂類。

注三〇：《全上古三代秦漢三國六朝文》凡例。

注三一：《歷代賦彙》凡例。

注三二：同注三〇，下同。

注三三：見《全宋詞》凡例。

注三四：這些作品，係曹丕〈與吳質書〉所云：「昔日遊處，行則連輿，止則接席，何曾須臾相失。每至觴酌流行，絲竹並奏，酒酣耳熱，仰而賦詩。」的情況下創作的。

注三五：當前中國文學史的著述，大多偏向於中國歷代文學作品之介紹，即或探討中國文學演變的脈絡，亦多探究文學外圍因素（如政治、經濟等）對文學的衝激與影響，而很少探討文學內在因素與媒介（語文）變造等本身對作品的影響，以及其演化系統與交互影響的歷程。

注三六：王師夢鷗〈貴遊文學與六朝文體的演變〉，收入其所著《古典文學論探索》頁一一八，民國七十三年，正中書局出版。是指「辭賦的體式成爲寫文章的公式；上以對揚朝廷，下以應酬，使得公文書牘莫不帶有辭賦的色彩。」「不僅可從公文書牘中看到富有感情的語句，而使用隱喻來替代明顯的陳述，更是連篇累牘，觸目皆是。」

注三七：見臺靜農先生〈論兩漢散文的演變〉，發表於《大陸雜誌》，收入《大陸雜誌語文叢書》第一輯。

貳　運用音韻辨辭賦真偽之商榷

一、現存辭賦充斥贗品眞僞難辨

《西京雜記》說：「長安有慶虬之，亦善爲賦，嘗爲〈淸思賦〉，時人不貴之也，乃託以相如所作，遂大見重于世。」可見以自己作品，假託他人，乃其來已久。

於是，宋玉的賦，除了見於《楚辭》、《文選》以外，在《古文苑》竟然出現了〈諷賦〉、〈笛賦〉、〈釣賦〉、〈大言賦〉、〈小言賦〉。這些當然都有眞僞問題需要解決（注一）。其實不只是出現於《古文苑》的篇章有眞僞問題，連載之於《文選》的宋玉賦篇：〈風賦〉、〈高唐賦〉、〈神女賦〉、〈登徒子好色賦〉，後人也多所懷疑（注二），甚至《楚辭章句》和《文選》歸之於宋玉的〈招魂〉，也有人將它歸於屈原（注三）；而屈原賦作，其眞僞早已擾攘不已（注四）。

當然並不是先秦的辭賦才有這些令人難以研判的著作歸屬問題，漢代的賦篇，一樣有這些困擾。如司馬相如的〈美人賦〉和〈長門賦〉；揚雄的〈劇秦美新〉。見於《西京雜記》的鄒陽

〈几賦〉、〈酒賦〉，枚乘〈柳賦〉，路喬如〈鶴賦〉，公孫詭〈文鹿賦〉，羊勝〈屛風賦〉，中山王勝〈文木賦〉。見於《孔叢子》的孔臧〈諫格猛虎賦〉、〈楊柳賦〉、〈鴞賦〉、〈蓼蟲賦〉。更有見於《古文苑》而不見於唐人類書的，如劉向〈請雨華山賦〉、班固〈竹扇賦〉之類，它們的眞僞也都可能有問題。

作品的辨僞，是文學研究的基礎工作；辭賦贋品充斥，是辭賦研究的一大障礙。歷來爲辭賦辨僞，常缺乏科學的利器，不像古氣候學者、人類學者及更新世地質學者，可採用放射碳測定法（carbon-14 dating），作爲強而有力的證據。於是只有在風格上作自由心證，如司馬相如的〈長門賦〉，早在《南齊書．陸厥傳》就有陸厥〈與沈約書〉說：「〈長門〉、〈上林〉殆非一家之賦。」何屺瞻也說：「此文（長門）乃後人所擬，非相如作。其辭細麗，蓋張平子之流也。」（注五）可是張惠言《七十家賦鈔》卻說：「此文非相如不能作，或以爲平子之流，未知馬張之分也。」爭論了一千多年，還是難有定論。

二、以音韻辨僞的優越性

除了風格品評之外，辨篇章眞僞與作者歸屬的方法，當然不少。如語言特色的分析、故實用典的考覈，以及相關書籍的引錄、時代思想的研判等，但這些都很難找到確證。以語言特性來說，如陸和樂的〈宋玉評傳〉，就說宋玉〈高唐賦〉等十篇賦：「並不與荀卿一樣的用《詩經》式，也不與賈誼一樣的用《楚辭》式，他卻與司馬相如一樣的用散文式，以時代最早的宋玉，竟用出身最晚的格式！這一點，在文學史家看來，是絕對不可能的。」（注六）表面看來，似乎是鐵證。其實以漢代賦體來看，本來就有騷體賦和散文賦兩個體類，前者多用於抒情感懷，後者多用於鋪敍事物。我們沒有證據證明散文賦始於司馬相如。若無其他證據足以證明，何以不能說散文賦始於宋玉，而爲司馬相如所發揚，而一定要說宋玉用了最晚的格式？又如司馬相如〈美人賦〉有「玉釵挂臣冠，羅袖拂臣衣」，此種句法是齊梁間詩賦合流的常見現象，於是判斷它是齊梁以後的作品（注七）。但李延年〈佳人歌〉已有「一顧傾人城，再顧傾人國」之句，我們實在很難斷言司馬相如不能寫出這樣的句子，更何況許多文學家都是新語言的創造者，因此一兩句語言的特殊，很難做爲確證。

故實用典的考覈，是比較可以做到精確的地步，如陸侃如〈大招招魂遠遊的著者問題〉，即以爲〈遠遊〉所用神仙之名，如韓喬、王喬，非屈原時所有，故〈遠遊〉非屈原所作。但這必須其前提毫無疑議，才能做此研判。如前例韓喬、王喬等神仙出於何時，需完全確立，才能如此推論。再說早期辭賦用典不多，找出有問題的典故，更是難求，所以很少有機會用此方法。若說以用典多寡以研判時間，則頗多困難，如西漢用典風氣未盛，揚雄〈解嘲〉大量用事典，若非《漢書》本傳載其文，恐怕後人還會因其用典太多而以爲非揚雄作品呢！

至於相關書籍引錄的資料，畢竟有限，加以研判不易，如《漢書・藝文志》列宋玉賦十六篇，而〈九辯〉算一篇或九篇？如果算九篇，加上《楚辭章句》、《文選》、《古文苑》所載，就超過了十六篇（注八），我們並不能據此判斷那一篇是後人假造的。就算篇數完全吻合，也不足以說現存的全是眞品。另外，思想研判也是無法精確，揚雄生於儒術獨尊與全盛的時代，其本人也是當代大儒，但〈解嘲〉、〈太玄賦〉卻多少透露了老莊的理念；張衡在〈二京賦〉和〈髑髏賦〉、〈歸田賦〉所表達的，也有相當的差距。一個人在不同的時候，遭遇不同的情境，就可能出現思想理念不同的作品，所以思想的研判，也難以定憑。

可以廣泛運用得以尋求確證的辭賦辨僞方法，恐怕莫過於以音韻辨證了。辭賦基本上是韻文，雖然換韻自由，但由於用韻是辭賦的常態，韻字的分析常可藉以考察賦篇著作的時代。時有古今，地有南北，在還沒有韻書之前，詩賦作家用韻，各憑其口音；在沒有統一的用韻依據情況下，作家卽使用雅言以押韻，仍難脫方音的影響。因此，不同時代、不同地域的作品，其押韻不盡相同。這一點，王力〈南北朝詩人用韻考〉（注九），及羅常培、周祖謨《漢魏晉南北朝韻部演變研究》第一分册（注一〇）的研究成果，卽得到充分的證明。前人既不知音變之理，更不知其演變過程，所以有心僞託者，仍不免以其當時口音，或藉當時韻書，以押其僞託之作的韻腳，而留下破綻。藉此以考查著述時代，可使作僞者無所遁形。因此，它可能是辭賦辨僞的最佳利器，值得推廣運用。

二、劉氏音韻辨賦的作法

用音韻辨辭賦眞僞的功用既然如此，使用的情況又如何呢？劉大白〈宋玉賦辨僞〉，即已用此方法。他舉出〈風賦〉以「酲、泠、人」爲韻，以「灰、餘、盧」爲韻；〈高唐賦〉以「石、會、礚、厲、滴、霈、邁、喙、竄、摯」爲韻，以「志、瞧、蓋、會、藹、沛、帶、籟、會、氣、鼻、淚、瘁、磑、隤、追、益」爲韻，以「禽、莘、神、陳」爲韻，以「螭、諧、哀」爲韻；〈神女賦〉以「究、備」爲韻，以「記、首、授、覆、究」爲韻；〈笛賦〉以「阜、起、右」爲韻，以「明、存、生、榮」爲韻，以「楚、寶、道、老、好、受、保、茂」爲韻，以「靡、手、鬱、子、齒、起、徵、子」爲韻；〈小言賦〉以「備、偉、貴、類、位」爲韻；〈舞賦〉以「華、波、羅」爲韻。把周秦古韻中不同部的韻字參錯使用，用以證明這些都是僞託之作（注一一）。

〈風賦〉、〈高唐賦〉、〈神女賦〉、〈笛賦〉、〈小言賦〉、〈舞賦〉是否僞作，是另外的問題，在此不論，而劉氏所舉的用韻證據，卻是有問題的。

〈風賦〉以「酲、泠、人」爲韻，是耕眞二部合用，這種例子既見於《易傳》，又見於〈招魂〉（注一二），實不足以因此而否定它爲先秦作品。「灰、餘、盧」爲韻，是之魚二部合用，這種例子也見於《詩・蝃蝀》及《詩・緜》（注一三），又如何據此以推斷它非周秦作品？〈高唐賦〉以「石」與「會、磕………」等爲韻，是鐸祭合韻，「志、蹠」與「蓋、會………會」等爲韻，則是之鐸祭合韻。鐸祭合韻較爲特殊，在先秦似乎沒有類似的例子，卻可在班固〈西都賦〉找到（注一四），至於「志、蹠、蓋………」爲韻，依其次第應是「蓋、會、藹、沛、蔕、籟、會」爲祭部字，下接「氣、鼻、志、淚、瘁、磑、隤、追、蹠、益」。其實「蹠、益」是鐸錫合韻，〈九章〉有此韻例（注一五），至於其他則是之脂微合韻，脂微合韻由來久矣，其例甚夥（注一六），而之脂合韻，盛見於兩漢（注一七）。「莘、神、禽、陳」爲韻，乃合眞侵爲用，竟不論雙脣鼻音與舌尖鼻音之別，蓋見於兩漢（注一八），不見於先秦。據以上資料研判，〈高唐賦〉或有可能是漢人所僞託。劉氏於韻字之離合，有所不審，也未能利用證據作進一步的推斷。

劉氏所舉〈神女賦〉兩則韻字，係之幽合韻，此合韻見於《詩・小旻、思齊、絲衣、召旻》（注一九），亦見於《易傳》及〈昔往日〉（注二〇）；第二則「覆」爲沃部，幽沃合韻見於《詩・中谷有蓷、蕩》二篇，可見這些合韻並不足否定它是先秦的作品。〈笛賦〉第一則是之幽合韻，已如前述；第二則「明、存、生、榮」爲韻，是陽文耕三部合韻，這是比較值得注意的。眞文二部的分別，在《詩經》裏比較嚴格，惟眞耕相近，文元相近，這是眞文界限之所在，但在《楚辭》和晚周諸子，兩部通用的例子就多了（注二一），所以文耕合用對〈笛賦〉寫作時代之考證，並沒有意義。惟陽部的「明」字，在先秦用韻，《詩經》十七見，《易傳》十七見；另外《禮記》五見，《大戴禮記》兩見，又如《爾雅》、〈九歌〉、〈九章〉、〈九辯〉等，都是跟陽部字押韻（注二二），惟《書·堯典》和《書·洪範》（注二三），有以它和耕部押韻的例子。到西漢偶爾跟耕部字押韻，到東漢則完全和耕部押韻（注二四），所以〈笛賦〉爲東漢以後作品的可能性較大。第三則是魚幽二部爲韻，此種韻例，較早只見於〈九章·思美人〉（注二五），西漢漸多，到東漢更多（注二六）。第四則以之部爲主。「靡」爲支部字，與之部押韻，先前其例罕見（注二七），但陶謝詩則不乏此例（注二八），至於幽部「手」與之部字押韻合用，則爲常用現象。依以上資料，則〈笛賦〉該是東漢以後，甚至可能是晉以後的作品。

劉氏謂〈小言賦〉之微二部合用，不合先秦古韻，大體可依信，之微合用於西漢已常見。至於〈舞賦〉應爲傅毅作品，《文選》及唐人類書，可以爲證，而所舉韻字，原本屬於魚部的「華」等麻韻字，與歌部字押韻，已見於西漢，至東漢，如此押韻已成常態，到魏晉以後連上聲也入歌部（注二九），而此韻例，的確可作爲非宋玉作品之佐證。

大體說來，劉大白以先秦用韻情況，檢查有問題的宋玉賦篇，以辨其眞僞，這做法是正確的，只是若干先決條件未能具備，而且在處理過程中，出現若干的缺失，於是其精確性仍有待商榷而已。

四、以音韻辨僞的先決條件

至於以音韻辨僞的先決條件，是歷代用韻研究的完成。因爲要完全掌握歷代用韻的狀況與特色，才可能依據辭賦用韻去辨判它著成的時代。劉大白撰寫〈宋玉賦辨僞〉，是憑據顧炎武、江永、段玉裁、戴震、孔廣森、王念孫、江有誥等古韻學家的研究成果，以其先秦古韻分部的認定標準，查考〈風賦〉諸作，不合其準式，以判斷其僞託。在對兩漢魏晉南北朝用韻情況不明朗的情形下，卽使可確定它不是宋玉的作品，也無法推測其僞作的時代。再說劉氏對古音合韻通押合用的情況，似乎未能瞭解，於是凡古韻不同部而作品有所通押，就一律認定不合先秦音韻，以爲它非先秦作品，無視於段玉裁〈詩經韵分十七部表〉所列的合韻韻譜（注三〇）。

如今，古韻的研究，更爲精微，陳新雄先生的《古音學發微》分古韻爲三十二部（注三一），更細考《詩經》、《楚辭》及羣經用韻，列成韻譜，標出合韻。因此，欲評斷某一作品，是否合於先秦用韻，將有更明確的標準。至於漢魏六朝，原先有于海宴《漢魏六朝韻譜》之作，王力也在《清華學報》十一卷三期，發表〈南北朝詩人用韻考〉，使我們對歷代用韻特色，有較明確的掌握。其後羅常培及周祖謨《漢魏晉南北朝韻部演變研究》第一分册，對兩漢用韻，不但排列韻譜，分析用韻特色，還注意時間先後不同的用韻差異，更考量空間地域造成的用韻差別，而作個別方言材料的考察。於是我們能藉辭賦作品的用韻，推測作品完成的時代，以及作者的地緣關係。可惜羅常培及周祖謨《漢魏晉南北朝韻部演變研究》，只完成第一分冊，也就是說只完成兩漢部分。所幸丁邦新先生《魏晉音韻研究》，與何大安先生《南北朝韻部演變研究》，已完成了後續的部分，使我們藉音韻以辨別自先秦至南北朝辭賦眞僞的先決條件，已完全具備。所以我們要跨越劉大白〈宋玉賦辨僞〉的研究成績，已是輕而易舉的事了。因此，我們可以說：運用音韻辨辭賦眞僞的時機已經來臨。

五、以音韻辨僞的應有做法

除了先決條件的講求之外，運用的方法也不能不講求。劉大白〈宋玉賦辨僞〉是採取抽樣的方式，而不是全篇韻字的分析。其實要辨別一篇辭賦的眞僞，是該作全面的分析。錄取全篇韻字，考其韻例，察其換韻之所在，確定其合韻通押的部分，而後加以分析，再據以推測其著作的時代。

拙作〈美人賦辨證〉（注三二），即逐次列出韻字：（一）忠、宮，（二）徒、車、隅、乎、居、娛，（三）子、齒、起、止、矣，（四）中、宮，（五）虛、居，（六）堂、張、牀、光，（七）延、言，（八）依、悲、遲、衰、私、衣，（九）冥、零、聲，（十）奇、垂、施，（十一）衣、肌、脂、懷、回、辭。然後逐節考察其押韻，究竟妥合於那一個時代的用韻狀況。全部韻字的羅列，便於讀者對韻腳的認定和換韻的研判，提出商榷；逐一考證，也可以大量提供非主要的查考資料。如上述第二和第五兩節，以魚、虞、模三韻合用，符合西漢至劉宋時代的用韻情形，而與齊梁以後不合，這當然是較重要的研判依據，而第七節元、仙二韻合用，是周秦到齊梁都有的現象，但它常見於兩漢，偶見於齊梁，則可以做爲次要的研判依據。第八和第十一節，脂微合韻，是考察其時代的重要證據，第九節青清合韻，則可以做爲附帶的研判資料（注三三）。

在研判時，不但要留心於各韻部分合的時間，更要注意其分分合合的地域性。如拙作〈長門賦辨證〉（注三四），便特別詳考「襜」「誾」押韻，在兩漢是分屬談眞二部，在《廣韻》則分屬鹽眞二韻，二者韻尾不同，原本很少通押。徧查韻譜，只發現王褒〈四子講德論〉以「陳、賢、廉」爲韻，揚雄〈太玄〉以「淵、籖」爲韻，是同此情形。王褒是西漢蜀郡資中人，揚雄與司馬相如同是西漢蜀郡成都人，所以它可以做爲〈長門賦〉是司馬相如作品的證明之一。

六、以音韻辨僞的有限性

尺有所短、寸有所長，韻字分析雖然是辭賦辨僞的利器，但是它的功能仍有其限制。如果賦篇韻字不多，就可能使它難以施展。如果用韻嚴謹，不曾合韻，沒有特色，那麼韻字的分析，便可能徒勞無功。如上述〈長門賦〉第一節「忠、宮」爲韻，第四節「中、宮」爲韻，於周秦兩漢同屬冬部，於《廣韻》同屬東韻，是自古至今皆相押韻的；第十節「奇、垂、施」爲韻，都是支韻字，也是歷代都押韻的。如果一篇辭賦的押韻，都同此情形，那麼韻字的分析，就不再是利器了。

同時，以韻字的運用，研判作品的時代或作者，也限於韻書沒有通行的階段。因爲韻書通行之後，押韻有了共識，有了共同的依據，作家押韻可能已依據韻書，於是沒有時代的蛻變之迹，沒有地域特性的顯現。韻字分析在辨僞方面，就難以發揮其功能了。當然，在隋唐以後的作品，以韻書爲依據加以考察，也還有不少出韻的情形，換句話說，他們在押韻時未必完全遵照韻書，所以以音韻辨僞仍有一試的價值，只是效用可能大打折扣而已（注三五）。

七、用音韻辨別辭賦眞僞之展望

運用音韻辨識辭賦的眞僞，雖然有其限制，但作者有疑議的辭賦，大多產生於隋唐以前，所以其運用的空間仍然十分廣濶。用此利器，可以解決絕大多數辭賦的作者歸屬問題，並解決若干文學史上的懸案。尤其編纂《全漢賦》如果不用它，就難以臻其精審，無法竟其全功。同時，以音韻辨識眞僞有了成果，對周祖謨、羅常培〈兩漢詩文韻譜〉，以及于海宴《漢魏六朝韻譜》等著作，在蒐集及選擇資料時眞僞雜陳的缺失，以及可能因運用資料不愼，造成韻部分合的錯誤，都可能有補正的效用，則嘉惠士林，當可預期。當然，我們要以辨僞的結果，來修正韻譜時，是要仔細檢查當初辨僞時所運用的韻譜資料，可不要陷入循環論證（circular argument）的邏輯謬誤。

注釋

注一：張惠言《七十家賦鈔》即以爲皆五代宋人聚斂假託爲之。另有〈舞賦〉，爲傅毅〈舞賦〉之節錄，早成定論，嚴可均《全上古三代秦漢三國六朝文》即已刪之。至於〈笛賦〉也見於《北堂書鈔》及《藝文類聚》，但賦用宋意送荆軻事，當非宋玉所作，嚴可均亦已指陳。

注二：游國恩《楚辭概論》於第四章考辨宋玉作品，將〈風賦〉、〈高唐賦〉、〈神女賦〉、〈大言賦〉、〈小言賦〉、〈諷賦〉、〈釣賦〉、〈登徒子好色賦〉並列爲僞作，蓋因其稱「楚襄王」或「楚王」爲鐵證。並以爲荆軻刺秦王在楚王負芻元年（西元前二二七年），宋玉年七十，仍可能存活而作，但〈高唐賦〉所謂「禮太一」，而祭太一始於漢武帝元朔六年，故其作於元朔六年之後。劉大白〈宋玉賦辨僞〉大體同此主張。

注三：因《史記・屈原傳贊》：「余讀〈招魂〉，悲其志」，所以黃文煥《楚辭聽直》、林雲銘《楚辭燈》將它歸於屈原，而陸侃如則爲王逸辯護，以爲宋玉所作，陸說並不爲游國恩所取。

注　四：如《楚辭章句》及朱熹《楚辭集注》列於屈原名下的〈卜居〉、〈漁父〉、〈遠遊〉，都早已有人提出懷疑，游國恩《楚辭概論》，一律以爲僞託之作。但他後來寫〈屈賦考源〉（收入《楚辭論文集》），則又以爲〈遠遊〉是屈原的作品。

注　五：見《義門讀書記》卷一。

注　六：見《中國文學研究》頁四九，民國六十九年國泰文化事業有限公司出版，該文作於民國十二年十二月二十日。

注　七：如葉慶炳先生〈有關中國文學史的一些問題〉，即如此主張，該文刊於民國六十一年四月二十八日《聯合報》副刊。

注　八：劉大白〈宋玉賦辨僞〉即據此判斷宋玉賦有僞作，見《中國文學研究》頁二五。

注　九：見《清華學報》十一卷三期。

注一〇：一九五八年十一月科學出版社出版，有關兩漢〈個別方言材料的考查〉，見第一分册頁七六—一一四。

注一一：同注六，頁二三—二五。以下論古韻部，依羅常培所用三十一部之名稱。

注一二：韻譜見陳新雄《古音學發微》頁九〇一—九〇二。

注一三：同注一二，頁九一一—九一二。

注一四：見羅常培、周祖謨《漢魏晉南北朝韻部演變研究》第一分册頁三二一。

注一五：同注一二，頁九〇七。

注一六：同注一二，頁八九七—八九八，頁九〇二—九〇三。

注一七：同注一四，頁一三一、一三二、一六七、一六八。

注一八：同注一四，頁二〇四及頁二〇六。有關細密考證，請見本書〈高唐賦撰成時代之商榷〉。

注一九：同注一二，頁九三四—九三六。

注二〇：同注一二，頁九三七—九三九。

注二一：同注一四，頁三六。

注二二：同注一二，頁九一八—九二一。

注二三：同注一二，頁九〇九。

注二四：同注一四，頁三四。

注二五：同注一二，頁九一〇—九一六，及頁九二九—九三二。

注二六：同注一四，頁一三〇—一三八。

注二七：見於後漢無名氏〈爲焦仲卿妻作〉，與王逸〈琴思〉；參見注一四，頁一六一。

注二八：見竺鳳來《陶謝詩韻與廣韻之比較》頁一〇八。

注二九：同注一四，頁二二一—二二四。

注三〇：見《說文解字注》所附，段氏於每部有古本音及古合韻之別，以列其韻譜。

注三一：文史哲出版社民國六十四年出版。另外，江有誥分二十一部，董同龢取王力脂微之分而爲二十二部，羅常培將入聲獨立則爲三十一部。

注三二：見《大陸雜誌》四十六卷一期。收入本書上編叁。

注三三：詳見拙作。因本文只談作法，而韻部分合情形，在此略而不贅。

注三四：見《大陸雜誌》四十六卷二期。收入本書上編肆。

注三五：至於同時代的人所僞託，如《西京雜記》所記慶虬之作〈清思賦〉，則該由地域方音加以考辨，所以此項考辨，如果斤斤於時代性，而疏忽其地域性，效果也會大打折扣。

叁　〈美人賦〉辨證

最早說司馬相如撰〈美人賦〉的是《西京雜記》，而賦文則見於唐人類書《藝文類聚》及《初學記》中（世傳北宋孫洙於佛寺經龕中所得的《古文苑》雖亦收有〈美人賦〉，但《古文苑》所錄漢魏詩文，已多從《藝文類聚》及《初學記》刪節）。由於《史記》、《漢書．司馬相如列傳》及《昭明文選》，不曾提及司馬相如此賦，因此有不少人認爲該賦爲後人所僞託。現在先從〈美人賦〉的用韻去剖解探究，看該賦是否西漢時代的作品。

今將賦文迻錄於後，並以雙圈標出韻腳：

司馬相如美麗閑都，遊于梁王，梁王說之。鄒陽譖之于王曰：「相如美則美矣；然服色容冶，妖麗不忠⊙將欲媚辭取說，遊王後宮⊙王不察之乎？」王問相如曰：「子好色乎？」相如曰：「臣不好色也。」王曰：「子不好色，何若孔墨乎（注一）？」相如曰：「古之避色，孔墨之徒⊙聞齊饋女而遐逝，望朝歌而迴車⊙譬猶防火水中，避溺山隅⊙此乃未見其可欲，何以明不好色乎⊙若臣者，少長西土，鰥處獨居⊙室宇遼廓，莫與爲娛⊙臣之東鄰，有一女子⊙雲髮豐豔，蛾眉皓齒⊙顏盛色茂，景曜光起⊙恆翹翹而西顧，欲留臣而共止⊙登垣而望臣，三年于茲矣⊙臣棄而不許，竊慕大王之高義，命駕東來。途出鄭衞，道由桑中⊙朝發溱洧，暮宿上宮⊙上宮閑館，寂寥雲虛（注二）⊙門閣晝掩，曖若神居⊙臣排其戶，而造其堂⊙芳香芬烈，黼帳高張⊙有女獨處，婉然在牀⊙奇葩逸麗，淑質豔光⊙覩臣遷延⊙微笑而言⊙曰：「上客何國之公子？所從來無乃遠乎？」遂設旨酒，進鳴琴。臣遂撫絃爲幽蘭白雪之曲。女乃歌曰：「獨處室兮廓無依⊙思佳人兮情傷悲⊙有美人兮來何遲⊙日既暮兮華色衰⊙敢託身兮長自私⊙」玉釵挂臣冠，羅袖拂臣衣⊙時日西夕，玄陰晦冥⊙流風慘冽，素雪飄零⊙閑房寂謐，不聞人聲⊙于是寢具既設，服玩珍奇⊙金鉔薰香，黼帳低垂（注三）⊙裀褥重陳，角枕横施⊙女乃弛其上服，表其褻衣⊙皓體（注四）呈露，弱骨豐肌⊙時來親臣，柔滑如脂⊙臣乃脈定於內，心正于懷⊙信誓旦旦，秉志不回⊙翻然高擧，與彼長辭⊙

全文押韻的地方有四十一處，並十度換韻。現在將該賦韻腳分段排列並註明《廣韻》所屬韻部：

一、忠（東）、官（東）

二、徒（模）、車（魚）、隅（虞）、乎（模）、居（魚）、娛（虞）。（注五）

三、子（止）、齒（止）、起（止）、止（止）、矣（止）。

四、中（東）、宮（東）。

五、虛（虞）、居（魚）。
六、堂（唐）、張（陽）、牀（陽）、光（唐）。（注六）
七、延（仙）、言（元）。
八、依（微）、悲（脂）、遲（脂）、衰（脂）、私（脂）、衣（微）。
九、冥（青）、零（青）、聲（清）。
十、奇（支）、垂（支）、施（支）。
十一、衣（微）、肌（脂）、脂（脂）、懷（皆）、回（灰）、辭（之）。

第一段及第四段所列皆《廣韻》「東」韻字，均屬古音「冬」部字；第三段所列皆爲「止」韻字；第十段所列皆「支」韻字。均無他韻字夾雜其中，故無庸探究。

第二段及第五段所列爲《廣韻》「魚」「虞」「模」三韻字。在先秦「虞」韻字有一半與「侯」韻字合爲一部；另一半與「魚」「模」二韻字合爲一部。依羅常培與周祖謨的研究，此二部到兩漢已合用不分（注七）。于海宴《漢魏六朝韻譜．韻部分合表》亦說：漢代「魚」「模」「虞」「侯」四韻合用；到魏晉宋「魚」「模」「虞」合用，「侯」韻併入「尤」「幽」；齊梁之後，「魚」韻獨用，「模」「虞」合用。王力〈南北朝詩人用韻考〉認爲第一期「魚」「虞」「模」合用；第二期除梁武帝父子外，「虞」「模」不與「魚」混；第三期則「魚」與「虞」「模」分用（注八）。因此由〈美人賦〉魚虞模三韻合用的情形看來，是符合西漢至劉宋時的用韻情形，而與齊梁以後不合，此可證〈美人賦〉非齊梁以後的作品。

第六段所列爲《廣韻》「陽」「唐」二韻字。在《詩經》「陽」「唐」二韻字及「庚」韻的一部分字是合爲一部的。據羅、周二氏之研究，西漢用韻與《詩經》相同，惟「庚」韻字到東漢有所變化。所以〈美人賦〉用「陽」「唐」二韻通押，也合乎西漢的情況。于氏《漢魏六朝韻譜・韻部分合表》認爲：自漢至隋「陽」「唐」均合用。但竺鳳來研究陶（潛）謝（靈運）詩用韻的情形，發現「陽」韻已有分用之勢（注九），陶詩有「陽」韻獨用之例三首。〈美人賦〉既然陽唐二韻合用，那麼它產生於東晉以後的可能性也就比較小了。

第七段以「元」「仙」二韻字通押，此二韻字在《詩經》合爲一部。羅、周二氏《兩漢韻部分論》說：兩漢韻文用韻與《詩經》相同，即包括「寒」「桓」「刪」「元」「仙」及「山」「先」的一部分。于氏《漢魏六朝韻譜》說：「兩漢三國『元寒桓刪山仙』與『眞諄臻文欣魂痕』疆界靡漫，區處特難。……至晉『寒桓刪』與『山仙』分離，『先』與『山仙』合，『元』之大半與『痕魏』同用，然猶有數字出入於『山仙先寒桓』之間；劉宋此風猶存，齊以後始絕。『刪』韻字，梁以前皆與『寒桓』同用，宋時尤著，到劉孝綽等初見獨用，惟『山』韻終始與『仙先』同用。」王力〈南北朝詩人用韻考〉也說：「大致看來，『元魂痕』是一類，『先仙山』是一類，『刪寒桓』是一類。」因此〈美人賦〉以「元」「仙」二韻相押，固然齊梁時代也偶有這個例子，但畢竟不是通常的現象，而在兩漢時代則是通常的現象。

第八段所列為「脂」「微」二韻字。在先秦「脂」「微」二韻分用（注一〇），可是到了兩漢時期「脂」「微」二部除了上聲有一點分用的跡象以外，平去聲完全同用，沒有分別，入聲也是如此（注一一）。但齊梁以後，「脂」「微」又分用了。于氏《漢魏六朝韻譜・韻部分合表》：「脂」「微」二韻在漢代與「灰」「皆」「齊」合用，到魏晉宋二韻仍合用，齊梁後「脂」「之」合用，「微」獨用。王越在〈魏晉南北朝支脂之三部及東中二部演變〉（注一二）一文中也說：齊梁時代「脂」「微」分用甚明。王氏〈南北朝詩人用韻考〉也說第二期「脂」「微」分用，惟有「脂」韻「追綏推衰誰蕤」六字專與「微」韻通押。今〈美人賦〉與「微」通押之「脂」韻字，只有「衰」字在王氏所列六字之中，而「悲遲私肌脂」則否。此亦可證〈美人賦〉非齊梁以後作品。

第九段所列為「青」「清」二韻字。在《詩經》「青」「清」二韻字及「庚」「耕」的一部分字同為一部。依羅、周二氏研究：「西漢的韻文，這些字全在一起押韻，和《詩經》相同。到東漢時期『陽』部『庚』韻一類的字都轉到本部來，就和《詩經》不同了。」可惜本賦押此韻部的字只有三字，若多些不屬「陽」部的「庚」韻字，便能較肯定的說它不是東漢以後的作品。于氏韻譜分析較粗疏，認為漢至隋「耕」「庚」「清」「青」一直是合用的。今從《經典釋文》所引東晉徐邈音，已可看出「青」韻有分立的趨勢（注一三）。王力〈南北朝詩人用韻考〉也列舉許多的例證，說明「青」韻的獨立性。因此〈美人賦〉的「青」「清」通押，雖不足確論其時代，但也可顯示漢代的可能性較大。

第十一段所列除「脂」「微」二韻字外，另外有「皆」「灰」「之」韻各一字。而賦中押韻之字，「皆」韻的「懷」字，「灰」韻的「回」字，在《詩經》先秦之音卽歸「微」部。西漢時「脂」「微」二部既已同用，則懷回二字自然可與「脂」「微」二韻字通押。相如〈上林賦〉：「悠遠長懷⊙寂漻無聲，肆乎永歸⊙然後灝溔潢漾，安翔徐回。」卽以「懷回」二字與「微」韻的「歸」字押韻。前已述及，于氏《漢魏六朝韻譜・韻部分合表》：兩漢「脂」「微」「灰」「皆」「齊」五韻合用；魏晉宋「脂」「微」合用，「灰」「咍」「皆」合用，「齊」獨用；齊梁後「脂」「之」合用，「微」獨用，「灰」「咍」合用，「皆」獨用，「齊」獨用。〈美人賦〉既然「脂」「微」「皆」「灰」同用，已經不像魏晉以後的作品(注一四)，更不會是齊梁以後的作品了。

第十一段雜有「之」韻「辭」字，那是偶爾合用的現象。相如〈子虛賦〉：「若乃俶儻瑰瑋，異方殊類⊙珍怪鳥獸，萬端鱗萃⊙充牣其中，不可勝記⊙禹不能名，卨不能計⊙」以「類萃記計」爲韻，也同此現象。「類萃」爲「至」韻字（脂韻去聲）；「記」爲「志」韻字（之韻去聲）；「計」爲「霽」韻字（齊韻去聲）。可見相如是會偶爾將「脂」「之」通押的。其實這不僅是司馬相如一人，以西漢而論，枚乘〈柳賦〉以「絲遲絲之詞」爲韻，「遲」爲「脂」韻字，餘皆「之」韻字。另外鄒陽〈酒賦〉、司馬遷〈悲士不遇賦〉、王褒〈聖主得賢臣頌〉、揚雄〈羽獵賦〉、〈逐貧賦〉、〈蜀都賦〉、劉向〈九歎・惜賢〉(注一五)，都有類似的情形。

由以上的分析，我們可以說：〈美人賦〉不是齊梁以後的作品。它的用韻與西漢人的用韻完全相合。因此，我認爲《古文苑》及唐人類書：歐陽詢的《藝文類聚》、徐堅的《初學記》，收取此賦，必有根據。既然題爲司馬相如的作品，應該是可以相信的。民國六十一年四月二十八日《聯合報》副刊有葉慶炳先生〈有關中國文學史的一些問題〉一文，葉先生歸納前人所說並加以補充，提出五點理由，認爲〈美人賦〉非司馬相如所作。現在我簡述葉氏提出的五點理由，並一一予以檢討。

一、〈美人賦〉的內容，與《西京雜記》所載相如作此賦的動機（注一六）全然不符，如果《西京雜記》的記載不錯，相如的確爲自刺而寫過〈美人賦〉，那也不會是這篇誇耀自己不好色的〈美人賦〉。

今按：《西京雜記》是一部有問題的書，《隋書．經籍志》未註明《西京雜記》撰人名氏。《唐書．藝文志》則謂爲晉葛洪所作。《西京雜記》記有作者問揚雄的事，因此有人認爲是漢劉歆所撰。後人又依從《酉陽雜俎》，謂係梁吳均所作。姑不論該書眞實作者爲誰，我們可以認定一項事實，卽該書作者去司馬相如時代已遠，《西京雜記》所記〈美人賦〉的寫作動機是不一定可信的。賦文既與《西京雜記》不符，則賦文更不會是後人看《西京雜記》以後才僞作的。

二、從「司馬相如美麗閑都」這句話看，完全是第三人口吻，尤其司馬相如不會自稱「美麗閑都」。

今按：楚辭中的〈卜居〉、〈漁父〉二篇，漢人均相信是屈原的作品。這兩篇在漢人看來，當然是作者故意用第三人口吻說自己的事。既已有此先例，則漢人也可以仿作。以司馬相如借楊狗監獻〈子虛賦〉及賺取卓家人財的行徑看來，他是最擅長表露自己的人。他藉用第三人口吻稱贊自己「美麗閑都」，及有坐懷不亂的定力，也是很可能的。

三、細察本傳的文字，相如是隨梁孝王客遊梁國，與鄒陽等文士同行。但據賦文，則是相如因慕梁王高義，隻身遠投梁國，才在上宮閒館發生了豔遇。賦文顯然與史傳不符。

今按：《史記．司馬相如列傳》並沒有明言同行。《史記》說：「是時梁孝王來朝，從遊說之士齊人鄒陽、淮陰枚乘、吳莊忌夫子之徒，相如見而說之。因病免，客遊梁。梁孝王令與諸生同舍。」自相如見而悅之，到因病免，客遊梁，到底經過多久，不得而知，更沒有說明是否與這些人同行。再說閒館豔遇應該是虛構的（因爲依他以琴心挑卓文君，和晚年文君白頭吟的軼事看來，他實在不像柳下惠），那麼時間也是隨意安置的，所以卽使是同行，也不足以否定賦文出於相如手筆。

四、如果說〈美人賦〉故事本屬相如虛構，那又何必把毀謗自己的人屬之鄒陽，且直書其名而不稍諱。

今按：上宮閒館的豔遇雖係虛構，但不能據此判定鄒陽譖謗和相如答辯作賦這回事也係虛構。卽使我們能證明鄒陽不會搬弄是非，絕無譖譭之事，也不能否定二人有過節，及相如刻意把鄒陽安上去的可能性。依文章體例而言，既直書相如名氏於前，亦當直書譖者之名於後，全用信而有徵的人名。若要隱諱，那就應該用〈子虛、上林賦〉的手法，稱烏有子虛無是公了。

五、〈美人賦〉中「玉釵挂臣冠，羅袖拂臣衣」，像這種句法，是齊梁間詩賦合流後的現象，不是漢賦所有的。

今按：本文上面已分析〈美人賦〉用韻情形，證明該賦不是齊梁人的作品。至於「玉釵挂臣冠，羅袖拂臣衣」這兩句，其第三第八兩字同用仄聲，第四第九字同用「臣」字，實與齊梁人重視的四聲八病的規律不合，倒是有點像與相如同時的李延年所作〈佳人歌〉：「一顧傾人城，再顧傾人國。」只是同用字沒有那麼多罷了。由於李延年〈佳人歌〉（見《漢書・李夫人傳》）已具五言詩的雛型，我們實在不能確定司馬相如不能寫這樣的句子。何況僅此二句，又非通篇如此。僅憑此二句，斷定此賦爲齊梁人的作品，恐不妥當。

葉慶炳先生所提出的五點理由，並不足以否定〈美人賦〉是司馬相如的作品。「像這種代表司馬相如的個性和才幹的作品，若用僞作的名義，輕輕地削去其著作權的事，無論如何，我們是始終反對的。」《中國文學發達史》對這一問題的結論，我仍然予以支持。

注釋

注一：「墨」字與前句「色」字，亦可押韻。羅常培、周祖謨《漢魏晉南北朝韻部演變研究・兩漢韻譜》

收之。色屬職韻，墨屬德韻，〈兩漢韻譜〉同列「職部」。相如賦二韻混用不別。如〈子虛賦〉得（德）職爲韻，極（職）北（德）爲韻，〈封禪文〉德翼（職）爲韻，〈哀秦二世賦〉得（德）食（職）爲韻。又依于海晏《漢魏六朝韻譜．韻部沿革論》所說：「兩漢職德同用……建安後，職德分立，歷晉宋至隋，疆界甚嚴。」則〈美人賦〉此處用韻可用爲〈美人賦〉係建安以前作品的證據。惟因韻腳不在句末，爲免取材不嚴謹之嫌，今暫不收入。

注二：《文選．石闕銘．注》引作：「寂寥至虛。」

注三：《文選．別賦．注》作：「金爐香薰，黼帳周垂。」《舞賦．注》亦作「周垂」，與押韻字無關。

注四：《文選．洛神賦．注》作「質」。

注五：羅、周二氏〈兩漢韻譜〉無「乎」，宜補入。

注六：羅、周二氏〈兩漢韻譜〉，未列「堂張牀光」，疑係疏漏。

注七：詳見二氏合著之《漢魏晉南北朝韻部演變研究》第一分册，頁二十一。注一、注五、注六所云韻譜，即此書之一部分。

注八：見《清華學報》十一卷三期，民國二十五年七月出版。此文分南北朝詩人用韻變遷爲三期，第一期包括何承天、謝靈運、鮑照等人約當劉宋以前。第二期包括沈約、梁武帝父子等人，約當齊梁之間。第三期包括庾信、陳後主、隋煬帝等人，爲陳隋之際。

注九：詳見竺鳳來所撰《陶謝詩韻與廣韻之比較》，國立政治大學中國文學研究所碩士論文，嘉新水泥公司文化基金會出版。

注一〇：脂微二韻段玉裁列於古音第十五部，王力《上古韻母系統研究》力主脂微分部。董同龢《上古音韻表稿》亦如此分之。陳新雄《古音學發微》亦然。

注一一：詳見《漢魏晉南北朝韻部演變研究》第一分册，頁三〇。

注一二：王文見《中山大學文史所月刊》一卷二期。

注一三：詳見拙著《經典釋文引徐邈音之研究》第五章。

注一四：依〈南北朝詩人用韻考〉，所有南北朝詩人，惟第一期的謝靈運及謝惠連二人，「之脂微齊皆灰咍」同用。

注一五：詳見羅、周二氏《漢魏晉南北朝韻部演變研究》第一分册，頁一三一及頁一六七。

注一六：《西京雜記》卷二：「長卿素有消渴疾。及還成都，悅文君之色，遂以發痼疾，乃作美人賦欲以自刺。而終不能改，卒以此疾至死。文君爲誄傳於世。」

肆　〈長門賦〉辨證

司馬相如〈長門賦〉，最早見於《昭明文選》，不見於《史記》及《漢書》本傳。史傳又無賦序所謂陳皇后復幸之事；加以相如死於漢武帝之前，居然在序文中稱「孝武皇帝」的諡號。因此有很多人認爲〈長門賦〉是後人僞託的。由陸厥啟其疑，顧炎武舉其證。顧氏《日知錄》卷一九郎說：「相如以元狩五年卒，安得言孝武皇帝？」又說：「陳后復幸云云，正如馬融〈長笛賦〉所云：『屈平適樂國，介推還受祿。』」但《藝文類聚》引《漢書》曰：「武帝陳皇后爲妒，別在長門宮。司馬相如作賦，皇后復親幸。」此不知所據何本。《黃滔集》有〈陳皇后因賦復寵賦〉云：「已無行雨之期，空懸夢寐；終自凌雲之製，能致煙霄。」可見唐人有以此爲實事的。〈長門賦〉不見於今本《史記》、《漢書》，恐不能用爲相如未作〈長門賦〉的證據。《漢書・藝文志》稱司馬相如賦二十九篇，而今所能見者，連同〈長門賦〉才六篇，另加兩篇篇名可考而賦文不傳的，總共才八篇（注一）。本傳只錄四篇。可見本傳不錄不足以否定它的存在。

〈長門賦〉之啟人疑竇，完全在賦序。因此有人認爲相如作賦是眞有其事，而賦序則失實。如司馬貞《史記索隱》云相如：「乃作頌以奏，皇后復親幸。作頌信工也，復親幸之，恐非實也。」其實只說「復親幸恐非實」是不夠的。因爲賦序根本不是相如的手筆。我們只要稍爲留意一下歷代賦的結構，便可發現西漢以前的賦是沒有自序的。王芑孫《讀賦卮言・序例》曾說：「自序之作，始于東京。」我們現在在《文選》可看到賈誼的〈弔屈原文〉和〈鵩鳥賦〉，以及揚雄的〈解嘲〉和〈甘泉賦〉，都是後人把《漢書》的話抄來作序，而不是作者的原序(注二)。由此我們可以知道今存西漢辭賦的賦文和賦序是兩回事，絕不可以賦序的瑕疵而否定賦文。因此我們論〈長門賦〉的眞僞，應就賦文本身探討。賦序既爲後人所加，則稱「孝武皇帝」也就不足爲奇了。而陳皇后復見親幸，在好事者補賦序時，可能已有此一傳說，而爲賦序所本。

就賦文的本身討論，如僅著重其風格，也不免見仁見智。《南齊書・陸厥傳》陸厥〈與沈約書〉云：「〈長門〉、〈上林〉殆非一家之賦。」何屺瞻也說：「此文乃後人所擬，非相如作。其辭細麗，蓋張平子之流也。」(注三)但張惠言《七十家賦鈔》則反駁道：「此文非相如不能作，或以爲平子之流，未知馬張之分也。」像這種討論，就不容易有定論。目前所探討的，不是品評〈長門賦〉的風格及文辭的高下，而是辨證其眞僞，必須有眞憑實據以爲確證。我們認爲最好的方法，是從賦文的押韻去分析，因爲時有古今，地有南北，歷代各地用韻不盡相同，前人既不知音變之理，更不知其演變過程，所以有心作僞者，也不免留下破綻。我們只要先觀察〈長門〉押韻是否合乎西漢時代用韻的情形，再看它是否和司馬相如其他賦用韻的情形相同，並對其用韻特殊的地方，予以合理的解釋，然後再與張衡賦中用韻的情形比較，就可以知道〈長門賦〉的作者是張衡或是司馬相如了。

今依《文選》將〈長門賦〉迻錄於後，並以雙圈標出韻腳：

夫何一佳人兮，步逍遙以自虞◎魂踰佚而不反兮，形枯槁而獨居◎言我朝往而暮來兮，飲食樂而忘人◎心慊移而不省故兮，交得意而相親◎伊予志之慢愚兮，懷貞愨之懽心◎願賜問而自進兮，得尚君之玉音◎奉虛言而望誠兮，期城南之離宮◎脩薄具而自設兮，君曾不肯乎幸臨◎廓獨潛而專精兮，天漂漂而疾風◎登蘭臺而遙望兮，神怳怳而外淫◎浮雲鬱而四塞兮，天窈窈而晝陰◎雷殷殷而響起兮，聲象君之車音◎飄風迴而起閨兮，舉帷幄之襜襜◎桂樹交而相紛兮，芳酷烈之誾誾◎孔雀集而相存兮，玄猨嘯而長吟◎翡翠脅翼而來萃兮，鸞鳳翔而北南◎心憑噫而不舒兮，邪氣壯而攻中◎下蘭臺而周覽兮，步從容於深宮◎正殿塊以造天兮，鬱並起而穹崇◎閒徙倚於東廂兮，觀夫靡靡而無窮◎擠玉戶以撼金鋪兮，聲噌吰而似鐘音◎刻木蘭以爲榱兮，飾文杏以爲梁◎羅丰茸之遊樹兮，離樓梧而相撐◎施瑰木之欂櫨兮，委參差以槺梁◎時彷彿以物類兮，象積石之將將◎五色炫以相曜兮，爛耀耀而成光◎緻錯石之瓴甓兮，象瑇瑁之文章◎張羅綺之幔帷兮，垂楚組之連綱◎撫柱楣以從容兮，覽曲臺之央央◎白鶴噭以哀號兮，孤雌跱於枯楊◎日黃昏而望絕兮，悵獨託於空堂◎懸明月以自照兮，徂清夜於洞房◎援雅琴以變調兮，奏愁思之不可長◎案流徵以卻轉兮，聲幼妙而復揚◎貫歷覽其中操兮，意慷慨而自卬◎左右悲而垂淚兮，涕流離而從横◎舒息悒而增欷兮，蹝履起而彷徨◎揄長袂以自翳兮，數昔日之諐殃◎無面目之可顯兮，遂頹思而就牀◎摶芬若以爲枕兮，席荃蘭而茝香◎忽寢寐而夢想兮，魄若君之在旁◎惕悟覺而無見兮，魂迋迋若有亡◎衆鷄鳴而愁予兮，起視月之精光◎觀衆星之行列兮，畢昴出於東方◎望中庭之藹藹兮，若季秋之降霜◎夜曼曼其若歲兮，懷鬱鬱其不可再更◎澹偃蹇而待曙兮，荒亭亭而復明◎妾人竊自悲兮，究年歲而不敢忘◎

全文用韻的地方有四十八處，並五度換韻。現在將該賦韻腳分段排列，並註明《廣韻》韻部：

一、虞（虞）、居（魚）。

二、人（眞）、親（眞）。

三、心（侵）、音（侵）、宮（東）、臨（侵）、風（東）、淫（侵）、陰（侵）、音（侵）。

四、襜（鹽）、誾（眞）。

五、吟（侵）、南（覃）、中（東）、宮（東）、崇（東）、窮（東）、音（侵）。

六、梁（陽）、撐（庚）、梁（陽）、將（陽）、光（唐）、章（陽）、綱（唐）、央（陽）、楊（陽）、堂（唐）、房（陽）、長（陽）、揚（陽）、卬（唐）、横（庚）、徨（唐）、殃（陽）、牀（陽）、香（陽）、旁（唐）、亡（陽）、光（唐）、方（

陽）、霜（陽）、更（庚）、明（庚）、忘（陽）。

第一段用韻爲「魚」「虞」兩韻字。從先秦到齊梁這兩韻字可通押，僅根據此，只能說〈長門賦〉不是蕭梁以後的作品。而它既然收入《昭明文選》，當然不會是蕭梁以後的作品。因此「魚」「虞」二韻通押，對考定〈長門賦〉創作的時代，沒有幫助。

第二段用韻只有「眞」韻字；第四段則「眞」韻字與「鹽」韻字通押。在兩漢時代，「眞」韻字屬「眞」部（注四）；「鹽」韻字屬「談」部（注五）。本來兩部韻尾不同，「眞」部屬舌尖鼻音「n」；「談」部屬雙脣鼻音「m」。因此很少有通押的情形，王力〈南北朝詩人用韻考〉也沒有舉出這類例子來。所以這是相當特殊的情形，很值得我們探究。從《漢魏晉南北朝韻部演變研究・兩漢韻譜》看來，這兩部通押的例子，除了〈長門賦〉外，尚有王褒〈四子講德論〉以「陳賢廉」爲韻，揚雄《太玄・少卦》以「淵鑯」爲韻。「廉」「鑯」皆「鹽」韻字，周秦兩漢屬「談」部；「陳」屬「眞」韻字，「賢」「淵」屬「先」韻字，周秦兩漢屬「眞」部。王褒是西漢蜀郡資中人，揚雄與司馬相如是西漢蜀郡成都人。他們三人同以「談」部「鹽」韻字與「眞」部字通押，這必然是受到西漢蜀地方音的影響。〈長門賦〉押韻特異之處，與西漢蜀郡王褒、揚雄的作品相似，這正可以證明〈長門賦〉是西漢蜀郡司馬相如所作，而不是東漢南陽張衡所作。

第三、第四、第五段韻腳，依羅、周二氏〈兩漢韻譜〉，是相合而認爲「侵多談眞」合韻。雖然在兩漢有「眞」部與「侵」部（注六）通押的例子，也偶有「侵」部與「談」部通押的例子，但它們畢竟是不同部，而且此例不多。何況列於第四段押韻的四句，是對仗極工的隔句對，因此就對偶而言，可自成單元；就文義而言，其上四句形容天象，此四句描述近物，以下四句則寫動物，因此也各成小段落，可見它已構成押韻換韻的要件。于光華《文選集評》也說：「襜與侵韻相通，誾在眞韻，不能通侵，當照《韻補》襜叶瞋，與誾另爲一韻，非與上下侵韻通轉也。」張雲璈《選學膠言》亦以爲如此。爲了嚴謹起見，我們還是把它分開了，其實此處用韻分合對考定賦文的時代，並沒有關係。

第三段、第五段所列爲「侵」「覃」「東」三韻字，其中「侵」「覃」二韻及「東」韻「風」字，從周秦兩漢同屬「侵」部，其他「東」韻字「宮中崇窮」皆合口三等，古屬「冬」部。關於「冬」「侵」通押，有幾點是值得我們注意的：在司馬相如的作品中，如〈上林賦〉以「蔘風音宮窮」爲韻，前三字屬「侵」部，後二字屬「冬」部，是「侵」「冬」通押的旁證，此其一。另外與相如同屬蜀郡的：王褒〈洞蕭賦〉以「淫慘音風窮」爲韻；揚雄《太玄・進》以「陰融」爲韻，《太玄・沈》以「陰宮」爲韻，《太玄・玄瑩》以「深崇中」爲韻。以上「窮融宮崇中」爲「冬」部字，其餘爲「侵」部字。因此羅、周二氏以爲「侵」部字和「冬」部字元音相近，並且以此爲西漢蜀郡方言特點之一，此其二。除此之外，漢人亦偶有「冬」「侵」通押的例子，但東漢張衡的作品則沒有這種通押的例證，此其三。由以上三點，我們可以看出〈長門賦〉應該是司馬相如的作品，而不是張衡的作品。

第六段所列二十七字，屬「陽」「唐」「庚」三韻字。周秦古音「庚」韻一部分字歸「耕」部（注七）；另一部分與「陽」「唐」韻合歸「陽」部（注八）。今此二十七字皆「陽」部字。依羅、周二氏研究，西漢韻文押這些韻的情形，是和《詩經》一樣的，惟有「庚」韻一類字，像「京明行兄」等字，偶爾和「耕」部字押韻。到了東漢，這一類大半都轉入耕部（惟有「行」字或與「陽」部叶，或與「耕」部叶，而且跟「行」字應用上的意義無關，所以沒有一定的屬類）。這種轉變正是東漢音和西漢音不同的地方。不過東漢時也還有少數用「陽」「唐」韻和「庚」韻這類字在一起通押的例子，如班固、張衡有時這樣押，有時那樣押，沒有一定，呈現出轉變時期不規律的現象，到三國以後就絕少如此（注九）。〈長門賦〉既然將此類「庚」韻字與「陽唐」韻字通押，完全合乎西漢時代押韻的規律。雖然東漢也偶爾有不規則的現象，但至少我們可以說它爲西漢時代作品的可能較大。而且我們從司馬相如的其他作品可以找出類似的押韻，如〈上林賦〉以「凰明」爲韻；〈封禪文〉以「明良」爲韻。「明」爲「庚」韻字，「凰」爲「唐」韻字，「良」爲「陽」韻字。固然張衡的作品也可以找出旁證，但我們不能不注意：張衡也以它跟「耕」部通押的。而〈長門賦〉則否。同時前面兩點已足以否定此賦爲張衡所作的可能性了。

綜觀上述，我們由「陽」「唐」「庚」韻字的通押，大體可以認定〈長門賦〉是西漢時期的作品；再由「侵」「覃」「東」韻字的通押，可以判定它不是張衡的作品，而以西漢蜀郡人作品的可能性較大；又以「眞」「鹽」合韻觀之，除西漢蜀郡人以外，已無此例。因此我們可以相信：《文選》收錄〈長門賦〉應該有相當的依據，該賦應係司馬相如的作品。明張伯起《談輅》云：「以武帝之明察，能讀〈子虛賦〉而稱美，則非不知文者。倘讀〈長門賦〉，獨不能辨其非后筆耶？究所從來，死有餘罪。相如何利百金取酒而冒爲之哉？當是相如知后失寵，擬作此賦，一時好事增爲此說耳。」（注一〇）他說相如知后失寵，擬作此賦，相當合乎情理。至於序文，前已論證，西漢人沒有爲賦文寫自序的習慣，今所見者皆後人所增益，這是信而可徵的。最重要的是：從賦文押韻較特殊的地方，我們不但可以證明那是西漢時蜀郡人作品的共同特性，並且可從司馬相如其他作品中找出旁證。所以我們實在不能不佩服張惠言的慧眼與獨排眾議的膽識。許巽行《文選筆記》卷三亦云：「案此賦非長卿不能作。其序云云，當是後人所題，如賈誼〈鵩鳥〉、子雲〈甘泉〉之例。且皇后復幸，亦是子虛。觀此賦者不可膠於理論也。」其見識卓越，與張惠言持論相同，可做爲本文的結論。

注　釋

注　一：今所見者爲：〈子虛賦〉、〈上林賦〉、〈大人賦〉、〈哀二世賦〉、〈長門賦〉、〈美人賦〉，共爲六篇。兩篇可考篇名而不見全賦者爲：〈梨賦〉（見《文選．魏都賦．劉逵注》引）、〈魚葅賦〉（見《北堂書鈔》一四六）。若加〈難蜀父老〉、〈封禪文〉二篇賦體之文，則可達十篇。

注　二：宋王觀國《學林》已指出那些所謂賦序，都是史辭。請參看許世瑛先生在《學術季刊》二卷六期所發表的〈司馬相如及長門賦〉。

注　三：見《義門讀書記》卷一。

注　四：此韻部名稱，依羅常培、周祖謨《漢魏晉南北朝韻部演變研究》。後仿此。兩漢音「眞」部，包括上古《詩經》「眞」「文」二部（此即段玉裁十二、十三部；王念孫稱「眞」「諄」；江有誥稱「眞」「文」；黃季剛稱「先」「魂」）。此二部字在楚辭和晚周諸子已多通用，兩漢則完全合用。

注　五：兩漢「談」部即周秦「談」部。黃季剛及陳新雄先生稱爲「添」部。此與章太炎以前諸家所稱「談」部內涵不同。諸家「談」部再分二部，今已成定論。

注　六：兩漢「侵」部亦即周秦「侵」部。戴震稱「音」部，王念孫、江有誥、章太炎亦稱「侵」部，黃季剛稱「覃」部。

注　七：即段玉裁第十一部，江有誥稱「庚」部，章太炎及黃季剛稱「青」部，王念孫及陳新雄先生皆稱「耕」部。

注　八：即段玉裁第十部，黃季剛先生獨稱「唐」部，其他諸家皆稱「陽」部。

注　九：詳見羅、周二氏《漢魏晉南北朝韻部演變研究》第一分冊頁三四—三五及頁一八一—一八二。

注一〇：見張雲璈《選學膠言》卷八。

伍 〈高唐賦〉撰成時代之商榷

——以音韻考辨爲主

一、有關宋玉賦作者問題之提出

《漢書・藝文志》載宋玉賦十六篇（注一），《隋書・經籍志》載宋玉集三卷（注二），而今可見者，於王逸《楚辭章句》有〈招魂〉和〈九辯〉；於蕭統《文選》有〈風賦〉、〈高唐賦〉、〈神女賦〉、〈登徒子好色賦〉、〈對楚王問〉；《古文苑》載有〈笛賦〉、〈大言賦〉、〈小言賦〉、〈諷賦〉、〈釣賦〉、〈舞賦〉等。〈舞賦〉見於《文選》，題爲傅毅所作，後人皆從《文選》而不從《古文苑》。嚴可均校輯《全上古三代秦漢三國六朝文》，除將〈舞賦〉歸諸傅毅之外，並在〈笛賦〉下云：「此賦用宋意送荆卿事，非宋玉作，然隋唐已前，本集有之，誤收久矣，不必刪耳。」（注三）比嚴可均稍早的崔述（注四），在其《考古續說・卷下・觀書餘論》提到宋玉賦可能有更多的僞作：

周庾信爲〈枯樹賦〉，稱殷仲文爲東陽太守，其篇末云：「桓大司馬聞而歎曰……」云云，仲文爲東陽時，桓溫之死久矣。然則是作賦者託古人以自暢其言，固不計其年世之符否也。謝惠連之賦雪也，託之相如；謝莊之賦月也，託之曹植。是知假託成文，乃詞人之常事。然則〈卜居〉、〈漁父〉，亦必非屈原之所自作，〈神女〉、〈登徒〉，亦必非宋玉之所自作，明矣。但惠連、莊、信，其時近，其作者之名傳，則人皆知之；〈卜居〉、〈神女〉之賦，其世遠，其作者之名不傳，則遂以爲屈原、宋玉之所爲耳。推此而求，則戰國以前帝王聖賢之事，爲後人所託言者，蓋不可勝道矣。然當其初，讀之者，亦未必遂信爲實，但姑妄言之，姑妄聽之耳。既而其傳日久，矜奇愛博者多，或徵引以備典故，或組織以入詩賦，而淺學之士，習於耳目之所見聞，遂以爲其事固然，而編古史者因采而輯之，論古人者遂據之以爲其人之是非優劣，而古人之寃，遂終古不白矣。近世有作《鬼方記》者，云「殷高宗伐鬼方，三年克之，使鬼谷先生守其地。」其寓言正與庾賦同，若不幸傳之後世，淺學者必以鬼谷先生爲殷時人，不則以爲有兩鬼谷先生矣。（注五）

崔氏說：「戰國以前帝王聖賢之事，爲後人所託言者，蓋不可勝道矣。」確是實情，因爲那些事有太多是口頭傳說的史料，可信度都值得商榷（注六），但我們並不能據此以推斷戰國以前的史料，全都是假的；同時，我們也不應該以今律古，以後代的文學現象，直接套用，認爲古代也必然如此。謝惠連賦雪託之相如，謝莊賦月託之曹植，並不足以證明〈卜居〉、〈漁父〉必非屈原自作，〈神女〉、〈登徒〉必非宋玉所作。其實崔述此文，是針對《鬼方記》寫鬼谷先生寓言而發，以顧炎武《日知錄・假設之辭》一條所引的事例爲主，再旁益推衍，以證其說（注七），對屈原、宋玉之作，並未細考，不意竟引發後人對宋玉著作權的全面剝奪。

對宋玉名下作品提出質疑的，雖然不始於崔述（注八），但因宋玉名下作品，主角直稱宋玉之名的，不只是〈神女賦〉和〈登徒子好色賦〉，還有〈風賦〉、〈高唐賦〉、〈大言賦〉、〈小言賦〉、〈諷賦〉、〈釣賦〉、〈對楚王問〉等，乃因崔述之說，使這些作品的作者，全都成了問題，所以影響深遠。陸侃如的〈宋玉評傳〉和劉大白的〈宋玉賦辨僞〉，認定除了〈九辯〉和〈招魂〉外，十篇宋玉賦都是後人託古之作（注九），劉大杰《中國文學發展史》敍述宋玉時只取〈九辯〉（注一〇）；游國恩、王起、蕭滌非、季鎭淮、費振剛主編的《中國文學史》，更斬釘截鐵地說：「宋玉作品流傳下來的只有〈九辯〉一篇。」（注一一）如果再採信梁章鉅《文選旁證》所引：「〈九辯〉無哀師意，恐非宋玉作。」那麼，宋玉便沒有一篇作品傳世，所有宋玉的著作權就幾乎全面被否定。

二、〈高唐賦〉是否僞託仍有商討的必要

其實，那麼輕率剝奪宋玉的著作權，是不公平的。如前所述，謝惠連賦雪託之相如，謝莊賦月託之曹植，實不足以藉此論定〈神女賦〉、〈登徒子好色賦〉必是後人託之宋玉。後世論者，當然了解這個道理，於是就建立「假託捏名階段論」，以奠定其理論基礎。如陸侃如〈宋玉評傳〉便說：

這種假託是起源於荀，他的賦裏大都是兩個人的問答之辭；但究竟是誰問誰答，卻沒有說明，這是文學技術幼稚之證。賈誼便進步了，有主名了，如〈鵩鳥賦〉便是敍鵩鳥與著者問答之辭的（但他自己稱爲「余」，與〈神女〉、〈登徒〉之稱宋玉不同）。這種自敍的格式很受牽掣，故司馬相如便用假名，如子虛、烏有、亡是公之類。這是文學技術進步之證。最後，便有以歷史的人物來借用的。（注一二）

劉大白也有類似的說法，其〈宋玉賦辨僞〉說：

大概捏名的賦體，可分爲兩類：一類是假設幻象的，如司馬相如〈子虛賦〉、〈上林賦〉，假設子虛、烏有先生、亡是公；揚雄〈長楊賦〉假設子墨客卿、翰林主人之類。一類是假託古人的，如邊讓〈章華賦〉假託伍舉、謝惠連〈雪賦〉假託司馬相如、謝莊〈月

> 賦〉假託王粲、傅毅〈舞賦〉假託宋玉之類；而現在所稱爲宋玉賦十篇的，都屬於第二類。這兩類賦體發生底先後，大約第一類在前，而第二類在後。這也如故事中的神話和傳說，第一類先起，是假設幻象的神道；第二類後起，是假託古代的偉人的。人類底想像，從虛幻而漸趨於實際，大約都是如此。（注一三）

表面看來，他們都言之成理，持之有據。其實陸氏先排除了他認爲有問題的賦篇形式，建構其文學技術進步的階段論，然後再證明那些賦篇確有問題。劉氏也先認定宋玉賦十篇都是後人僞託的，然後論定兩類賦體的先後，以證明這些賦都是後人所依託。他們都不免犯了循環論證（circular argument）的邏輯謬誤，卻又影響深遠，如楊胤宗〈宋玉賦考〉，也都以輕描淡寫剝奪其著作權。

若我們不預存立場，純就史料來看，宋玉賦中提及楚襄王和宋玉者，有〈風賦〉、〈高唐賦〉、〈神女賦〉、〈大言賦〉、〈小言賦〉、〈諷賦〉、〈釣賦〉等；〈登徒子好色賦〉則稱楚王而不稱襄王。〈大言賦〉、〈小言賦〉、〈風賦〉、〈釣賦〉、〈登徒子好色賦〉還分別提到景差、唐勒、登徒子等人。或許還可說這正是早期賦體不用假託，或即使假託也只假託時人。莊子的時代略早於宋玉（注一四），《莊子》寓言中，不乏歷史人物，也有劉氏所謂的幻象人物，更有莊子自己與時人的對話（注一五），看來劉、陸所指稱的「假託捏名階段論」，恐怕很難成立。

於是「中國社會科學院文學研究所中國文學史編寫組」所編寫的《中國文學史》（注一六），便說：「《招魂》和《文選》所載四篇也有人認爲不是宋玉作品，但理由不充分。」姜書閣則認爲：「可信爲宋玉賦者，只有〈九辯〉、〈高唐〉、〈神女〉及〈風賦〉四篇而已。雖此四篇，自古至今，也都有少數學者致疑，但皆論據不足，故仍以定爲宋玉賦爲當。」（注一七）

在這幾篇比較可信的宋玉賦中，〈高唐賦〉是最可注意的一篇，因爲這篇寫高唐，極言其山之高，其水之險，猛獸鷙鳥之奔駭，水蟲魚鱉之交積，樹木叢茂，枝摩聲會，登高望遠，仰觀俯視，寫景布局，次第分明，極聲貌以窮文，如果認定它是宋玉之作，當然就如姜書閣所云，它「無論在形式上，在內容上，都直接給予漢代賦家以重大影響，給漢『大賦』樹立了樣板，確定了長期爲漢人遵依的寫賦體制。」（注一八）因爲它太像〈子虛〉、〈上林〉了。

但陸侃如先否定〈高唐〉等賦爲宋玉的作品，於是他對賦史發展，就有不同的觀察，他在〈宋玉評傳〉中說：

> 賦的進化史可分三期，第一期代表爲荀卿，那時尚未正式稱賦（他只把〈知〉、〈禮〉等篇合稱〈賦篇〉，而無〈知賦〉、〈禮賦〉等名稱），形式方面完全與《詩經》一樣。第二期代表爲賈誼，他已正式稱賦，但他覺得《詩經》式的荀賦不足達意，於是改用楚辭的

格式，第三期代表為司馬相如，他覺得楚辭的格式還不十分自然，於是採用〈卜居〉的格式，做成偶然有韻的散文，而同時也不廢賈誼一派的格式（如〈大人賦〉、〈哀二世賦〉等都是），自此以後，賦的格式不外此二種，而荀卿一派則中絕了，因為太不適用了——這個遞變之跡是很明顯的。（注一九）

游國恩《楚辭概論》同持此論，即以為從辭賦進化史看來，〈高唐〉、〈神女〉這種散文賦在戰國時是萬萬不能產生的（注二〇），可是馬積高《賦史》卻說：

散文中的問答體盛行於戰國，至秦際已趨衰微。在戰國時，人們在問答體中運用韻語以便誦讀，因而成文賦一體，是順理成章的，至漢代文景以後才產生文賦，於事理反覺不可思議。況且在〈離騷〉中早已有包含問答體的寓言（如與靈氛、巫咸的問答）出現，其由此進而獨立成章，敷衍成篇，亦是賦體本身發展的自然之勢。（注二一）

〈高唐賦〉撰成時代問題的解決，將會提供這些問題的答案，所以〈高唐賦〉撰述時代的考辨，不只是文學作品的作者歸屬問題，更是文學體式如何遞變演化的問題，影響文學發展的詮釋，如今既然議論紛紜，仍有再斟酌之餘地，乃不揣鄙陋，再作商榷，以期獲得更明確之答案，使賦史發展能得到更正確的觀察與了解。

三、有關〈高唐賦〉考辨成果之再檢討

在六、七十年前，陸侃如的〈宋玉評傳〉、劉大白的〈宋玉賦辨僞〉、游國恩的《楚辭概論》，都承崔述之說更加鋪衍補證，一致認定〈高唐賦〉非宋玉之作。三人引以爲鐵證的是賦中稱「楚襄王」。劉大白說：

除〈笛賦〉外，其餘九篇，都稱「楚襄王」或「楚王」；〈高唐賦〉首句，更於「楚襄王」之上，冠以「昔者」二字，試想，宋玉既是楚人，又爲楚臣，對王言王，何必稱楚？襄是死後的謚法，賦如眞作於楚襄王時的宋玉，何能於熊橫（卽襄王）生前，預稱他底謚法？至於「昔者」二字，更明明是後人追敍的話了。（注二二）

游國恩也舉揚雄〈甘泉賦序〉、〈羽獵賦序〉、王延壽〈魯靈光殿賦序〉，說明本國人或本朝人說到本國或本朝的君主，絕對無須說出國名或朝名（注二三），陸侃如更補充班固〈兩都賦〉，及《詩經》說及文王、武王、成王，以及《左傳·哀公五年》引齊國〈萊人歌〉稱景公之例，說這

十篇若確是宋玉所作，則這位宋玉絕非楚國人（注二四）。

關於這一點，馬積高《賦史》有所批駁：

> 荀況是趙人，但《荀子・議兵篇》說：「臨武君與孫卿子議兵於趙孝成王前。」墨子是宋人，而《墨子・所染》說：「宋康染于唐鞅佃不禮。」人們自然也可據此否定〈議兵篇〉爲荀況所作、〈所染〉篇爲墨子所作；還可以說，宋玉仕於楚，而墨翟可能未仕於宋，荀卿也未仕於趙。但我以爲，對先秦古籍還是審愼一些好。因爲在先秦，文學的流傳是不容易的，後人對前人著作的態度也不嚴肅，加字減字的情況都有，如諸子書多稱「子曰」或「某子曰」，而墨子書謂「子墨子曰」，這「墨子」二字早有人指出是墨子後學所加，以示區別；又如孟子與梁惠王同時，著書時惠王之子襄王尚未死，而《孟子》中稱「孟子謂梁襄王曰」，這「襄」字自然也應是後人所加。諸如此類，在先秦諸子中不勝枚舉。我們焉知《荀子》中的「趙孝成王」、墨子中的「宋康」、宋玉賦中的「楚襄王」，不是經過後人的改竄呢？駱紹賓師說：「宋玉諸賦，皆稱楚襄王，獨《新序・雜事第一》作楚威王（〈雜事第一〉『有楚威王問于宋玉』一段），竊意賦爲玉作，原文不應稱楚襄王，襄又誤爲威，亦猶孟子論伐燕，本齊湣王事，原文止稱齊王，而後人疑是宣王，遂誤加『宣』字也。」這是通達之論，只是可以補充一句：「楚」字也可能是後加的。

其實我們只要看〈高唐賦〉第一段，《文選》稱之爲序的部分，與《文選·別賦注》，以及《渚宮舊事》引《襄陽耆舊傳》（注二五），文字繁簡各有不同（注二六），可見後人對前人著作之態度並不嚴肅，隨意增刪，如今已可證明此段已遭增刪，那麼賦中有「楚」國名，有「襄王」謚號，也就不足爲奇，更不能以它爲後世僞託之證了。至於「昔者」，只要後來追述，便可加用，據陸、游二氏所考，宋玉死於楚襄王死後至少二十八年，作者稱襄王加「昔者」二字，實不足怪。

陸、劉、游三人，除了以賦中稱「楚襄王」以爲證據外，也都以賦體發展進程認定〈高唐〉等賦體不可能產生於宋玉的時代，有關這一點，前節已有所考辨，在此不贅。此外，比較有力的證據，還有游國恩所提：

> 〈高唐賦〉後段云：「有方之士，羨門高谿，上成鬱林，公樂聚穀，進純犧，禱琁室，醮諸神，禮太一。」我們要知道祭太一的事始於漢武帝。所謂古天子祠太一，是出於方士口中無稽之談，絕不可信。考《史記·封禪書》云：「亳人謬忌奏祠太一方曰：『天神貴者太一，太一佐曰五帝。古者天子以春秋祭太一東南郊……』於是天子令太祝立其祠長安東南郊，常奉祠如忌方。」下文接云：「其明年，郊雍，獲一角獸。若麟然。」按是年改元

元狩，故知謬忌勸武帝祠太一是元朔六年的事（《漢書・郊祀志》似在元朔五年），由此便可斷定〈高唐賦〉之產，必在元朔六年以後。又〈高唐賦〉中所說的神仙祈禱等話，明明與〈封禪書〉、〈郊祀志〉中的迷信氣味相同；而其中草木鳥獸之鋪陳，奇文怪字之引用，又無一不與〈子虛〉、〈上林〉兩賦同。故可斷言〈高唐〉、〈神女〉的作者，必是一個摹仿司馬相如的無名氏。（注二七）

有關這方面，馬積高《賦史》也駁之甚詳：

〈高唐賦〉中「有方之士……禮太一」這段話，驟看也有出自漢武帝時或以後的嫌疑。然考〈封禪書〉云：「自齊威、宣之時，騶子之徒論著終始五德之運，及秦帝，而齊人奏之，故始皇采用之。而宋毋忌、正伯僑、充尚、羨門高最後，皆燕人，爲方仙，道形解銷化、依於鬼神之事。」而〈始皇本紀〉有秦始皇使燕人盧生「求羨門高誓」事，高誓當卽高谿。羨門、高谿在鄒衍後，然在始皇時已被看作仙人，大概當是燕昭王末（鄒衍在昭王二九年，卽齊襄王元年以前已死）至燕王喜九年（此年秦王政卽位）之間的人。也卽是楚襄王十六年至楚考烈王十七年之間的人。當時七國間往來頻繁，宋玉在作品中提到他們是可能的。至於太一，則〈九歌〉中本有東皇太一，爲楚人所祀之神，爲什麼一定要與漢武帝始祀太一聯繫起來呢？若說羅列名物，多用奇字，則屈賦中已微露其端，〈招魂〉尤其顯著。〈高唐賦〉於此確有發展，但遠不如司馬相如〈子虛〉、〈上林〉，甚至也不如枚乘〈七發〉，這正說明一種逐漸發展的趨勢。如果抽掉〈高唐賦〉這個中心環節，枚乘、司馬相如的賦反而不好理解了。（注二八）

馬氏之說足以駁游氏之論，此外，劉大白〈宋玉賦辨僞〉還提出極有力的證據，便是指出賦中有不合周秦古韻的用韻情況。因爲前人不知古今音之不同，作僞者往往於韻腳處露出破綻，所以這些證據通常可成爲不可移易的鐵證。劉氏舉出〈高唐賦〉有四處不合周秦古韻（注二九）：

一、「勢薄岸而相擊兮……安敢妄摯。」一段，以「石」跟「會、礚、厲、渏、霈、邁、喙、竄、摯」爲韻。古音石在鐸部，會、礚……竄、摯在齊部。

二、「榛林鬱盛，葩華覆蓋……重疊增益。」一段，以「志」和「蹠」跟「蓋、會、藹、沛、蔕、籟、會、氣、鼻、淚、瘁、磓、隤、追、益」爲韻。古音志在咍部，蹠在鐸部，蓋、會……追、益在齊部。

三、「縱縱莘莘……不可究陳。」一段，以「禽」跟「莘、神、陳」爲韻。古音禽在覃部，莘、神、陳在先部。

四、「王乃乘玉輿，駟蒼螭……冽風過而增悲哀。」一段，以「螭」跟「諧、哀」爲韻，古音螭在歌部，諧、哀在咍部。

劉氏稱古韻，可能取黃侃的三十部名稱，第一則謂「石」不與「會、礚……」諸字同部，王念孫《讀書雜志・志餘下》「若浮海而望碣石」條，早已指出「石」爲衍文：

> 〈高唐賦〉「崪中怒而特高兮，若浮海而望碣石。」念孫案：石字後人所加，「碣」與上文之「會」、下文之「礚、厲、濇、霈、邁、喙、竄、摯」爲韻，若加「石」字於下，則失其韵矣！《史記・天官書》「勃、碣、海、岱之間，氣皆黑。」〈貨殖傳〉「夫燕亦勃、碣閒一都會也。」《正義》曰：「勃海、碣石在西北。」是碣石亦可謂之碣，不必加石字也。李善注曰：「言水怒浪如海邊之望碣石。」引《尚書・孔注》：「碣石，海畔山也。」而不單舉碣字作解云：「碣，碣石山也。」則所見本已衍「石」字。

今考其上下句，句型一致，皆六字句，單數句下加「兮」字，惟此句多一字，證明王念孫之說可信，則此段用韻沒有問題。(卽使王念孫之說不可依信，這該是「鐸月」合韻的現象，不見於先秦，也不見於西漢，獨見於班固〈西都賦〉「榭、獲、裔、藉、胙」爲韻，除非有其他資料顯示它成於東漢，否則也就沒有太大的意義。)

第二則，劉大白於換韻處未能釐析，按此段應是「氣、鼻、志、淚、瘁、磓、隤、追」爲韻，「蹠、益」爲韻。「志」在古音「之」部（黃侃則稱咍部），「氣、鼻、瘁」依諧聲偏旁古音在「沒」部（章炳麟稱「隊」部；王力稱「物」部；羅常培稱「術」部（注三〇）），「淚」在「質」部（章炳麟稱「至」部），「磓、隤、追」在「微」部。這些字在顧炎武古音十部、江永十三部，都是「支」部字，段玉裁「支脂之」三部分立，「志」字才算是不同部的字。後來入聲分立，才有「質」「沒」的分出，王力又將「脂」分出「脂、微」。其實在先秦用韻中，「脂微」合韻比其他各部合韻情形，更爲普遍，而「質沒」係「脂微」相承的入聲，合用甚多，爲一般古音學之常識，在此無庸贅言（注三一），現在必須討論的古音「之」部的「志」，該不該和「脂微質沒」的字相押韻的問題。我們只要看《詩・豳風・鴟鴞》：「既取我子，無毀我室。」子屬「之」部，室屬「質」部，《易・損・六五》及《易・益・六二》皆以「之」部的「龜」與「微」部的「違」押韻，《易・乾・文言》以「微」部的「違」與「之」部的「時」爲韻。其他合韻旁轉的例子尚多（注三二），況且連《楚辭・離騷》都以「質」部的「節」，與「職」部（「之」部之入聲）的「服」爲韻，我們實在很難藉此咬定它非戰國宋玉的作品，至於「蹠、益」爲韻，蹠屬「鐸」部，益屬「錫」部，《楚辭・九章・悲回風》以「錫」部「積、擊、策、迹（注三三）、適、悐、蹟、益」與「鐸」部「釋」字爲韻，陳新雄先生《古音學發微》亦指出：迹或蹟，亦屬「鐸」部而責屬「錫」部，鶂或作⿰赤鳥又作鷁，而鬲、益屬「錫」部，赤屬「鐸」部（注三四），可見二部古音較近（注三五），西漢則不見通押之例，到東漢通押的例子反而多了（注三六）。因此，此一韻例我們反而應該說，此賦若不撰述於先秦，則應成於東漢或以後，如果其他證據顯示它不會成於東漢或以後，那麼它就該撰作於先秦了。

第三則所舉的韻例，的確比較特殊，還沒有人提出先秦有類似的韻例，西漢二見，即唐山夫人〈安世房中歌〉與無名氏〈鐃歌遠如期〉；東漢則見於馮衍〈顯志賦〉與李尤〈函谷關賦〉，其他不知作者的〈三公山碑〉、〈郭仲奇碑〉、〈辛通達李仲曾造橋碑〉、〈薛君碑〉，倒都以「眞元侵」或通「耕」，或通「蒸」（注三七）。其實，「眞侵」二部（注三八），「韻尾既異，主要元音亦略遠」（注三九），不論先秦或兩漢，都理當不能用以通押，在少見的特例中，可考知之馮衍（卒於西元七六年以前）爲京兆杜陵人，李尤（卒於西元一二六年以後）爲廣漢雒人（注四〇），也很難看出這種韻例與某地域之方音有何關連。〈薛君碑〉刻於延熹六年（西元一六三年），〈辛通達李仲曾造橋碑〉刻於次年，〈郭仲奇碑〉刻於建寧五年（西元一七二年），〈三公山碑〉刻於光和四年（西元一八一年），由於卒於西元九二年以前的傅毅，所作〈舞賦〉已提到〈高唐賦〉，所以〈高唐賦〉也不可能作於「眞侵」較多通押的東漢末期。因此這則較特殊韻例，或許只能說是作者用韻的粗疏，並不足以用來研判它撰作的時間或地域。當然其間也有可能是傳鈔有所誤脫造成的。此外，我們還發現一項有趣的事實：就各家所列韻譜加以考察，「禽」字見於《易經》屯、比、恆三卦象傳。以其爲韻字，三處全與「冬」「東」二部字押韻（注四一）；

反倒是枚乘〈七發〉、揚雄〈兗州箴〉、張衡〈思玄賦〉、禰衡〈鸚鵡賦〉等所有漢代人用「禽」字爲韻（注四二），才都跟「侵」部字押韻，豈能據此證明〈高唐賦〉不是先秦的作品？

第四則所舉之用韻，係「歌脂微」之通押，其韻字尚有「悽、欷」，「螭」古音屬「歌」部，「諧、悽」屬「脂」部，「哀、欷」屬「微」部，「歌」部主要元音爲低前元音「a」，「脂微」略高，舌位密近（注四三），其通押之例甚多，《楚辭・遠遊》以「妃歌夷蛇飛徊」爲韻，「妃飛徊」爲「微」部，「歌蛇」爲「歌」部，「夷」爲「脂」部。〈九辯〉以「偕毀弛」爲韻，「偕」爲「脂」部，「毀」爲「微」部，「弛」爲「歌」部。此外，〈九歌・東君〉以「微」部「雷懷歸」與「歌」部「蛇」爲韻；《詩・商頌・玄鳥》以「脂」部「祁」與「歌」部「河宜」爲韻，在在說明，「歌脂微」合韻，絕不是不合先秦用韻習慣的特殊韻例。由此看來，劉氏所提，以用韻來判定〈高唐賦〉非先秦作品，恐怕很難成立。

再者，劉大白〈宋玉賦辨僞〉，僅取部分有利其論證之韻例，未能做全面考察，在態度上有失客觀，也就難怪難以令人折服了。

四、〈高唐賦〉用韻之分析

以賦文用韻考其撰成之時代，既然是最直接而有效的考辨方法，如今不妨就〈高唐賦〉之用韻，做全面之考察，考辨其用韻妥合先秦者有哪一些？不合先秦用韻者又有哪一些？希望能藉以分析其用韻特色究竟如何？又何以呈現這些特色？是否能得到合理的解釋，藉以研判其撰成之時代？

今將該賦全文逐錄於後，凡其用韻處，標出（A）（B）（C）……（Z），更下接（A_1）（B_1），依次排列以見其換韻之情形，俾便逐一考究：

> 昔者，楚襄王與宋玉遊於雲夢之臺，望高唐之觀。其上獨有雲氣，崪兮直上，忽兮改容（A）；須臾之間，變化無窮（A）。王問玉曰：「此何氣也？」玉對曰：「所謂朝雲者也。」王曰：「何謂朝雲？」玉曰：「昔者，先王嘗遊高唐，怠而晝寢，夢見一婦人曰：『妾巫山之女也，爲高唐之客（B），聞君遊高唐，願薦枕席（B）。』王因幸之（C），去而辭（C），曰：『妾在巫山之陽，高丘之阻（D），旦爲朝雲，暮爲行雨（D），朝朝暮暮，陽臺之下（D）。』旦朝視之，如言。故立爲廟，號曰朝雲。」王曰：「朝雲始出，狀若何也？」玉對曰：「其始出也，曀兮若松榯（E），其少進也，晰若姣姬（E），揚袂鄣日，而望所思（E），忽兮改容，偈兮若駕駟馬、建羽旗（E）。湫兮如風，淒兮如雨（F），風止雨霽，雲無處所（F）。」王曰：「寡人可以遊乎？」玉曰：「可。」王曰：「其何如矣！」玉曰：「高矣顯（G）矣！臨望遠（G）矣！廣矣普（H）矣！萬

物祖（H）矣！上屬於天（I），下見於淵（I），珍怪奇偉，不可稱論。」王曰：「試爲寡人賦之。」玉曰：「唯！唯！

惟高唐之大體兮，殊無物類之可儀比（J）。巫山赫其無疇兮，道互折而層累（J）。登巉巖而下望兮，臨大阺之畜水（J）。遇天雨之新霽兮，觀百谷之俱集（K）。濞洶洶其無聲兮，潰淡淡而並入（K）。滂洋洋而四施兮，蓊湛湛而弗止（L）。長風至而波起兮，若麗山之孤畝（L）。勢薄岸而相擊兮，隘交引而卻會（M）。崪中怒而特高兮，若浮海而望碣（M）（注四四）。礫磥磥而相摩兮，巆震天之礚礚（M）。巨石溺溺之瀺灂兮，沫潼潼而高厲（M）。水澹澹而盤紆兮，洪波淫淫之溶潏（M）。奔揚踊而相擊兮，雲興聲之霈霈（M）。猛獸驚而跳駭兮，妄奔走而馳邁（M）。虎豹豺兕，失氣恐喙（M）。鵰鶚鷹鷂，飛揚伏竄（M）。股戰脅息，安敢妄摯（M）。於是水蟲盡暴，乘渚之陽（N），黿鼉鱣鮪，交積縱橫（N），振鱗奮翼，蜲蜲蜿蜿（N）。

中阪遙望，玄木冬榮（O）。煌煌熒熒（O），奪人目精（O）。爛兮若列星（O），曾不可殫形（O）。榛林鬱盛，葩華覆蓋（P）。雙椅垂房，糾枝還會（P）。徙靡澹淡，隨波闇藹（P）。東西施翼，猗狔豐沛（P）。綠葉紫裹，丹莖白蔕（P）。纖條悲鳴，聲似竽籟（P）。清濁相和，五變四會（P）。感心動耳，徊腸傷氣（Q）。孤子寡婦，寒心酸鼻（Q）。長吏隳官，賢士失志（Q）。愁思無已，歎息垂淚（Q）。登高望遠，使人心瘁（Q）。盤岸巑岏，振陳磑磑（Q）。磐石險峻，傾崎崖隤（Q）。巖嶇參差，從橫相追（Q）。陬互橫啎，背穴偃蹠（R）。交加累積，重疊增益（R）。狀若砥柱（S），在巫山下（S）。

仰視山顛（T），肅何芊芊（T），炫耀虹蜺。俯視崝嶸（U），窐寥窈冥（U）。不見其底，虛聞松聲（U）。傾岸洋洋，立而熊經（U）。久而不去，足盡汗出（V）。悠悠忽忽（V），怊悵自失（V）。使人心動（W），無故自恐（W）。賁育之斷，不能為勇（W）。卒愕異物（X），不知所出（X）。縱縱莘莘（Y），若生於鬼，若出於神（Y）。狀似走獸，或象飛禽（Y）。譎詭奇偉，不可究陳（Y）。

上至觀側，地蓋底平（Z）。箕踵漫衍，芳草羅生（Z）。秋蘭茝蕙，江離載菁（Z）。青荃射干，揭車苞并（Z）。薄草靡靡，聯延夭夭（A_1）。越香掩掩，眾雀嗷嗷（A_1）。雌雄相失，哀鳴相號（A_1）。王雎鸝黃，正冥楚鳩（A_1）。秭歸思婦，垂雞高巢（A_1），其鳴喈喈，當年遨遊（A_1）。更唱迭和，赴曲隨流（A_1）。

有方之士，羨門高谿（B_1）。上成鬱林，公樂聚穀（B_1）。進純犧，禱琁室（C_1），醮諸神，禮太一（C_1）。傳祝已具，言辭已畢（C_1）。王乃乘玉輿，駟蒼螭（D_1），垂旒旌，旆合諧（D_1）。紬大絃而雅聲流，冽風過而增悲哀（D_1）。於是調謳，令人惏悷憯悽（D_1），脅息增欷（D_1）。於是乃縱獵者，基址如星（E_1）。傳言羽獵，銜枚無聲（E_1）。

弓弩不發，罘罦不傾（E_1）。涉漭漭，馳苹苹（E_1）。飛鳥未及起，走獸未及發（F_1），何節奄忽，蹄足灑血（F_1）。擧功先得，獲車已實（F_1）。王將欲往見，必先齋戒，差時擇日（F_1），簡與玄服，建雲旆（G_1），蜺爲旌，翠爲蓋（G_1）。風起雨止，千里而逝（G_1）。蓋發蒙，往自會（G_1）。思萬方，憂國害（G_1）。開賢聖，輔不逮（G_1）。九竅通鬱精神察（G_1）（注四五），延年益壽千萬歲（G_1）。」

茲依次列其韻字，並先於〔　〕內標明韻字之古音韻部，次（　）內標廣韻韻目如下：

（A）容〔東〕（鍾）　窮〔冬〕（東）
（B）客〔鐸〕（陌）　席〔鐸〕（昔）
（C）之〔之〕（之）　辭〔之〕（之）
（D）阻〔魚〕（姥）　雨〔魚〕（麌）　下〔魚〕（馬）
（E）榯〔之〕（之）　姬〔之〕（之）　思〔之〕（之）　旗〔之〕（之）
（F）雨〔魚〕（麌）　所〔魚〕（語）
（G）顯〔元〕（銑）　遠〔元〕（阮）
（H）普〔魚〕（姥）　祖〔魚〕（姥）

（I）天「眞」（先）　淵「眞」（先）
（J）比「脂」（至）　累「微」（紙）　水「微」（旨）（注四六）
（K）集「緝」（緝）　入「緝」（緝）
（L）止「之」（止）　畝「之」（厚）
（M）會「月」（泰）　碣「月」（月）　磕「月」（泰）　厲「月」（祭）　濇「月」（祭）
霈「月」（泰）　邁「月」（夬）　喙「月」（廢）　竄「月」（泰）　摯「月」（至）
（N）陽「陽」（陽）　横「陽」（庚）　蜿「元」（桓）
（O）榮「耕」（庚）　熒「耕」（青）　精「耕」（清）　星「耕」（青）　形「耕」（青）
（P）蓋「月」（泰）　會「月」（泰）　藹「月」（泰）　沛「月」（泰）　蔕「月」（霽）
籟「月」（泰）　會「月」（泰）
（Q）氣「沒」（未）　鼻「沒」（至）　志「之」（志）　淚「質」（至）　瘁「沒」（至）
磑「微」（灰）　隤「微」（灰）　追「微」（脂）（注四七）
（R）蹠「鐸」（昔）　益「錫」（昔）
（S）柱「魚」（麌）　下「魚」（馬）
（T）顛「眞」（先）　芊「眞」（先）
（U）嶸「耕」（庚）　冥「耕」（青）　聲「耕」（清）　經「耕」（青）

(V) 出〔沒〕(術)　忽〔沒〕(沒)　失〔質〕(質)

(W) 動〔東〕(董)　恐〔東〕(腫)　勇〔東〕(腫)

(X) 物〔沒〕(物)　出〔沒〕(術)

(Y) 莘〔眞〕(臻)　神〔眞〕(眞)　禽〔侵〕(侵)　陳〔眞〕(眞)

(Z) 平〔耕〕(庚)　生〔耕〕(庚)　菁〔耕〕(清)　幷〔耕〕(清)

(A$_1$) 天〔宵〕(宵)　嗷〔宵〕(宵)　號〔宵〕(豪)　鳩〔幽〕(尤)　巢〔宵〕(肴)

遊〔幽〕(尤)　流〔幽〕(尤)

(B$_1$) 谿〔支〕(齊)　轂〔屋〕(屋)

(C$_1$) 室〔質〕(質)　一〔質〕(質)　畢〔質〕(質)

(D$_1$) 螭〔歌〕(支)　諧〔脂〕(皆)　哀〔微〕(咍)　悽〔脂〕(齊)　欷〔微〕(微)

(E$_1$) 星〔耕〕(青)　聲〔耕〕(清)　傾〔耕〕(清)　苹〔耕〕(庚)

(F$_1$) 發〔月〕(月)　血〔質〕(屑)　實〔質〕(質)　日〔質〕(質)

(G$_1$) 旆〔月〕(泰)　蓋〔月〕(泰)　逝〔月〕(祭)　會〔月〕(泰)　害〔月〕(泰)

逮〔沒〕(代)（注四八）　察〔月〕(黠)　歲〔月〕(祭)

五、以押韻考辨〈高唐賦〉的著作時代

在〈高唐賦〉中，兩度以「東」部字押韻，（A）和（W）共用四個「東」部字、一個「冬」部字，東冬合韻原本常見，蓋二部韻尾既同，主要元音亦近，《詩》、《書》、《易》、《離騷》，以至嚴忌、東方朔、王褒、劉向、揚雄、光武帝、杜篤、傅毅、班固、李尤、張衡、崔瑗、邊韶、劉琬、胡廣等皆見合韻例（注四九），所以（A）所見通押，對考證本賦之時代沒有幫助。

賦中兩度以「鐸」部字押韻，（B）和（R）共用三個「鐸」部字，和一個「錫」部字。有關「鐸錫」通押，見於先秦，亦見於東漢，獨不見於西漢，前節已述，在此不贅。

賦中三度押「之」部字，（C）、（E）、（L）共用了八個韻字，不但不羼入其他韻部的字，而且平則押平，上則押上，完全合乎先秦以至兩漢的用韻規律，也就沒有考辨的餘地。至於（Q）有「之」部去聲字，與「質」「沒」部字通押，前節已考辨，在此不論。

羅常培及周祖謨說：「魚侯兩部合用是西漢時期普偏現象，這是和周秦音最大的一種不同。作家之中僅僅存下一兩篇文章的不算以外，像賈誼、韋孟、嚴忌、枚乘、孔臧、淮南王劉安、司馬相如、中山王劉勝、東方朔、王褒、嚴遵、揚雄、崔篆這些人的作品，沒有不是魚侯兩部同用

的。」(注五〇)又說：「東漢魚侯也是合爲一部的，但是魚部麻韻一系的字已轉到歌部去了，這也是一大轉變。」(注五一)今見〈高唐賦〉在(D)、(F)、(H)、(S)四度使用「魚」部字，九字全未與「侯」部字通押，而且兩用「下」字。「下」爲《廣韻》馬韻字，卽係麻韻一系的字，在賦中也不與「歌」部通押，所以它屬先秦作品的可能性，就比兩漢的可能性大得多，而爲東漢作品的可能性就相當渺小了。

「元」部字在〈高唐賦〉有三個被用爲押韻，在(G)兩個上聲字相押，在(N)則與「陽」部字通押，「元陽」二部主要元音相同或極爲相近(注五二)，其韻尾雖有舌尖鼻音與舌根鼻音之別，仍見通押。這種通押情形，見於先秦《詩・大雅・抑》、《楚辭・九章・抽思》，不見於西漢韻文，見於《大戴禮記・曾子言事篇》及〈五帝德篇〉(注五三)，東漢則見於佚名之作(注五四)，看來這種通押情形，似仍以先秦的可能大於兩漢。再以其所用之「橫」來說，「陽」部庚韻一類的字，依羅常培、周祖謨的考證，到東漢大半都轉入「耕」部，「橫」字在本賦仍與「陽」部字叶，那麼它撰成的時代，爲先秦或西漢的可能性就要大於東漢了。

「眞」部字在〈高唐賦〉有三度用來押韻，(I)、(T)兩次都是用《廣韻》先韻字，自古迄今皆用以爲韻，沒有討論的餘地，惟(Y)以「眞」部字與「侵」部字通押，是比較特殊的，上節已討論過，以「侵」部「禽」字來說，《易傳》三度用與「多」「東」二部字通押，兩漢作品皆以它與「侵」部字通押，本賦以「禽」與「眞」部字通押，此特殊字通押方式，並不合先秦或兩漢的一般韻例。

「脂微」二部，古音十分相近，清代古音學家一直沒有把兩部分開，到王力才將兩部分立，古韻文通押之例不勝枚舉（注五五），兩漢時幾乎完全同用（注五六）。「脂微」二部字，〈高唐賦〉有三處用爲韻腳。（J）處二部合用，（Q）處若將入聲分開，則「微」部獨用。（D_1）處則「歌脂微」三部通押。三部合用之韻例見於〈遠遊〉及〈九辯〉（注五七），也見於司馬相如〈大人賦〉等漢人的作品（注五八），所以它對本賦撰成時代之考辨，並沒有幫助。「質沒」是「脂微」相承之入聲，在（Q）和（V）「質沒」二部是合用的，（X）「沒」部獨用，（C_1）「質」部獨用，（F_1）則「質月」通押。「質月」通押爲先秦所常見（注五九），亦爲兩漢所多有（注六〇），所以對本賦之考辨，一樣的派不上用場。

至於「月」部字，在〈高唐賦〉中大量地使用爲韻字，（M）連押十個同部字，（P）連押七個（其中「會」字兩度使用），（G_1）有八個韻字，「月」部七個，跟「沒」部的「逮」字押韻。在羅常培、周祖謨的〈兩漢詩文韻譜〉，這些「月」部字大多歸於「祭」部，只有「碣、摯、察」等字歸「月」部，那麼這些韻例都是「祭月」合韻，而「祭月」合韻是兩漢韻文所常見。這些字歸「祭」歸「月」，對此作品時代的判斷，並不能提供任何訊息。與其通押的「逮」字，在《易・旅・象傳》便以「位、快、逮」押韻，〈說卦傳〉以「逮、悖、氣、物」爲韻，可見「逮」在先秦與「祭月」通押，所在多有，倒是在兩漢時，都與「脂微」部押韻。如韋玄成〈

戒子孫詩〉以「逮、味」爲韻，〈郊祀歌．青陽〉以「遂、逮」爲韻，傅毅〈迪志詩〉以「逮、墜、溉、味」爲韻。可見就「逮」字押韻而言，〈高唐賦〉的用法，是較妥合於先秦。

(K)是兩個緝部字押韻，在《廣韻》也是同韻的，不必詳考。「耕」部字在〈高唐賦〉(O)、(U)、(Z)、(E_1)四度被使用爲韻腳，用了十七次，用古音考察，竟沒有一個字是出韻的。古音「耕」部包括《廣韻》淸靑二韻，及耕庚二韻的一部分，西漢韻文這些字全在一起押韻，和先秦相同。到東漢時期陽部庚韻一類的字都轉到本部來（注六一），而在本賦並沒有這種現象。據此，我們大體可以說：本賦應該不會作於東漢或以後。

(A_1)「幽宵」合韻現象爲先秦所多見（注六二），依羅常培、周祖謨的歸納：「兩漢的韻文這兩部雖然通叶的例子很多，但是其間仍然有分野，首先我們看到這兩部彼此通叶的多半是兩部中所屬《廣韻》蕭宵兩韻的字。」（注六三）可是本賦所見，並非如此。與幽部尤韻比鄰用韻的，是《廣韻》豪肴兩韻的字。看來並不合兩漢幽宵兩部通叶的大體趨勢。

依上下文用韻情形看來，(B_1)「谿穀」應該是韻字，但支屋二部相去甚遠，一爲陰聲韻，一爲入聲韻，兩部也不該對轉，先秦兩漢皆無此韻例。看來如果不是作者將「谿」讀「谷」音，就是前後有闕文（注六四），因爲這種押韻方式無例可尋，對本賦作者的考證，也就沒有助益了。

六、結論

從以上之考證，我們應該可以判斷：〈高唐賦〉是先秦的作品。

雖然，我們發現了兩則不合先秦叶韻的韻例，一是以「侵」部的「禽」，叶「眞」部的「莘、神、陳」，爲劉大白所指陳；另一則是劉氏所不曾提的：以「支」部的「谿」叶「屋」部的「穀」。兩者都是理當不能通叶的，可能是闕文或作者疏誤所造成的，在本文前兩節已辨之甚詳。此外，我們從兩用「下」字，都是與「魚」部字押韻，而不與「歌」部押韻，可以研判它不會是東漢的作品。再從全賦九用「魚」部字爲韻腳，竟沒有出現「魚侯」兩部合用的兩漢特色，可見它爲先秦作品的可能性要比兩漢大得多。賦中「鐸錫」二部合用，不見於西漢韻文；賦中「橫」字，與「陽」部字爲韻，而不與賦中一再使用的「耕」部字爲韻，不顯現「陽」部字已入「耕」部的東漢特色；以及「幽宵」兩部通押並不限於《廣韻》「蕭宵」兩韻的字，不合兩漢的通叶趨勢，都在在顯示〈高唐賦〉應該是先秦的作品。

在〈高唐賦〉符合先秦韻例，並不妥合兩漢韻例的情況下，我們實在不該剝奪宋玉的著作權。

於是我們對賦史的觀察，就又完全改觀了。《文心雕龍．詮賦》說賦是由於荀況、宋玉「爰錫名號，與詩畫境，六義附庸，蔚爲大國，遂主客以首引，極聲貌以窮文，斯蓋別詩之原始，命賦之厥初也」的說法，是正確的。宋玉不但是貴遊文學之宗（注六五），其作品更爲漢代「侈麗閎衍」大賦之濫觴。程廷祚《騷賦論》稱其「窮造化之精神，盡萬類之變態，瑰麗窈冥，無可端倪」，爲「賦家之聖」，並不過分。《文心雕龍・詮賦》還說：「宋發巧談，實始淫麗」，不論這評價是正面的，或是負面的，但它爲「辭人之賦」的鼻祖（注六六），其形式與內容對漢賦都有極深遠的影響，是無可否認的。本賦的結句，不僅爲魏晉樂府在篇末加祝壽語（如「今日樂相樂，延年萬壽期」），開創了先例（注六七）；也成爲唐宋科考律賦所必須遵循的規矩。它在文學史的地位，也就可想而知了。

注釋

注一：《漢書》（鼎文影印標點校勘本）卷三十，頁一七四七。

注二：《隋書・經籍志四》（鼎文影印標點校勘本）頁一〇五六，題爲：「楚大夫宋玉集三卷」。

注三：見《全上古三代秦漢六朝文》卷十，（中文出版社影印本第七五頁）頁八。嚴氏另收〈高唐對〉，錄自《襄陽耆舊傳》。

注四：嚴可均（一七六二—一八四三）晚崔述（一七四〇—一八一六）二十餘年。

注五：崔述《考古續說》（臺北，藝文印書館，百部叢書集成，畿輔叢書本）卷下，頁五—六。

注六：杜維運《史學方法論》云：「口頭傳說的史料，一般來講，是間接的，可信度甚值商榷。如其中關於遠古時代的傳說，即極盡傳奇之能事，而與神話相去無幾；一般的軼聞逸事，往往附會，一地之事，附會爲他地之事，一人之事，附會爲他人之事，所聞之事，如出於不出名的人物，每附會爲知名人物之事，再加上增益的部分，眞歷史所存者遂頗有限。」頁一三三，民國六十八年再版，華世出版社。

注七：顧炎武《日知錄・卷二一・假設之辭》云：「古人爲賦多假設之辭，序跡往事以爲點綴，不必一一符同也。子虛、亡是公、烏有先生之文，已肇始於相如矣。後之作者實祖此意。謝莊〈月賦〉：『陳王初喪應劉，端憂多暇』，又曰：『抽毫進牘，以命仲宣』，按王粲以建安二十一年從征吳，二十二年春，道病卒。徐陳應劉一時俱逝，亦是歲也。至明帝太和六年，植封陳王，豈可掎摭史傳以議此賦之不合哉？庾信〈枯樹賦〉，既言殷仲文出爲東陽太守，乃復有桓大司馬，亦同此例。（原注：仲文爲桓玄侍中，桓大司馬則玄之父溫也。此乃因仲文有此樹婆娑之言，桓元子有木猶如此之歎，遂以二事湊合成文。」（見明倫出版社，民國五十九年，《原抄本日知錄》，頁五六五。）崔述益以謝惠連〈雪賦〉，更推及屈原〈卜居〉、〈漁父〉，宋玉〈神女賦〉、〈登徒子好色賦〉。按顧炎武之說，爲賦用假託之辭，肇始於相如，而非屈原和宋玉。

注八：明末黃文煥《楚辭聽直》，即以爲〈招魂〉應爲屈原的作品。其後林雲銘《楚辭燈》更闡揚其說。

注九：陸侃如〈宋玉賦考〉見於《讀書雜誌》十七期；劉大白〈宋玉賦辨僞〉見於《小說月報》十七期，

號外。二文收入《中國文學研究》鄭西諦等編，頁七五—九九及頁一〇一—一〇七，民國六十九年。臺北，國泰文化事業有限公司，陸文後署民國十二年十二月二十日完成於北京，更論及〈對楚王問〉和〈高唐賦〉二篇散文，也都不是宋玉的作品。

注一〇：如今臺北中華書局，略加改易而名爲《中國文學發達史》，稱〈九辯〉最可信，頁一一〇—一一三。

注一一：《中國文學史》共四册，第一册，頁九四（一九八六，香港，中國圖書刊行社）。

注一二：同注九，頁九五。

注一三：同注九，頁一〇六。

注一四：依錢穆《先秦諸子繫年》（頁六一五，一九五六，香港大學出版社）莊周是西元前三六五—前二〇九年，依陸侃如〈宋玉評傳〉宋玉是西元前二九〇—前二二三年，依游國恩《楚辭概論・假定宋玉年表》是西元前二九六—前二三五年。

注一五：以《莊子・逍遙遊》爲例，有諧之言曰，有蜩與學鳩笑之曰，同於〈鵩鳥賦〉；有堯與許由的對話，是依託歷史人物；有莊子與惠子的對話，是作者與時人，劉、陸所謂階段與類別，在此一應齊全。

注一六：《中國文學史》第一册，頁一一四（一九八七，北京，人民文學出版社）。

注一七：姜書閣《漢賦通義》頁四九（一九八九，齊魯書社）。

注一八：同注一七，頁六四。

注一九：同注九，頁九二—九三。

注二〇：游國恩《楚辭概論》頁二二九（民國六十七年，臺北，九思出版社）。依其〈敍例〉，該書成於一九二五年，但發表於一九二三年之陸侃如〈宋玉評傳〉，即引游國恩之言，謂漢賦稱漢君皆不加「漢」字，可見游書可能先分篇發表，而後結集成書。

注二一：馬積高《賦史》頁三九（一九八七，上海古籍出版社）。

注二二：同注九，頁一〇一。

注二三：同注二〇，頁二二七。

注二四：同注九，頁九三—九四。

注二五：唐余知古《渚宮舊事》頁一一，卷三（臺北，藝文印書館出版，百部叢書集成之四二，平津館叢書）。

注二六：以《襄陽耆舊傳》最繁，《文選・別賦注》次之，《文選・高唐賦》最簡，袁珂以爲蕭統有所刪節，其說見袁珂《神話論文集》頁一四八（民國七十六年，臺北，漢京文化事業公司印行）。

注二七：同注二〇，頁二二八—二二九。

注二八：同注二一，頁四一—四二。

注二九：同注九，頁一〇一—一〇二。

注三〇：這些字對羅常培來說，不只是韻部名稱的不同，他將諧聲從气、鼻、卒，都歸在「微」部，而「卒」則也出現在「術」部，另從戾在「脂」不在「質」。見《漢魏晉南北朝韻部演變研究》第一分册，頁二九及四二（一九五八，北京，科學出版社）。

注三一：見陳新雄《古音學發微》（民國六十四年，臺北，文史哲出版社再版）第五章結論部分。

注三二：同注三一。

注三三：迹字，羅常培歸「錫」部，見注三〇，頁四一。

注三四：見陳新雄《古音學發微》頁一〇六一。

注三五：陳新雄《古音學發微》以「錫」讀ɐk，「鐸」讀 ɑk，見頁一〇六一。王力《漢語語音史》（一九八五，中國社會科學出版社）頁五二及五三，則以「錫」爲 ek，「鐸」爲 ɑk。

注三六：詳見注三〇，頁二三〇—二三三。

注三七：詳見注三〇，頁二〇四—二〇七。

注三八：劉大白依黃侃稱「先」「覃」，其他各家皆稱「眞」「侵」，今從眾。

注三九：見注三〇，頁一〇七一，以眞部爲 æn，侵部爲 əm，王力則以眞部 en，侵部爲 əm。

注四〇：依羅常培所考，見注三〇，頁三二〇及三二一。

注四一：見注三一，頁九三三。

注四二：見注三〇，頁二一五—二一六。

注四三：見注三一，頁一〇四六，依陳新雄所擬，歌爲 a，脂爲 æ，微爲 ε；王力則皆有韻尾，歌爲ai，脂爲 ei，微爲 əi。

注四四：本作「若浮海之望碣石」，依王念孫《讀書雜志・志餘下》改，王念孫之考證，已於前節引述。

注四五：本作「九竅通鬱精神察滯」，李善注引高誘曰：「鬱滯不通也。」王念孫《讀書雜志・志餘下》云：「九竅通鬱精神察，察下無滯字，此與延年益壽千萬歲，皆以七字爲句。今本作精神察滯者，後人以察字與上下文韻不相協，又見注內有鬱滯不通之語，因加入滯字以協韻耳。不知李注自解鬱字，非解滯字；又不知察字古讀若際，正與旆蓋逝會害逮歲爲韻也。精神察者，《爾雅》曰：『察，清也。』鄭注〈禮器〉：『察，明也。』若云精神察滯，則不詞之甚矣。五臣本無滯字。」今從之。

注四六：「水」字羅常培歸脂部，見注三〇，頁二九。

注四七：此段用韻，未嘗不可視爲兩段，後三字「磑隤追」全爲微部，與「氣……瘁」爲「沒之質」三部，但因劉大白已合而論之，加以古韻文以陰聲韻字與相承入聲韻字通押，爲常見之現象，故仍合併論之。

注四八：「逮」字羅常培歸微部，見注三〇，頁二九。王力歸質部開口四等，見注三五，頁五七。陳新雄歸沒部，見注三一，頁九〇四及九五三。

注四九：見注三一，頁一〇七六。及注三〇，頁一七六—一八〇。

注五〇：同注三〇，頁二一。

注五一：同注三〇，頁二二。

注五二：高本漢、王力、李方桂、周法高等擬音，皆以二部主要元音爲a；陳新雄則以元爲前a，陽爲後ɑ。

注五三：見注三一，頁一〇六九。

注五四：見注三〇，頁一八八—一九〇。

注五五：見注三一，頁一〇四八—一〇四九。

注五六：見注三〇，頁三〇。

注五七：見注三一，頁八九八—九〇三。

注五八：見注三〇，頁一六六、一六七、一五七。

注五九：見注三一，頁一〇五六。

注六〇：見注三〇，頁二三五、二三八。

注六一：見注三〇，頁三五。

注六二：詳見注三一，頁一〇五四。

注六三：見注三〇，頁一九。

注六四：此處乃排比仙人名，可長可短，無法從上下文判斷其是否有佚文。

注六五：見王夢鷗《傳統文學論衡》頁一五（民國七十六年，臺北，時報出版公司）。

注六六：揚雄《法言・吾子》謂「詩人之賦麗以則，辭人之賦麗以淫」，將賦分爲二類，《文心雕龍・情采》稱「昔詩人什篇，爲情而造文；辭人賦頌，爲文而造情。」亦已二分。

注六七：孫作云〈說九歌東皇太一爲迎神曲〉（《文史》第九輯，頁一六二，一九八〇，臺北，中華書局）以爲「延年益壽千萬歲」，非戰國時代人的話，只有漢代瓦璫文「延年益壽」才與之相若。不過姜書閣《先秦辭賦原論》頁一二八，（一九八三，齊魯書社）謂：「《荀子．成相》中『天下爲一海內賓』、『大其園囿高其臺』、『國家旣治四海平』……諸如此類的句子不都是的的確確道地的『戰國時代人的話』嗎？若說作者不應該在賦末憑空加這樣一句與上文無關的祝頌之詞，就文理而言，確也顯得突兀，但宋玉本是楚襄王的小臣（弄臣），『爲主上所戲弄』，賦末寫幾句諷諫尾巴原爲附贅，多此一語，也不過顯示作者弄臣的阿諛面目而已。也許這正是漢晉以來，樂府歌辭末尾由樂工對主人的祝語之所自昉吧？」

陸　〈神女賦〉探究

一

《文心雕龍·詮賦》說：「賦也者，受命於詩人，拓宇於楚辭也。於是荀況〈禮〉〈智〉，宋玉〈風〉〈釣〉，爰錫名號，與詩畫境，六義附庸，蔚成大國。」（注一）可見宋玉在賦體的成立與發展上，有極為重要的歷史地位。

可是宋玉的賦篇在近七、八十年來，除〈九辯〉外，因受乾嘉學者崔述（一七四〇—一八一六）《考古續說》的影響（注二），幾乎全部被認定是偽託之作（注三）。這不但剝奪宋玉享之已久的著作權，更使部分學者在討論賦體發展時，將這些資料抽離；而部分學者仍以其為可信的史料而加以運用，造成詮釋上的歧異與紛擾。因此，宋玉賦篇眞偽之考辨，已成為研究賦史應先解決的重要課題。

在宋玉賦作中，以〈高唐〉、〈神女〉、〈登徒子好色〉最膾炙人口、最具重要性，《文心雕龍·詮賦》之所以提〈風〉、〈釣〉，而不提〈高唐〉、〈神女〉，只是為與上文荀況〈禮〉、

〈智〉相對，不得不如此。〈高唐〉和〈神女〉同是以民間傳說高唐神女的故事爲依據，鋪衍而成的篇章，〈高唐〉以鋪陳高唐形勢之險及物產之富爲主，〈神女〉以描寫神女之美爲主，歷來以此爲姐妹篇，可合之爲一，可分之爲二，就像司馬相如的〈子虛〉、〈上林〉。就其體式與內容而言，〈子虛〉、〈上林〉可說是〈高唐〉之遺，〈高唐〉既然可能是漢賦經典之作的先驅、漢賦體式與內容典型的原創者，其著成的時代當然不可不辨。

至於〈神女賦〉，應該是描寫女子之美及男女慕情的第一篇賦。沿其波流，王粲、陳琳、楊修、張敏、江淹，都有〈神女賦〉之作；此外，司馬相如〈美人賦〉、〈長門賦〉，曹植〈洛神賦〉、〈感婚賦〉、〈愍志賦〉、〈靜思賦〉，蔡邕〈協和婚賦〉、〈青衣賦〉，阮瑀、陳琳〈正欲賦〉，王粲〈閑邪賦〉，應瑒〈正情賦〉，沈約〈麗人賦〉，江淹〈麗色賦〉等，在題材或主題上，都多少與本賦有關，可見它影響之大（注四）。論及這一系列賦篇的源流，它著成的時代，當然也不可不辨。

有關〈高唐賦〉，本人曾以用韻考辨其撰成時代，完成〈高唐賦撰成時代之商榷〉一文，於一九九二年五月在高雄國立中山大學第二屆國際聲韻學學術研討會中發表。本文乃循此方法，繼續探究〈神女賦〉，並配合賦序的考辨，希望能得到一些結論，並藉姐妹篇的相互印證，化解有關賦體發展認知上的歧異與作者問題的糾葛，爲賦史研究奠定良好的基礎。

二

由於〈高唐〉、〈神女〉被認爲是姐妹篇，所以所提僞託的理由或證據，大體相同或相似。首先提出的是崔述的《考古續說》：

> 謝惠連之賦雪也，託之相如；謝莊之賦月也，託之曹植。是知假託成文，乃詞人之常事。然則〈卜居〉、〈漁父〉，亦必非屈原之所自作，〈神女〉、〈登徒〉，亦必非宋玉之所自作，明矣。但惠連、莊、信，其時近，其作者之名傳，則人皆知之；〈卜居〉、〈神女〉之賦，其世遠，其作者之名不傳，則遂以爲屈原、宋玉之所爲耳。（注五）

其實吾人豈能以今律古，豈能以後代的文學現象推斷古代必也如此？其道理應十分淺顯。

此外，陸侃如〈宋玉評傳〉及劉大白〈宋玉賦辨僞〉（注六），都認定先有以假設幻象人物對話的賦，再有假託古人對話的賦，認爲那是文學技巧進步的現象。其實他們都是先排除這些有可疑現象的作品，才得到如此的觀察結論，如今再以此做爲推斷這些作品爲僞託的前提，那就犯了循環論證（circular argument）的邏輯謬誤。而且時代略早於宋玉的莊子，在其寓言中已一再出現幻象人物、歷史人物、以及莊子與時人的對話（注七），可見文學技巧進步階段論，根本沒有立論的依據。

游國恩《楚辭概論》，以爲〈高唐〉、〈神女〉這種散文賦在戰國時是萬萬不能產生的（注八）。其實戰國散文盛行問答體，況且《離騷》已含有問答體的寓言，宋玉將它鋪衍成篇，是順理成章的事，所以其說詞也沒有立論的依據。（注九）

至於陸、劉、游三人引爲鐵證——在賦中稱「楚襄王」的問題，馬積高《賦史》辨之甚詳，應如《荀子・議兵篇》稱趙孝成王；《墨子・所染》稱宋康，都是後人所加（注一〇），不足爲據。

以上皆在拙作〈高唐賦撰成時代之商榷〉引論綦詳，在此不再細述。（注一一）

此外，劉大白〈宋玉賦辨僞〉提出〈神女賦〉之用韻有兩處不合周秦古韻，應可視爲僞託的有力證據：一是「茂矣美矣，諸好備矣；盛矣麗矣，難測究矣」，以「究」跟「備」爲韻。一是「似逝未行，中若相首；目略微眄，精彩相授；志態橫出，不可勝記；意離未絕，神心怖覆；禮不遑訖，辭不及究」，以「記」跟「首」「授」「覆」「究」爲韻。劉氏以爲古音究、首、授、覆在「蕭」部；備、記在「咍」部（注一二）。

劉氏用黃侃的古音部目，一般古音學家則稱其蕭部爲幽部，稱其咍部爲之部。幽部爲後半高元音〔o〕，之部爲央元音〔ə〕，舌位相近，所以古韻文有二部旁轉之例：《詩・大雅・思齊》以「造、士」爲韻，《詩・大雅・瞻卬》以「有、收」爲韻，《詩・大雅・召旻》以「茂、止」爲韻，《詩・周頌・閔予小子》以「疚、造、考、孝」爲韻，《詩・周頌・訪落》以「止、考」爲韻，《詩・周頌・絲衣》以「俅、紑、基、牛、鼒」爲韻，《易・乾・象傳》以「道、咎、造、久、首」爲韻，《易・恆・象傳》以「道、已、始」爲韻，《易・大過・象傳》以「久、醜、咎」爲韻，《易・離・象傳》以「咎、道、久」爲韻，《易・繫辭傳》以「保、母」「始、咎」爲韻，《楚辭・天問》以「在、首、守」爲韻，《楚辭・遠游》以「疑、浮」爲韻（注二三）。造、收、茂、孝、考、俅、道、咎、醜、保、首、守、浮等爲「幽」部字，其餘的字是「之」部字，看來這類通押是相當普遍的現象。

之幽兩部字通押在先秦既然屢見不鮮，所以劉大白以〈神女賦〉之幽二部字押韻來認定非宋玉所作，也就不能成立了。再者，劉大白〈宋玉賦辨僞〉僅取部分韻例，未能全面考察，態度不免偏頗，所以難以令人信服。

二

以賦文用韻考察其著述的年代，應是最直接而有效的考辨方法之一，本文乃循〈高唐賦撰成時代之商榷〉之體例，將〈神女賦〉逐錄於後，凡其用韻處，依次標出（A）、（B）、（C）、……（L），以見其換韻的情形，俾便逐一考究：

楚襄王與宋玉游於雲夢之浦，使玉賦高唐之事。其夜玉寢，夢與神女遇，其狀甚麗，玉異之，明日以白王。王曰：「其夢若何？」玉對曰：「晡夕之後，精神怳忽，若有所喜（A）；紛紛擾擾，未知何意（A）；目色髣彿，乍若有記（A）。見一婦人，狀甚奇異（A）；寐而夢之，寤不自識（A）；罔兮不樂，悵爾失志（A）。於是撫心定氣，復見所夢。」王曰：「狀如何也？」玉曰：「茂矣美矣，諸好備（B）矣；盛矣麗矣，難測究（B）矣。上古既無，世所未見（C）；瑰姿瑋態，不可勝贊（C）。其始來也，耀乎若白日初出照屋梁（D）；其少進也，皎若明月舒其光（D）。須臾之間，美貌橫生（E）。曄兮如花，溫乎如瑩（E）；五色並馳，不可殫形（E）；詳而視之，奪人目精（E）。其盛飾也，則羅紈綺繢盛文章（F），極服妙綵照四方（F）。振繡衣，被袿裳（F）；穠不短，纖不長（F）。步裔裔兮曜殿堂（F），婉若游龍乘雲翔（F）。嫷被服，侻薄裝（F）；沐蘭澤，含若芳（F）；性合適，宜侍旁（F）；順序卑，調心腸（F）。」王曰：「若此盛矣，試爲寡人賦之。」玉曰：「唯！唯！

「夫何神女之姣麗兮，含陰陽之渥飾（G）；被華藻之可好兮，若翡翠之奮翼（G）。其象無雙，其美無極（G）。毛嬙障袂，不足程式（G）；西施掩面，比之無色（G）。近之既妖，遠之有望（H）；骨法多奇，應君之相（H）；視之盈目，孰者克尚（H）；私心獨悅，樂之無量（H）；交希恩疏，不可盡暢（H）；他人莫睹，玉覽其狀（H）。其狀峨峨，何可極言（I）。貌豐盈以莊姝兮，苞溫潤之玉顏（I）；眸子炯其精朗兮，瞭多美而可觀（I）；眉聯娟以蛾揚兮，朱脣的其若丹（I）；素質幹之醲實兮，志解泰而體閑（I）；既姽嫿於幽靜兮，又婆娑乎人間（I）。宜高殿以廣意兮，翼放縱而綽寬（I）；動霧縠以徐步兮，拂墀聲之珊珊（I）（I）。望余帷而延視兮，若流波之將瀾（I）；奮長袖以正衽兮，立躑躅而不安（I）。澹清靜其愔嫕兮，性沉詳而不煩（I）；時容與以微動兮，志未可乎得原（I）。意似近而既遠兮，若將來兒復旋（I）；褰余幬而請御兮，願盡心之惓惓（I）。懷貞亮之絜清兮，卒與我乎相難（I）；陳嘉辭而云對兮，吐芬芳其若蘭（I）。精交接以來往兮，心凱康以樂歡（I）；神獨亨而未結兮，魂煢煢以無端（I）。含然諾其不分兮，喟揚音而（I）；頩薄怒以自持兮，曾不可乎犯干（I）。於是搖珮飾，鳴玉鸞（I）；整衣服，斂容顏（I）。顧女師，命大傅（J）。歡情未接，將辭而去（J）；遷延引身，不可親附（J）。似逝未行，中若相首（K）；目略微眄，精彩相授（K）；志態橫出，不可勝記（K）。意離未絕，神心怖覆（K）；禮不遑訖，辭不及究（K）。願假須臾，神女稱遽（L）；徊腸傷氣，顛倒失據（L）；闇然而冥，忽不知處（L）。情獨私懷，誰者可語（L）；惆悵垂涕，求之至曙（L）。」

茲依次列其韻字，並於〔 〕內標其古韻韻部，再於（ ）內標其廣韻韻目如下：

（A）喜〔之〕（志） 意〔之〕（志） 記〔之〕（志） 異〔之〕（志） 識〔之〕（志）
志〔之〕（志）

（B）備〔之〕（至） 究〔幽〕（宥）

（C）見〔元〕（霰） 贊〔元〕（翰）

（D）梁〔陽〕（陽） 光〔陽〕（唐）

（E）生〔耕〕（庚） 瑩〔耕〕（庚） 形〔耕〕（青） 精〔耕〕（清）

（F）章〔陽〕（陽） 方〔陽〕（陽） 裳〔陽〕（陽） 長〔陽〕（陽） 堂〔陽〕（唐）
翔〔陽〕（陽） 裝〔陽〕（陽） 芳〔陽〕（陽） 旁〔陽〕（唐） 腸〔陽〕（陽）

（G）飾〔職〕（職） 翼〔職〕（職） 極〔職〕（職） 式〔職〕（職） 色〔職〕（職）

（H）望〔陽〕（漾） 相〔陽〕（漾） 尚〔陽〕（漾） 量〔陽〕（漾） 暢〔陽〕（漾）
狀〔陽〕（漾）

（I）言〔元〕（元） 顏〔元〕（刪） 觀〔元〕（桓） 丹〔元〕（寒） 閑〔元〕（山）
間〔元〕（山） 寬〔元〕（桓） 珊〔元〕（寒） 瀾〔元〕（寒） 安〔元〕（寒）
煩〔元〕（元） 原〔元〕（元） 旋〔元〕（仙） 惓〔元〕（仙） 難〔元〕（寒）
蘭〔元〕（寒） 歡〔元〕（寒） 端〔元〕（桓） 歎〔元〕（翰） 干〔元〕（寒）

鸞〔元〕（桓） 顏〔元〕（刪）（注一四）

（J）傅〔魚〕（遇） 去〔魚〕（御） 附〔魚〕（遇）

（K）首〔幽〕（有） 授〔幽〕（宥） 記〔之〕（志） 覆〔覺〕（屋） 究〔幽〕（宥）

（L）遽〔魚〕（御） 據〔魚〕（御） 處〔魚〕（御） 語〔魚〕（御） 曙〔魚〕（御）

四

在〈神女賦〉中，以「元」部字押韻者（C）（I）兩段共二十四字；以「陽」部字押韻者有（D）（F）（H）三處十八字；以「耕」部字押韻者在（E）一處四字；以「魚」部字押韻者有（J）（L）二處八字；以「職」部字押韻者在（G）一處五字。加上（A）段以「之」部字押韻的六字，這六十五個韻字完全妥合先秦韻部無一字雜廁。所餘（B）（K）兩處都是「之」「幽」二部合韻，有關「之」「幽」合韻，如前所述，在先秦乃屢見不鮮；在（K）還有「覺」部的「覆」字也在一起押韻。「覺」部是「幽」部相承的入聲，入聲字分別與相承陰聲字押韻，則是先秦用韻的普遍現象，所以〈神女賦〉的用韻完全符合先秦時代的用韻特質，如果從用韻去考察，我們不但不能藉以認定它是後人所僞託，反而該認定宋玉之著作權不可輕奪。

當然，〈神女賦〉的用韻，也大體符合漢代的用韻規律。根據羅常培與周祖謨的研究，西漢時期與周秦音在韻部分合的不同，最顯著的是魚侯合爲一部，脂微合爲一部，眞文合爲一部，質術合爲一部，歌與支、幽與宵通押較多；另外在字類變動方面，之部尤韻一類的「牛丘久」等字和脂韻一類的「龜」字開始轉入幽部，魚部麻韻字如「家華」之類有轉入歌部的趨勢，蒸部東韻的「雄」字有轉入冬部的趨勢。到了東漢時期，韻部和西漢相同，但魚部麻韻一系的字（家、華）轉入歌部，歌部支韻一系的字（奇、爲）轉入支部，蒸部的東韻字（雄、弓）轉入冬部，陽部庚韻一系的字（京、明）轉入耕部（注一五）。〈神女賦〉未用侯、脂、微、眞、文、質、術、歌、支、宵部字押韻，似乎無法從其韻部分合判斷其著成時代；也未用之部尤韻一類的「牛丘久」等字和脂韻一類的「龜」字，以及魚部麻韻的「家華」字、蒸部東韻的「雄弓」字、歌部支韻的「奇爲」字、陽部庚韻的「京明」字，所以也無法從韻部字類的變動研判其著成時代。

不過，由於〈神女賦〉連用五個魚部字押韻，不見侯部字；以及幽部字與之部字通押而不與宵部字通押，似乎較接近於周秦的用韻習慣。更值得注意的是：依據羅常培與周祖謨的研究：「在《詩經》音中與陰聲相承的入聲韻，在兩漢時期大體都和陰聲韻的去聲分用。」（注一六）而〈神女賦〉（K）處，幽覺合韻是先秦的用韻習慣，於兩漢時期已極少見（注一七），可見〈神女賦〉爲先秦作品的可能性，是要比兩漢的可能性大得多。

〈神女賦〉與〈高唐賦〉雖被視爲姐妹篇，但從用韻方面去考察，卻有很大的差異。〈高唐賦〉雖然句式排比整齊，但頻頻換韻，用兩個韻字即換韻者達十四次；用三個韻字及四個韻字即換韻者各六次；用五個韻字、七個韻字及八個韻字而換韻者各二次；最多的是連用十個韻字僅一次。〈神女賦〉句式更整齊，而又較少換韻，用兩個韻字卽換韻者僅三次，用三個韻字、四個韻字及六個韻字而換韻者各一次；用五個韻字卽換韻者四次；連用十個韻字者一次；最多的則連用二十二個韻字。可見〈神女賦〉在用韻方面要嚴整得多。

〈神女賦〉用韻嚴整，更可以從嚴守韻部的純粹看得出來。〈高唐賦〉不但東冬、脂微、幽宵、祭月、質月等相近的韻部通押，連質沒、鐸錫、歌脂，甚至陽元、眞侵都有通押合用的例子；〈神女賦〉則除之幽合韻及幽覺去入合用外，都是獨用的，賦中曾連用十個陽部字、二十二個元部字，全是獨用而不羼雜其它韻字，可見在用韻方面是如何的用心。

此外，〈神女賦〉大量使用陽、元二部字爲韻字，而不相羼雜；未用月部字爲韻字。〈高唐賦〉卻好用月部字爲韻字，賦中有三段分別用七、八、十個月部字押韻；很少使用陽、元二部字爲韻字，而二部竟然通押。這固然是題材因素所以致之，但其中是否還有作者的問題，頗値得玩味。

兩篇賦在用韻方面的種種差異，雖不能作太多的推論，但大體可以推斷它們可能不是前後接續撰成的作品（注一八）。

〈高唐〉、〈神女〉不是前後接續撰成的作品。這個推論如果可以成立的話，那麼章炳麟〈菿漢閑話〉所說，仍有商榷的餘地。他說：

〈楚世家〉：懷王至秦，秦閉武關，「因留懷王，要以割巫、黔中之郡」懷王不許。及「頃襄王立二十一年，秦將白起遂拔我郢，燒先王墓夷陵，楚襄王兵散，遂不復戰，東北保於陳城。二十二年，秦復拔我巫、黔中郡。」蓋巫、郢一航可達，所謂「朝發白帝，暮宿江陵」，楚上游之險，惟在於此。懷王雖被留，猶不肯割以予秦；襄王旣立，宜置重兵戍守，而當時絕未念及，故玉以賦感之。人情不肯相割捨者，莫如男女，故以狎愛之辭爲喻。然〈神女賦〉但道瑰姿瑋態，〈高唐〉則極道山川險峻，至有「虎豹豺兕，失氣恐喙，鵰鶚鷹鷂，飛揚伏竄」諸語，豈敍狎愛者所當爾乎？此二賦蓋作於襄王初載，至二十年後，其事乃驗。（注一九）

五

袁珂〈宋玉神女賦的訂訛和高唐神女故事的寓意〉便十分肯定章氏的說法：

我認爲這段話眞是很有見地，道出了宋玉〈高唐〉、〈神女〉二賦的主旨。仔細研究兩篇賦尤其是〈高唐賦〉的本文之後，的確是看得出來有這麼一層寓意的，因而賦的末尾也才有「王將欲往見（指神女），必先齋戒，差時擇日。……往自會，思萬方，憂國害，開賢聖，輔不逮」這樣的話，明明是把神女和國家放在一樣的地位等同看待了。述神女的美好、巫山的險峻及楚懷王和神女的歡愛情狀者，其目的無非是要引起楚襄王對神女所在地的巫山的措意、留心。因爲這個地方，是時常被敵人覬覦，關係著楚國存亡的險要地方，若是這個地方不保，楚國也就危殆了。（注二〇）

袁珂還說：

《渚宮舊事》三引《襄陽耆舊傳》敘寫楚懷王和神女間的情狀，大體同於〈高唐賦〉序上所寫。不過神女臨去時，還對楚懷王說了這麼一段話：「妾處之羭，尚莫可言之。今遇君之靈，幸妾之搴。將撫君苗裔，藩乎江漢之間。」我看這大約還是〈高唐賦〉上原來就有的，後來給刪掉了。……這話不啻是宋玉託以諷諭楚襄王：只要認眞留心巫山的險要，在那裏採取必要的措施，楚國卽可長保。巫山神女所代表的巫山地區對於楚國的重要性，從這幾句話中也可以得到相當的啟示。（注二一）

從中國辭賦傳統與歷來言語侍從、俳優弄臣所表現的譎諫伎倆看來，做這些推論是相當合理的，只是他們將〈高唐〉、〈神女〉視爲一體，而一再地從〈高唐賦〉尋求其蛛絲馬跡，去探求二賦寓意之所在。如果〈高唐〉、〈神女〉不是前後接續撰成的作品，那麼這兩篇賦就可能應該分別看待才是。

同是暇豫事君之作，如果有急迫的諷諭動機，便如同「心有鬱陶」之文，比較無暇於雕鏤；如果純粹是爲暇豫遊戲，自然便傾向於形式美的講求。〈高唐〉、〈神女〉二賦，從用韻看來，其精緻與粗疏是判然有別的，由於〈神女賦〉押韻如此嚴整、形式如此考究，就可能只是純粹的暇豫遊戲之作，沒有那麼深刻的寄寓。同時，要楚襄王對巫山留心措意的說法，對〈神女賦〉來說也是不倫的，或許只可說藉以申禮防、諷戒女色而已。

六

《渚宮舊事》卷三引《襄陽耆舊傳》有一段神女的話：「我夏帝之季女也，名曰瑤姬，未行而亡，封於巫山之臺，精魂爲草，摘而爲芝，媚而服焉，則與夢期」（注三三）。由於「姬、臺、芝、期」既合先秦押韻的習慣，也合兩漢用韻的韻例，我們無法判斷它是出於〈高唐賦〉，或爲後人所增益。但由於《文選．別賦》李善注引〈高唐賦〉也有這一段，只是文字稍異：「我帝之季女也，名曰瑤姬，未行而亡，封於巫山之臺，精魂爲草，寔曰靈芝。」（注二三）所以這些話可能是〈高唐賦〉原來就有的。

據此，我們也大體可以接受袁珂的另一個主張：《渚宮舊事》引《襄陽耆舊傳》：「妾處之羭，尙莫可言之。今遇君之靈，幸妾之搴。將撫君苗裔，藩乎江漢之閒。」這段話是〈高唐賦〉原來就有的，後來給刪掉了。因爲它以「言、搴、閒」爲韻，所以《襄陽耆舊傳》這兩段神女的話，都合乎先秦押韻的習慣和兩漢用韻的韻例，只是後一段未見《文選注》引用而已。

這麼說來，今傳宋玉賦的賦文，可能在傳抄轉錄的過程中，有所增刪改易，尤其所謂賦序的部分。前人作賦原本無序，正如王芑孫《讀賦卮言・序例》所云：「自序之作，始于東京。」（注二四）《文選》所錄賈誼〈鵩鳥賦〉，揚雄〈解嘲〉、〈甘泉賦〉諸序，皆取自《漢書》史辭，而非作者原序（注二五）。可見古人在處理所謂賦序時，編注者是採取比較彈性的態度，以已意增刪改易，實無可厚非（注二六）。所以《襄陽耆舊傳》與《文選・別賦》李善注有異文，也就不足爲奇了。

如果這個前提都可以成立，在《文選・神女賦序》中到底是楚王或宋玉夢見神女，就有商榷的餘地。首先提出這問題的是宋人沈括（一〇三〇—一〇九四），他在《夢溪補筆談》說：

自古言楚襄王夢與神女遇，以《楚辭》考之，似未然。〈高唐賦序〉云：「昔者，先王嘗遊高唐，怠而晝寢，夢見一婦人曰：『妾巫山之女也，為高唐之客……朝為行雲，暮為行雨』故立廟，號為朝雲。」其曰先王嘗遊高唐夢神女者，懷王也，非襄王也。又〈神女賦序〉曰：「楚襄王與宋玉遊於雲夢之浦，其夜王寢，夢與神女遇……王異之，明日以白玉。玉曰：『其夢若何？』對曰：『晡夕之後，精神恍惚，若有所喜……見一婦人，狀甚奇異……』玉曰：『狀如何也？』王曰：『茂矣美矣，諸好備矣；盛矣麗矣，難測究矣：……瑰姿瑋態，不可勝讚……』王曰：『若此盛矣，試為寡人賦之。』以文考之，所云茂矣至不可勝讚云云，皆王之言也，不當卻云：「王曰若此盛矣，試為寡人賦之。」又曰：「明日以白王。」人君與其臣語，不當稱白。又其賦曰：「他人莫睹，玉覽其狀……望余帷而延視兮，若流波之將瀾。」若宋玉代王賦之。若玉之自言者，則不當自云：「他人莫睹，玉覽其狀。」既稱玉覽其狀，卽是宋玉之言也，又不知稱余者誰也。以此考之，「則其夜王寢夢與神女遇」者，王字乃玉字耳；「明日白玉」者，白王也，王與玉字誤書之耳。前日夢神女者，懷王也；其夜夢神女者，宋玉也。襄王無預焉，從來枉受其名耳。（注二七）

這些討論或涉及版本異文，但其重要關鍵大體都沒問題，衡量前人對賦序的處理態度，以及古來「白」與「對」的用字習慣，再從賦的文理去分析（注二八），沈括的說法是合情合理的。做夢的是宋玉，宋玉才能細說夢境，當然這次的神女夢，可能只是假託，蓋作者假託夢境所見，宏肆其文，暢言其旨，遂其諷諭而已。

以上的推論，大體可以得到以下五點結論：

㈠先前以爲〈神女賦〉非宋玉作品的論證，皆非確證。

㈡〈神女賦〉的用韻完全合乎先秦的用韻律則，後人不應該以似是而非的論證輕易剝奪宋玉的著作權。

㈢〈神女賦〉和〈高唐賦〉的用韻習慣差別太大，其寫作動機和寫作時間可能不同，我們不必強行牽合等同看待。

㈣見於《襄陽耆舊傳》兩段神女的話，可能是〈神女賦〉原來就有的，只是前人以其爲賦序，而前人對賦序一向採取比較彈性的態度，予以增刪改易，所以才與今見《文選·神女賦序》、《文選·別賦》李善注所引不同。

㈤沈括《補筆談》所云《文選·神女賦序》自「其夜王寢」以下，有五個「王」「玉」互訛，其說法應可以依信。

這些結論不但可爲〈神女賦〉眞僞之考辨提供參考，對化解賦體發展認知上的歧異和紛擾，也應有所助益才是。

注釋

注一：劉勰《文心雕龍》頁一三四，一九七一，臺北，明倫出版社。

注二：見崔述《考古續說》（《百部叢書集成》，《畿輔叢書》，臺北，藝文印書館）卷下〈觀書餘論〉頁五—六。

注三：見拙作〈高唐賦撰成時代之商榷〉，載《第二屆國際暨第十屆全國聲韻學學術研討會論文集》頁六九七—七一四（國立中山大學中國文學研究所暨中華民國聲韻學，高雄，一九九二）。

注四：依《御定歷代賦彙》所列。

注五：同注二。

注六：陸侃如〈宋玉評傳〉見於《讀書雜誌》一七期；劉大白〈宋玉賦辨僞〉見於《小說月報》一七期，號外。二文收入《中國文學研究》頁七五—九九及頁一〇一—一〇七，一九八〇（鄭西諦等編，臺北，國泰文化事業有限公司）。

注七：在《莊子・逍遙遊》這些都一應俱全。

注八：游國恩《楚辭概論》頁二二九，一九八〇，臺北，九思出版社。

注九：見馬積高《賦史》頁三九，一九八七，上海古籍出版社。

注一〇：同注九，頁四一。

注一一：同注三。

注一二：同注六，頁一〇二。

注一三：以上所舉之例，取自陳新雄《古音學發微》頁九三一—九三九及頁一〇五五—一〇五六，一九七五再版，臺北，文史哲出版社。

注一四：惓，《廣韻》無此字，凡從卷之平聲皆在仙韻，故列入仙韻。歎，《廣韻》爲去聲，依羅常培、周祖謨所考，兩漢韻文有與平聲押韻者，故亦收入平聲寒韻。見《漢魏晉南北朝韻部演變研究》第一分册，頁二〇七，一九五八，北京，科學出版社。

注一五：見《漢魏晉南北朝韻部演變研究》第一分册，頁一三。

注一六：同注一五，頁一五。

注一七：幽覺通押見於《詩經》者，卽有〈谷風〉、〈中谷有蓷〉、〈兔爰〉、〈揚之水〉、〈蕩〉等，又從馗重文作逵、穋重文作稑，可見幽覺兩部古音關係密切。見陳新雄《古音學發微》頁一〇三八。漢代幽覺通押僅見於班固〈西都賦〉以獸、覆、聚爲韻，分屬幽、覺、魚三部。

注一八：這些不同當然也可能是作者不同所致，但必須有更多的證據才可以證明。

注一九：章炳麟《薊漢閑話》二十五，見《制言》一四期。

注二〇：袁珂〈宋玉神女賦的訂訛和高唐神女故事的寓意〉，載於《神話論文集》頁一五二，一九八七，臺北，漢京文化事業有限公司。

注二一：同注二〇，頁一五二—一五三。

注一二：余知古《渚宮舊事》《百部叢書集成》之四二，《平津館叢書》卷三，頁一一，臺北，藝文印書館。

注一三：見「惜瑤草之徒芳」句下。《文選李善注》宋淳熙本重雕鄱陽胡氏臧版，頁一五七，臺北，藝文印書館。

注一四：王芑孫《讀賦卮言》收入何沛雄《賦話六種》頁一六，一九八二，香港。王芑孫云：「周賦未嘗有序……宋玉賦之見《文選》者四篇，不載於《選》者一篇，皆無序，蓋古賦自爲散起之例，非眞序也。〈高唐〉、〈神女〉、〈登徒子好色〉三篇，李善、五臣皆題作序，漢傅武仲〈舞賦〉，引宋玉高唐之事發端，善亦題爲序，其實皆非也。高唐之事，羌非故實，乃由自造，此爲賦之發端。漢人假事喻情，設爲賓主之法，實得宗子此。且〈高唐〉、〈神女〉諸篇，散處用韻，與賦略同，尤可徵信。」

注一五：有關這一點宋人王觀國《學林》（《百部叢書集成》，《湖海樓叢書》，臺北，藝文印書館）已言之。

注一六：《文選．長門賦》即被加稱有武帝廟號又不合史實的序。詳見拙作《司馬相如揚雄及其賦之研究》（臺北，一九七六，自印本），頁一〇八。

注一七：沈括《夢溪補筆談》（《百部叢書集成》之四六，《學津討源》，臺北，藝文印書館卷）一，頁四－五。

注一八：如袁珂〈宋玉神女賦的訂訛和高唐神女故事的寓意〉即云：「楚襄王自己在做夢，說夢，卻忽然問他的臣子宋玉：『狀何如也？』這一問眞是問得有些奇怪，教人如丈二和尚，摸不著頭腦。」同注二〇，頁一四九。

柒　〈上林賦〉著作年代之商榷

一、前言

〈上林賦〉是司馬相如辭賦中的極品。相如不但憑此入仕得寵，也因此而傳名百世，成爲辭賦史上頂尖的人物。不論在體制或實質，它都立下漢賦的典型。在它的籠罩下，後世作者竟難以跨越它的藩籬，所以在漢代辭賦中，它是最具代表性的作品。因此，歷代學者對它頗多探討，但正如何沛雄先生所說的：他們所聚訟不已的，是在〈子虛〉、〈上林〉的篇章分合、賦題正名及原文考證等問題，而對其著作年代，多未加論證。即使偶有述及，也都是片言隻語憑空臆度，未曾據史實加以說明。因此何先生的〈上林賦作於建元初年考〉（刊於《大陸雜誌》三十六卷二期，亦收入《大陸雜誌語文叢書第二輯》第六册），彌足珍貴，可是對於他的〈上林賦〉作於建元初年的論斷，我卻覺得仍有商榷的餘地。

二、相如初使巴蜀不在元光三年以前

何先生之所以認定〈上林賦〉作於建元初年，是根據司馬相如生平事迹及賦文內容來推定的。何先生最主要的依據，是根據《漢書·西南夷傳》（注一），斷定相如初使巴蜀是在建元六年（西元前一三五年）。再依《史記·司馬相如列傳》所述：相如出使巴蜀是在「爲郎數歲」之後，以此上推，相如於梁孝王死（景帝後元元年，即西元前一四三年）後，才由梁國回蜀郡，初期生活困難，依靠王吉，總不會寫弘麗的〈上林賦〉，與文君私奔及開酒舍的時期，生活更困苦，更不會寫辭賦。必得在卓王孫給他們「僮百人，錢百萬，歸成都，買田宅，爲富人居」（本傳）之後，又逢「武帝踐祚，建元元年，即招賢良文學之士（公孫弘傳）」，以爲這「正是大好機會，這時動筆寫〈上林賦〉是最有理由的，最有適當環境的」，因此「相如爲郎，大約是建元三年之間，然則他奏上〈天子游獵賦〉，亦當在此年。」（注二）

但是，相如初使巴蜀，並不在建元六年。依本傳，相如出使巴蜀前後兩次，而第二次出使，依其所作〈難蜀父老〉一文，有「漢興七十八年」一句，推知其爲元光六年（西元前一二九年），已成公論。該文又說：「今罷三郡之士，通夜郎之塗，三年於茲，而功竟不成。」依此上推，則知唐蒙略通夜郎僰中，當爲元光三年。而本傳說：「相如爲郎數歲，會唐蒙使略通夜郎西僰中，發巴蜀吏卒千人，郡又多爲發轉漕萬餘人，用興法誅其渠帥，巴蜀民大驚恐。上聞之，乃使相如責唐蒙，因喻告巴蜀民以非上意。」這是相如首度出使的由來，由此可知其事不會在元光三年以前，此其一。

再依本傳所述，相如首度出使，傳檄巴蜀之後，「相如還報，唐蒙略通夜郎，因通西南夷道，發巴蜀廣漢卒，作者數萬人。治道二歲，道不成，士卒多物故，費以巨萬計。蜀民及漢用事者，多言其不便。是時邛筰之君長，聞南夷與漢通，得賞賜多，多欲願爲內臣妾，請吏，比南夷。天子問相如，相如曰：……天子以爲然，乃拜相如爲中郎將。」據《漢書・武帝紀》，發巴蜀治南夷道，是在元光五年夏天，所謂治道二歲，當指元光五、六兩年。若以此推算，相如首次出使還報，則在元光五年或稍前，而其受命責唐蒙不出元光三年至五年之間，此其二。

再由相如首次出使所傳〈喻巴蜀檄〉的內容來說，其言「北征匈奴，單于怖駭」，依王先謙《漢書補注》，是指武帝依王恢建議，誘擊匈奴的事。後人都稱引王氏《漢書補注》而無異說，其事在元光二年，可見此檄寫於元光二年以後，此其三。

三、有關通西南夷之繫年

何先生依《史記・西南夷列傳》，以爲唐蒙通夜郎僰中在建元六年。王先謙《漢書補注》於

〈司馬相如列傳·夜郎僰中〉下，便說：「案開二郡事在建元六年，相如已爲郎數歲，是獻賦在武帝即位初矣。通夜郎僰中，詳〈西南夷傳〉。」這恐怕是何先生立說所本。

其實唐蒙通夜郎僰中開郡，不可能在建元六年。我們看《史記·西南夷列傳》（注三），有關這一段史迹之記載：

建元六年，大行王恢擊東越，東越殺王郢以報。恢因兵威使番陽令唐蒙風指曉南越。南越食蒙蜀枸醬，蒙問所從來，曰：「道西北牂柯，牂柯江廣數里，出番禺城下。」蒙歸至長安，問蜀賈人。賈人曰：「獨蜀出枸醬，多持竊出市夜郎。夜郎者，臨牂柯江，江廣百餘步，足以行船。南越以財物役屬夜郎，西至同師，然亦不能臣使也。」蒙乃上書說上曰：「南越王黃屋左纛，地東西萬餘里，名爲外臣，實一州主也。今以長沙、豫章往，水道多絕，難行。竊聞夜郎所有精兵，可得十餘萬，浮船牂柯江，出其不意，此制越一奇也。誠以漢之強，巴蜀之饒，通夜郎道，爲置吏，易甚。」上許之。乃拜蒙爲郎中將，將千人，食重萬餘人，從巴蜀筰關入，遂見夜郎侯多同。蒙厚賜，喻以威德，約爲置吏，使其子爲令。夜郎旁小邑皆貪漢繒帛，以爲漢道險，終不能有也，乃且聽蒙約。還報，乃以爲犍爲郡。發巴蜀卒治道，自僰道指牂柯江。蜀人司馬相如亦言西夷邛、筰可置郡。使相如以郎中將往喻，皆如南夷，爲置一都尉，十餘縣，屬蜀。

乍看之下，很容易讓人以爲全段所述之事，都是建元六年發生的。其實相如爲郎中將，已經是他第二次出使，那已是元光六年的事，先後已達七年之久。建元六年，唐蒙於南越食蜀枸醬，問所從來，爲通夜郎之導因。至於付諸行動，則待他歸長安問蜀賈人，而後上書，才拜郎中將往使，以至完成使命，那都需要相當長的時間。所以據相如〈難蜀父老〉，考訂唐蒙通夜郎在元光三年，依〈西南夷列傳〉看來，也是完全妥合的。相如出使巡蜀更在其後，所以更不可能在建元六年。

四、上林賦著作年代之推測

由上述的推斷，相如初使巴蜀，不在建元六年（西元前一三五年），而在元光三年以後（西元前一三二年）。因此相如獻賦入仕爲郎，則不一定在建元初年，而更可能在建元末年，甚或元光元年。

何先生另外依賦文內容來推斷，以爲〈上林賦〉縱橫鋪陳，極誇飾之能事，但所提宮觀池臺，僅有石闕、封巒、鳷鵲、露寒、棠梨、宜春、宣曲、牛首、龍臺、細柳而已，與《三輔黃圖》卷四所載上林苑，相去甚遠。〈西都賦〉稱上林苑離宮別館有三十六所。最著名的建章宮、承光宮、平樂觀、上蘭觀、豫章觀，都沒有在〈上林賦〉中提及，所以〈上林賦〉可能寫於建元二年，而奏於建元三年上林苑開始建築而尚未完成的時候。

其實相如〈上林賦〉之所以不能網羅上林苑的宮觀，一方面固然可能是因上林苑尚未完成，另方面更可能與相如寫〈上林賦〉時身在巴蜀有關。對上林宮觀僅得之於傳聞，所知有限，自然無法應用。且看誇張揚厲的〈上林賦〉，對宮觀之建築形勢，竟不加形容，當是他對宮觀所知不多所致。

何先生還引《文選注》張揖曰：「石闕、封巒、鳷鵲、露寒四觀，武帝建元中作。」而以建元共六年，建元中約當三年。何先生的推斷如果正確，〈上林賦〉不當寫於建元二年，而是在三年以後。再看《漢書・揚雄傳》：「甘泉本秦離宮，既奢泰，而武帝復增通天、高光、迎風宮外，近則洪厓旁皇，儲胥弩阹，遠則石闕、封巒、枝（鳷）鵲、露寒、棠梨、師得，遊觀屈奇瑰偉。」則不止石闕、封巒、鳷鵲、露寒，甚至棠梨也是武帝時所建。這些恐怕不是上林苑開始興建的那一年，即已完成又已傳聞到巴蜀的吧？

何先生又說建元元年，招賢良文學之士，引起相如寫〈上林賦〉的動機。其實《漢書・武帝紀》是這樣寫的：「建元元年，冬十月，詔丞相、御史、列侯、中二千石、二千石、諸侯相舉賢良方正直言極諫之士。丞相（衛）綰，奏所舉賢良，或治申、商、韓非、蘇秦、張儀之言，亂國政，請皆罷。奏可。」既然隨舉隨罷，對相如有多大的鼓舞作用，很值得懷疑。我以為眞正觸發相如寫〈上林賦〉的動機，可能是武帝的微行狩獵被揭穿，及上林苑的興建。這些都是建元三年八九月以後的事（見《漢書．東方朔傳》）。這時相如已是成都的富人，看到武帝之所好，與梁孝王近似，認爲這是一展長才的好機會，反正他有的是閒情逸致，於是「爲〈上林〉、〈子虛〉之賦，意思蕭散，不復與外事相關，控引天地，錯綜古今，忽然如睡，煥然而興，幾百日而後成。」（見《西京雜記》）同時又勾結狗監楊得意以獻賦。這不但說明了寫賦的動機，同時相如獻賦爲什麼以上林遊獵爲題材，也得到了明確的答案。

基於以上的分析，我們有理由相信：相如寫〈上林賦〉，當在建元四年（西元前一三七年）左右，而奏賦恐怕是建元末年（五年或六年）的事了。此時相如入仕爲郎，過了若干年，在元光四年左右才初使巴蜀。在時間上正好銜接，上接前事也較充裕。照何先生之繫年，從景帝後元元年（西元前一四三年），到武帝建元元年（西元前一四〇年），這短短的三年之間，相如既要自梁國歸成都，無以自業，待王吉相邀而赴臨邛，計取文君，私奔回成都，又因貧苦「文君久之不樂」（本傳語），再回臨邛，以賣酒與卓王孫相持，取得卓家錢財，回成都成富人，顯然是過於緊湊。所以〈上林賦〉的撰寫年代，不論用史料去考察，或以情理來分析；從空間因素去衡量，或以時間的先後來推算，都以建元後期爲是。

五、餘論

前面我們不但推測有關〈上林賦〉撰寫及進奏的年代，也提到王先謙《漢書補注》繫年的疏失，王氏以爲唐蒙通夜郎在建元六年，卻又以相如於此時所作之〈喻巴蜀檄〉，提及「北征匈奴，單于怖駭」，是指元光三年從大行王恢之議，誘擊匈奴之事。那麼相如豈不是能預知後事？若說相如建元六年出使，元光三年作檄，時間上不免相隔太久，而通夜郎的進展又未免太快。其實王先謙不但繫通夜郎之年代有誤，同時以爲誘擊匈奴在元光三年，也是一項錯誤。依《漢書・武帝紀》，王恢建議擊匈奴，乃至坐首謀不進，下獄死，都是在元光二年，而不是元光三年。這一點施之勉先生的〈讀史記會注考證札記〉（注四）已有所指陳。這對王氏《漢書補注》來說，不能不說是大醇中的小疵了。

注釋

注　一：詳見何先生〈上林賦作於建元初年考〉，注四。

注　二：引號所引均係何先生原文。

注　三：《漢書・西南夷傳》完全襲用《史記》原文，惟「東越」「南越」之「越」字，改用「粵」。今依《史記》。

注　四：詳見《大陸雜誌》四十四卷二期，頁五三。

下編　漢賦本質與特色之歷史考察

壹　漢賦為詩為文之考辨

一、探討漢賦詩文特性的前提

要說明漢賦究竟是詩還是文，首先要界定所謂詩和文的義界，否則將無法作精確的認定。「文」的字義，《說文解字》說是「逪畫」，是指交錯的紋理。《呂氏春秋・季夏》高誘注，《左傳・昭公二十五年》杜預注，《荀子・非相》楊倞注，也都解釋爲「青與赤謂之文」。這種黼黻文章的文，當然不是本文所要說的文。《論語・學而》所謂「行有餘力，則以學文」，《雍也》和《顏淵》所謂「博學於文」，《先進》所謂「文學子游子夏」，注疏家都指出其所謂文，乃包含六經文籍，這廣義的文學定義的文，當然也不是本文所命題的「文」。魏晉以下，從事辭章的人被列於文苑，以別於擅長經術者之列於儒林，稱辭章之爲文，接著他們又把「文」解釋爲「性情之風標，神明之律呂」(注一)，其中包括「綜緝辭采」「錯比文華」(注二)的詩歌和散文，他們不但注意到辭章「內容」的分類，且又注意到辭章「形式」的分類，使舊有「文」之涵義，從廣泛的「書本知識」，縮小到具有特殊的內容與形式的「辭章」上面(注三)。蕭統依此選文而編成《文選》，此後《唐文粹》、《宋文鑑》、《金文雅》、《元文類》、《明文衡》、《明文在》，無不以「文」爲名，涵蓋具有特殊內容與形式的韻文和散文。其他以文章爲名的，如《文章流別論》、《文章緣起》、《文章辨體》，也莫不如此。此「文」之涵義，雖然大爲縮小，但它涵蓋本文所謂「賦」「詩」和散文，所以這義界對本文也不具意義。

在南北朝時，常以「文」和「筆」對舉，如《南史・顏延之傳》「竣得臣筆，測得臣文」，《北齊書・李廣傳》「集其文筆十卷，魏收爲之序」，《魏書・溫子昇傳》「臺中文筆，皆子昇爲之」，劉勰《文心雕龍・總術》說：「今之常言，有文有筆，以爲無韻者，筆也；有韻文，文也。」梁元帝《金樓子・立言》說：「揚搉前言，抵掌多識者謂之筆；咏歎風謠，流連哀思者謂之文。」蓋皆以「詩」爲文，所以也以「詩」和「筆」對舉。如《南史・沈約傳》說：「謝元暉善爲詩，任彥昇工於筆，約兼而有之。」〈庾肩吾傳〉引梁簡文帝與湘東王書：「詩既若此，筆又如之。」又說：「謝朓沈約之詩，任昉陸倕之筆。」這麼說來，文筆對稱的「文」，涵蓋了「詩」，所以這義界也不合本文命題的要求。

到了唐世，「韓愈之所謂文，則專就非韻非駢的散體言之」，「待到韓、柳的古文運動成功以後，只有詩文之分，而無文筆之分」（注四），白居易「文章合爲時而著，歌詩合爲事而作」（注五），固然是詩文對舉；黃庭堅所謂「老杜作詩，退之作文，無一字無來處」（見〈答洪駒父書〉），也以詩文對稱，《明史》稱前七子擬古之巨擘李夢陽「文必秦漢，詩必盛唐」，都是把

「文」解爲散文，而且二者之不同，後人不只以形式來區分，也有以內容來鑑別了，如吳喬《圍爐詩話》所謂：「唐人以詩爲詩，宋人以文爲詩，唐詩主於達性情，故於三百篇近，宋詩主於議論，故於三百篇遠。」（注六）本文既以詩文對舉，則「文」之義界，當然也就取乎於此了。

至於詩的定義，我國古書早有記載，且與心理的要素相結合，所謂「詩言志」的說法，自古迄今，佔著相當大的勢力，而一直認爲：詩是心靈的產物（注七），但在文學體制上所謂的「詩」，就拘於三百篇及其嫡傳的作品了。前面所說的詩文對舉，便是如此，本文界定「詩」的涵義，也就大體取之於此。因此，本文雖是探討漢賦的體制，而詩文的義界，卻依從唐以後的習慣，這是不能不先加以說明的。

二、追溯源流，漢賦是詩的別枝

賦原本是詩的一種體裁，或說是一種作法，發展到漢，學者都已認定爲詩的別類。所以《毛詩序》將賦列爲詩的六義之一，《周禮・春官・大師》列賦爲六詩之一。而班固〈兩都賦序〉說：「賦者古詩之流也。」又說：「或以抒下情而通諷諭，或以宣上德而盡忠孝，雍容揄揚，著於後嗣，抑亦雅頌之亞也。」據《漢書・郊祀志》，賦與詩同隸於漢武帝所立的樂府（注八），劉歆《七略》將詩賦共爲一略，爲班固《漢書・藝文志》所取法，還說：「春秋之後，周道寖壞，聘問歌詠不行於列國，學詩之士逸在布衣，而賢人失志之賦作矣。大儒孫卿及楚臣屈原離讒憂國，皆作賦以風，咸有惻隱古詩之義。其後宋玉、唐勒；漢興，枚乘、司馬相如，下及揚子雲，競爲侈麗閎衍之詞，沒其風諭之義。」都可以看出在漢人心目中，賦和詩有深厚的血緣關係。

到了齊梁，劉勰《文心雕龍》，仍然認定：賦自詩出，他在〈詮賦〉說：「賦也者，受命於詩人，拓宇於楚辭也。於是荀況〈禮〉、〈智〉，宋玉〈風〉、〈釣〉，爰錫名號，與詩畫境，六義附庸，蔚成大國。述主客以首引，極聲貌以窮文，斯蓋別詩之原始，命賦之厥初也。」又贊曰：「賦自詩出，分歧異派，寫物圖貌，蔚似雕畫。杌滯必揚，言庸無隘。風歸麗則，辭翦美稗。」

詩自三百篇以後，漢魏六朝仍有其嫡傳，唐代律詩興起之後，更有了嚴密的格律，於是有古體及近體之分，其後緜延不絕。賦既「爰錫名號，與詩畫境」，其「述主客以首引，極聲貌以窮文」而別於詩，自然只能稱得上是「分歧異派」。不過，它是古詩之流亞，宜無異辭。它猶如詞變自詩，而稱詩餘，一樣的是屬於詩的系統。但後人逐漸把詩和賦分開，甚至把賦歸到散文的系統。歷代各家賦作，皆歸其文集，不歸於詩集。於是姚鼐的《古文辭類纂》，原是一部散文選，詩歌詞曲不在選錄之列，但「辭賦」卻佔相當重要的地位(注九)。近來文學史也往往沿襲這種安排，不把辭賦放在詩歌項下來講(注一〇)，陸侃如、馮沅君著《中國詩史》，涵蓋了楚辭、宋詞與元代散曲，卻不留一點篇幅給漢賦，就不免令後人對漢賦究竟是詩還是散文，深感困惑了。

既然宋詞稱詩餘，再變而爲散曲，早已與詩畫境，而人們一直認定它們都是詩的系統；而漢賦本是「六義附庸，蔚成大國」，其流變早經認定，而蛻變之迹緒，也十分淸楚（注一一），那麼漢賦宜置於詩的系統，而具別枝的地位，是不容剝奪的。雖然這扶疏的枝葉，跨越了它的藩籬，庇蔭了鄰近的株苗，甚至相交通，但尋其本株，知其脈絡，漢賦究竟是詩是文，仍然不可不察，不可不辨。《文心雕龍・詮賦》所謂「總其歸塗，實相枝幹」，就是最好的說明。

二、就作家主觀意識而言，漢賦是詩的延續

在漢人心目中，「正得失，動天地，感鬼神，莫近於詩，先王以是經夫婦，成孝敬，厚人倫，美教化，移風俗」（見《毛詩序》），詩的功用如此之大，於是王式用它當作諫書（注一二），漢儒拿它作教條。詩的功用何以如此之大？因爲「上以風化下，下以風刺上，主文而譎諫，言之者無罪，聞之者足以戒」，而當「王道衰、禮樂廢、政教失、國異政、家殊俗」的時候，「國史明乎得失之迹，傷人倫之廢，歎刑政之苛，吟詠情性以風其上」（注一三）。而這些正是漢賦作家創作漢賦所遵奉的圭臬。

正如班固〈兩都賦序〉所說，賦家們「朝夕論思，日月獻納」，「或以抒下情而通諷諭，或以宣上德而盡忠孝，雍容揄揚，著於後嗣」，所以漢賦篇章，幾乎篇篇都以諷諭爲主旨，篇篇有

勸諫的命意，漢賦作家在創作時，是完全依仿他們心目中的古詩人，以當代詩人自命，以創作新形式的詩篇。像揚雄突然發現「賦勸不止」，賦家「頗似俳優淳于髡、優孟之徒，非法度所存，賢人君子詩賦之正也，於是輟不復爲」（注一四），由此可見漢賦作家的自我期許，與創作的心態（注一五）。

《詩》三百篇的作者，是否如漢儒所認爲的那樣，那是另一個問題，然而漢賦作家，卻以他們心目中的古詩人爲榜樣，以新時代的詩人自許，寫下「主文譎諫」的賦，想越邁前賢，則是斑斑可考的事實。所以，在賦家主觀意識上，漢賦是古詩的延續，是新時代的新詩體，班固的〈兩都賦序〉，就是漢賦作家最好的自白。

四、就作品客觀風貌而言，漢賦是詩的擴大

作家創作的主觀意識如此，而作品所顯現的客觀風貌則又如何？和詩有何不同？揚雄《法言・吾子》說：「詩人之賦麗以則，辭人之賦麗以淫」，「麗」是它們的共同處，「則」「淫」是它們的歧異處。《文心雕龍・詮賦》說：「賦自詩出，分歧異派，寫物圖貌，蔚似雕畫。」最後又說：「風歸麗則，辭翦美稗。」可見由於「寫物圖貌，蔚似雕畫」，造成辭的「美稗」，正是「淫」之所在；因爲「繁華損枝，膏腴害骨」，所以需要「翦」之。不過從另外的角度來看，

這未嘗不是進步的表徵，葛洪《抱朴子·鈞世》所謂：「《毛詩》者，華彩之辭也，然不及〈上林〉、〈羽獵〉、〈二京〉、〈三都〉之汪濊博富。」還說：「屬錦麗而且堅，未可謂之減於蓑衣；輜軿妍而又牢，未可謂之不及椎車也。」批評貴古賤今的說法。

賦之所以「淫麗」、所以「博富」，是一種必然的趨勢。「由於人類對於自然的觀察，漸由粗要以至於精微；對文字的駕馭，漸由歛肅以至於放肆。在詩經中可以幾句話寫完的，到後來就非長篇大幅不辦了」(注一六)，於是《詩·鄭風·大叔于田》的題材，落到司馬相如成爲〈子虛〉、〈上林賦〉，轉到揚雄成爲〈羽獵賦〉。這裏所涉及的，不但是劉熙載《藝概·賦概》所說的：「賦起於情事雜沓，詩不能馭，故爲賦以鋪陳之，斯於千態萬狀，層見迭出者，吐無不暢，暢無或竭。」屬於素材處理的問題，也關係著作家修養的問題，所以又說：「風出於性靈者爲多，故雖婦人女子無不可與；騷則重以修能，嫻於辭令，非學士大夫不能爲也。賦出於騷，言典致博，既異家人之語，故雖宏達之士，未見數數有作，何論隘胸襟，乏聞見者乎。」蓋自《離騷》以來，辭賦作家都是飽讀典籍、有特殊修養以及語文訓練的士大夫，他們的作品就不免「極聲貌以窮文」了。這當然又牽涉作家的創作心理，正如皇甫謐〈三都賦序〉所說：「賦也者，所以因物造端，敷弘體理，欲人不能加也。引而申之，故文必極美；觸類而長之，故辭必盡麗。」賦就是在賦家「欲人不能加」的心理情況下，「引而申之」「觸類而長之」，造成「淫麗」的風貌。

由於觀察精微，所以「情事雜沓」；由於嫻於辭令，「言典致博」，所以能「敷弘體理」，鋪張揚厲。因此，詩流變而爲賦，則堂廡爲之擴大；加以賦家力求人之所不能加，極力「引而申之」，「觸類而長之」，除了造成淫麗之外，在情感和音節也就沒有詩那麼紆迴往復，一變爲流暢直率。於是賦「有詩的緜密而無詩的含蓄，有散文的流暢而無散文的直截」（注一七）。所以就作品客觀風貌而言，漢賦拓展了堂廡，流暢了文辭，顯示了若干散文的特性。姚鼐《古文辭類纂・序目》，謂「辭賦」爲「風雅之變態」，大概就是從這方面來說的吧？

五、就形式而言，漢賦是散文化的詩

形式是釐析文學體類的一項標準，如前所謂：有韻爲文，無韻爲筆；或有韻爲詩，無韻爲文，都是就文學韻律形式來區分的。我們若以有韻無韻爲詩文畫分的指標，那麼漢賦是散文化的詩。因爲漢賦絕大部分是韻文，極少部分是散文。

賦的結構，大體有三部分，除鋪敍的主文之外，前面常有序，最後有亂，或稱系、重、歌、訊。序是敍述作的主旨，西漢的賦篇無序，如今我們在《文選》看到的，如揚雄的賦，大都有序，那是取史傳之文以爲序，並非在賦篇創作時就有的，序通常是散文體。亂是簡約全篇之意，仿自《楚辭》，也多用在騷體賦，所以賦並非三部分都要具備，有的有序而無亂，有的無序而有亂，還有序亂皆無的。西漢古賦大多無序無亂，但也自成三部，首尾多散文而少押韻，中間則以韻文為主，但也偶有不押韻處。

如司馬相如的〈子虛賦〉，自「楚使子虛使於齊」，到「僕對曰唯唯」兩百餘字，是散文體的問對，是鋪敍楚王之獵的引文。自「臣聞楚有七澤」，到「於是齊王無以應僕也」約八百字，是賦的主體，用韻文形式。「烏有先生曰」以下近三百字，以散文為主，偶用韻句。至於〈上林賦〉自「亡是公听然而笑曰」，到「獨不聞天子之上林乎」約一百五十字，也是散文體的引言。自「左蒼梧」，「心愉於側」約一千六百字，是鋪敍天子上林狩獵的主體，為韻文。自「於是酒中樂酣」以下四百餘字，是諷諭之所存，乃散文韻文互用，各佔其半。〈子虛賦〉和〈上林賦〉是西漢古賦的典型，後來賦篇大體仿此。賦的主體是韻文，前後參雜散文體，稱其為散文化的詩，不亦宜乎！

我們稱它為散文化，不只是前後散文體的穿挿，還包括句式的參差和提頭接頭語詞的運用。中國正統的詩，句式或四言、或五言、或七言，雖其間或有參差，但大都句式畫一整齊。但賦篇句式，則變化多端，如〈子虛〉、〈上林賦〉，其押韻的句子，忽作三字句排比，忽作四字句排比，又忽而作五字句或七字句排比。以〈上林賦〉為例：如「生貔豹、搏豺狼、手熊羆、足壄羊。蒙鶡蘇、紈白虎、被斑文、跨壄馬。」是三字句；上承「江河為阹，泰山為櫓，車騎靁起，殷天動地，先後陸離，離散別追，淫淫裔裔，緣陵流澤，雲布雨施。」是四字句；下接「陵三嵕之危，下磧歷之坻」是五字句；又如「睨部曲之進退，覽將帥之變態」是六字句；「置酒乎顥天之臺，張樂乎膠葛之寓」是七字句。其變化自如似散文，但連緜排比則似詩。

至於提頭接頭語詞，以〈子虛〉、〈上林賦〉爲例，用詞及次數如下表：

語詞	子虛	上林
·其（其東、其石、其高燥）	十三次	四次
·於是	五次	三次
·於是乎	一次	十次
·於斯	○	一次
·然後	○	二次
·與其	○	一次
·若夫（若乃）	一次	二次
·從此觀之	○	一次

中國詩句不但可以不用冠詞和前置詞，也可以不用一個虛字（注一八），甚至主詞動詞也可省去，更不用那些提頭接頭語詞了。漢賦既鋪采摛文，聚事典物類，綴以成篇，勢必借重這些語詞，以見排比命則，使文理氣勢連貫，於是用散文的語詞，有散文的流暢。

運用這些提頭接頭語詞，並不限於古賦，也見於騷體賦，如揚雄〈甘泉賦〉在騷體句中，也大量用「於是」、「乃」、「夫」等語詞，也有明顯的散文化傾向。

至於古賦，連篇章結構都採用「述主客以首引」的散文章法。若說賦是詩，稱它為散文化的詩，應該是很恰當的。

六、就內容而言，漢賦是敘事描寫的詩

朱光潛在《詩論》說：「賦是一種大規模的描寫詩」，所以「《詩經》中已有許多雛形的賦」，《鄭風・大叔于田》便是。其他如《小雅・無羊》，描寫農間牛羊的姿態，「如果出於漢魏以後人的手筆，這種題材就可以寫成長篇的賦了。」所以他又說漢賦是「放大簡短整齊的描寫詩，為長篇大幅富麗的韻文」（注一九）。依據他的說法，賦仍是詩，只是有特定的內容。

《文心雕龍・詮賦》，開宗明義就說：「詩有六義，其二曰賦。賦者，鋪也，鋪采摛文，體物寫志也。」賦本是詩的作法，是「把與內心感情有直接關連的事物說了出來」（注二〇）。這種直接鋪敘的手法，何以造成「鋪采摛文」的特性？《文心雕龍・詮賦》有很好的說明：「登高之旨，蓋覩物興情，情以物興，故義必明雅，物以情觀，故詞必巧麗。」其所謂「情以物興」、「物以情觀」，就是「體物寫志」的最好說明。「物」是客觀的素材，「志」是主觀的情懷。直鋪

其對事物之觀察，以寫其情志。而「體物」的發抒，乃鋪張揚厲，「極聲貌以窮文」，於是「與詩畫境」、「蔚爲大國」了。「體物」是指素材的運用，「寫志」是指主體的表達。因其寫志，所以還是詩的傳統；又因其體物，所以是以描寫事物爲內容。因此，就內容來說，賦是敍事描寫的詩。

大體說來，「詩宜於抒情遣興，散文宜於狀物敍事說理」(注二一)，賦既以敍事描寫爲內容，形式散文化乃勢所必然，賦「與詩畫境」「蔚成大國」之後，詩走抒情遣興的路子，把狀物敍事說理交給了賦。中國很少敍事詩(注二二)，詩賦分途各有偏勝，可能是原因之一。而漢賦的敍事描寫，自來著重在空間的鋪敍，加以它盛行於太平盛世，沒有大規模戰爭(注二三)，所以也就缺乏偉大的長篇史詩，卻充斥著富麗的宮殿、狩獵的賦篇鉅作。

七、推究衍變，漢賦是文士散文產生的關鍵

賦到魏晉以後，隨著主觀的文學興趣和客觀的環境需要，不論在形式上或內容上，都有所改變。徐師曾的《文體明辨》，有所謂俳賦、律賦、文賦。賦體的演變自成脈流，這是屬於賦體本身的發展，而本文著重在它和詩、文的關係，所以賦體自身的流衍，在此不擬討論。

漢賦與詩畫境，自成體類之後，它的影響卻同時流灌詩和散文兩方面。朱光潛說：「詩和散

文的駢儷化都起源於賦」，又說：「意義的排偶和聲音的對仗，都發源於辭賦，後來分向詩和散文兩方面流灌。」這些他在〈中國詩何以走上「律」的路——賦對於詩的影響〉（注二四），有詳細的說明，本文乃不再贅述，而且這些流灌，都是魏晉六朝的事，本文可以暫不涉及，本文僅就漢代文士散文之產生，以見辭賦對散文影響之一斑。

先秦有《尚書》、《春秋》、《國語》、《左傳》、《戰國策》等歷史散文；也有諸子的哲理散文；入漢以後，有了文士散文。

有一批人既不是思想家或政治家，也不是經學家或史學家，而能「綜緝辭采」「錯比文華」，所以憑文章傳世。他們的文章，是「以能文爲本」，而不「以立意爲宗」，所以他們不能留名於史籍的儒林傳，而只好另立文苑傳來記載他們。這種文士，早見於戰國時代的宋玉、景差之流（注二五），他們所留下的瑋燁篇章，都是辭賦；合乎蕭統《文選序》所謂「事出於沈思，義歸乎翰藻」選文標準的文士散文，則大量出現在漢朝。其作者，絕大多數都是漢賦的名家，其散文作品，則多用婉麗或恢詭的賦筆，恢廓聲勢，甚至假設問對。那麼漢賦和這些文士散文的關係，由此可見。

這些文士散文，固然是上承歷史散文和諸子散文而來，如碑傳文由史傳文蛻變而來，軍國書檄之文由諸子策士文蛻變而來。但文士們執筆爲文，卻失去歷史的眞實，也漠視思想的表達，正如王充《論衡·藝增》所說：「言事增其實，著文垂辭，辭出溢其眞，稱美過其善，進惡沒其罪。」《文心雕龍・誄碑》說：「自後漢以來，碑碣雲起，才鋒所斷，莫高蔡邕。」但蔡邕自己卻說：「吾爲人作銘，未嘗不有慚容，唯有〈郭有道碑〉頌無愧耳。」(注二六)可見碑傳文礙於潤筆情面，不得不以華麗之辭，鋪張盛德，多言不由衷，與史傳文以眞實爲準則，大相逕庭。二者之分野在此，而其蛻變之迹也在此。換句話說，他們是以寫賦的態度和手法來寫誄碑的，那麼漢賦正是史傳文蛻變而爲碑傳文的關鍵。

另外，如鄒陽獄中上書自明，以婉麗之筆，寫心中無限煩寃；東方朔的〈答客難〉和〈非有先生論〉，以恢詭之筆，寫牢騷之情；司馬相如的〈喻巴蜀檄〉和〈難蜀父老〉，則華麗壯濶，見廟堂氣。這些賦家以賦寫言情散文或軍國書檄之文，前者打破詩和散文的界限(注二七)，後者則打破賦和散文的界限，造成歷來選家不少的困擾和糾葛。如蕭統以枚乘〈七發〉爲「七」類，東方朔〈答客難〉和揚雄〈解嘲〉爲「難」類，歷來備受疵議，因爲這些都是用韻的賦體。用韻的賦體不只被分立「七」類和「難」類，還有「符命」類。更令人困擾的是：連「檄」類的〈難蜀父老〉，都是假設問對、恢廓聲勢、排比諧隱而且用韻的賦體。由於有賦體的存在，造成中國文章體類分辨的糾結，就由此可見了。

由於漢賦是散文化的詩，更是產生文士散文的關鍵，所以它跟散文的瓜葛難以梳理，是可以想見的，而司馬相如的〈難蜀父老〉大量用韻，〈喻巴蜀檄〉卻少有押韻。類似的題材，風貌不同，探知其中的消息，就已掌握漢賦流爲文士散文的關鍵。

八、結語

綜以上考辨，班固所謂「賦者，古詩之流也」，是不移之論，就發展而言，賦是詩的別枝，賦家也以新體詩自許，正是劉熙載所謂的「詩爲賦心，賦爲詩體」（注二八）。是偏向敍事描寫的詩，因主觀的需求和客觀的因素，而有了散文化的傾向，不但有散文的形式，也有散文的流暢，還具有散文家的知性（注二九），更是產生文士散文的關鍵。賦還扣住不少文學發展的重要環節，諸如駢體文的產生、詩之有律體等，它和詩文關係之密切，也就由此可知。所以陸侃如、馮沅君的《中國詩史》，沒有賦的探討，這固然是一項缺漏；如果講中國文學史，硬說賦是文字遊戲，把它排除在文學門牆之外，那就如研究牲畜，只顧自己的口腹之慾，只見精肉而不見其肢體架構，更不見其生理與習性，那麼他只能算是挑剔的肉食者，並不能算是牲畜的研究者。所以，欣賞中國文學作品的人，他可以不愛好賦而不讀，但研究中國文學史的人，如果不懂賦而加以割捨，那將無異是瞎子摸象。

注釋

注一：見蕭子顯《南齊書·文學傳》後論。

注二：見蕭統〈文選序〉。

注三：見王夢鷗先生《文學概論》第一章。

注四：郭紹虞《中國文學批評史》上卷，第五篇〈隋唐文學〉頁二三八。而此說早見於陸游《老學庵筆記》。

注五：白居易〈與元九書〉，此與文章對歌詩，而其下云：「是時皇帝初即位，宰府有正人，屢降璽書，訪人急病，僕當此日，擢在翰林，身是諫官，月請諫紙啟奏之外，有可以救濟人病，裨補時闕，而難於指言者，輒詠歌之。」可見其所謂文章，乃啟奏之文。

注六：依其所云，詩主性情，文主議論，吳喬〈答萬季埜詩問〉，答詩文之辨，說：「二者意豈有異?唯是體制辭語不同耳。意喻之米，文喻之炊而飯，詩喻之釀而爲酒；飯不變米形，酒形質盡變。啖飯則飽，可以養生，可以盡年，爲人事之正道；飲酒則醉，憂者以樂，喜者以悲，有不知其所以者。」又從表現手法加以分別。

注七：王夢鷗先生《文學概論》第三章。《尙書·堯典》：「詩言志，歌永言。」一語並見於經傳，如《左傳·襄公二十三年》、《禮記·樂記》、《詩序》等。後世論詩者，不越此義。《詩序正義》云：「包管萬慮，其名曰心，感物而動，乃呼爲志。志之所適，外物感焉，言悅豫之志則和樂與而頌聲作，憂愁之志則哀傷起而怨刺生。〈藝文志〉云：『哀樂之情感，歌詠之聲發』，此之謂也。」

注八：《漢書·藝文志》也同有此說。

注九：姚鼐雖將辭賦列入《古文辭類纂》，將其與散文並列，但在序目仍然說：「辭賦者，風雅之變態也。」合楚辭與漢賦爲一類，論其源流與漢魏齊梁之說無異。

注一〇：朱光潛《詩論》頁二四〇，七十年元月出版，德華出版社印行本。

注一一：請見拙作〈詩騷賦發展之迹緒〉，收入中華文化叢書《中國文學的發展概述》，民國七十一年九月出版，中華文化復興運動推行委員會主編，中央文物供應社。蛻變之迹，亦將於以下各節分項述及。

注一二：見《漢書・儒林傳》。

注一三：以上三則，皆引自〈毛詩序〉。

注一四：《漢書・揚雄列傳》。其於《法言》，更鄙之以爲「童子雕蟲篆刻」「壯夫不爲」。

注一五：雖然有一部分作品，是以抒情寫志爲主，但他們大多自比屈原，在他們心目中，「屈原離讒憂國」，「作賦以風，咸有惻隱古詩之義」（見《漢書・藝文志》），所以除了消極的抒洩情懷，仍多少帶有積極諷諭的意味。

注一六：同注一〇，頁二四三。

注一七：同注一六。

注一八：同注一〇，頁二四七。如「疏影橫斜水清淺，暗香浮動月黃昏」，字字皆實景。

注一九：同注一六，〈中國詩何以走上「律」的路〉，頁二四二—二五〇。

注二〇：徐復觀〈釋詩的比興〉，民國四十七年八月一日《民主評論》九卷十五期，收入《中國文學論集》。

注二一：朱光潛《詩論・詩與散文》，頁一一〇。

注二二：所謂很少，並不是沒有，列之於漢的，有〈上山採蘼蕪〉、〈孔雀東南飛〉、蔡琰〈悲憤詩〉等，與抒情詩不成比例。

注二三：當然昆陽之戰，可稱之大戰，但當時缺乏偉大的賦家，加以賦篇慣常寫富麗堂皇之場面，寫文人悲天憫人之胸襟，寫離亂之情，也就交付予詩篇了。

注二四：同注一〇，頁二三五—二七四。

注二五：屈原是政治失敗，才以文章表達自己，非純然文士。

注二六：見《世說新語・德性篇・注》。

注二七：同注一〇，頁二五〇。

注二八：見其《藝概・賦概》，卷三，頁一，臺北廣文書局印行。

注二九：見郭紹虞序陶秋英的《漢賦之史的研究》頁一—二，一九三九，上海中華書局。朱光潛《詩論》頁一二二，對知性有所說明：以為懂得散文大半憑理智，散文求人能「知」（know），詩求人能「感」（feel），「知」貴精確，作者說出一分，讀者便須恰見一分；「感」貴豐富，要有言外之意，能舉一反三。因此，文字的功用在詩和散文有所不同。在散文是直述（state），讀者注重本義；在詩是暗示（suggest），讀者注重聯想。

貳　從揚雄的模擬與開創看賦的發展與影響

一、緒論

《四庫全書總目提要・集部・詩文評類・敍目》說：「文章莫盛於兩漢，渾渾灝灝，文成法立，無格律之可拘。建安、黃初，體裁漸備，故論文之說出焉。」但章學誠《文史通義・詩教・上》卻說：「周衰文弊，六藝道息，而諸子爭鳴，蓋至戰國而文章之變盡，至戰國而著述之事專，至戰國而後世之文體備。」同是清人，一說文體備於戰國，一說備於漢末魏初，出入頗大，這是探討中國文學批評史一開始就要面臨的問題。

《四庫全書總目提要》認爲以文章爲探討的對象，是以「體裁漸備」爲先決條件，而論文章體類的文字既然始見於建安，而大備於齊梁，所以就說「建安、黃初，體裁漸備」了。至於章學誠「後世之文，其體皆備於戰國」的說法，那是溯其源頭，指其略見各體類的風貌，而不是指結構的定型。所以他還說「其源多出於詩教。」推源的說法，早見於南北朝北齊的顏之推（注一）和梁朝的劉勰（注二），他們都推源於五經。

我們探討文章體類的發展，固然要追溯其濫觴，卻更需要瞭解各體類雛型的塑造和發展的歷程，如何從五經分衍爲《昭明文選》的三十八類（注三）？在文章鼎盛的兩漢，是受到誰的影響於是「文成法立」？一般說來，「屬於某種用途的文章，因其遞相模擬的關係，在結構上也漸形成了一種定型。」「演爲具體的『文體』之論」（注四）；從另一方面說，「魏晉六朝文體之形成，只是一個『文章辭賦化』的現象」（注五），誰的模擬和變造，使文章結構有了可資依循的模式？哪一位賦家使文章辭賦化，而爲六朝文體形成的先聲？這些都該是值得探究的問題。依個人淺見：在兩漢最具模擬之能、開創之功，而對文體發展影響最大的，恐怕非揚雄莫屬了，所以擬就揚雄在文學上的模擬和開創，作確切而深入的探討，從文章體類發展的觀點，評估他在文學史上的地位。

爲了作精確而具體的探討，所以本文避免作印象式的評估，而將其作品做逐篇的分析。除了學術性的論著之外，舉凡文學性質的文字，本文將逐篇考察其模擬之迹，變造之法，並參照六朝文體，以評量其影響。以期對「文章莫盛於兩漢，渾渾灝灝，文成法立」，到「建安、黃初，體裁漸備」，其間發展的脈絡和歷程，有比較明確的瞭解和掌握，而對中國文學發展，也才有比較深入的體認。

爲探討方便，我們將揚雄的文章，粗分辭賦、頌贊、箴銘、哀誄、書疏、雜文等六類。至於《法言》、《太玄》、《訓纂》、《倉頡訓纂》、《方言》、《孟子注》、《天問注》、《志錄》（注六）等著述，大體上都是「以立意爲宗，不以能文爲本」；或「旁出子史」，「雖傳之簡牘，而事異篇章」（注七）。既然不合《文選》「事出於沉思，義歸乎翰藻」的標準，本文一概略而不論。

二、從揚雄辭賦之作，考其模擬和開創

《漢書・藝文志》說揚雄賦十二篇。本傳所載有〈甘泉〉、〈河東〉、〈長楊〉、〈羽獵〉四賦；《古文苑》又有〈太玄〉、〈蜀都〉、〈逐貧〉三賦，〈文選注〉又有〈覈靈賦〉。此外，在本傳中還有〈解嘲〉、〈解難〉，雖然沒有以賦爲名，而實際上是賦體。如《說文解字・氏部》引〈解嘲〉「響若氏隤」一句，就標明爲揚雄賦。所以陶紹曾就以爲這兩篇應在《漢書・藝文志》所說的十二篇之中。另外，《漢書・藝文志》列屈原賦二十五篇，是把所有楚辭體的作品，統稱爲賦。那麼揚雄的〈反騷〉、〈廣騷〉、〈畔牢愁〉三篇，也該在十二篇之列。這樣的話，揚雄的賦就不止十二篇了（注八）。

如今在辭賦一類，取〈甘泉〉、〈河東〉、〈長楊〉、〈羽獵〉、〈太玄〉、〈蜀都〉、〈逐貧〉、〈反騷〉、〈解嘲〉、〈解難〉及〈劇秦美新〉十一篇，分別就其體類加以考述。至於〈覈靈賦〉、〈廣騷〉、〈畔牢愁〉，或已殘缺，或已亡佚，只好略而不論。揚雄辭賦之作，大

體依仿屈原和司馬相如，《漢書・揚雄傳贊》說他因「賦莫深於〈離騷〉，反而廣之；辭莫麗於相如，作四賦，皆斟酌其本，相與放而馳騁云。」卽可知其梗概。

(一)〈甘泉賦〉最能見揚雄的寫賦心態

〈甘泉賦〉是揚雄待詔承明之庭以後，第一篇的作品。他之所以待詔，是因爲「客有薦雄文似相如者，上方郊祠甘泉泰畤，汾陰后土，以求繼嗣」(注九)，本賦卽是此時奉詔而作。

揚雄是經生，辭賦之作非常重視諷諭的作用，所以他後來發現諷諫的效果不彰，甚至「不免於勸」，於是輟而不爲。揚雄作〈甘泉賦〉時，竭其心智，以寓諷諫，以貫徹嚴正的主題。司馬相如奉詔作〈上林賦〉就有所不同，他投合漢武帝對田獵和辭賦雙方面的愛好，其「曲終奏雅」，加以諷諭。就文學欣賞而言，或不免成爲狗尾續貂，但他非如此不足表示其徵聖宗經，還可能招「美而無用」之譏，所以他不能沒有那一段。換句話說，誇張田獵之盛，逞才邀寵，可能是司馬相如作〈上林賦〉的主要目的；而賦予諷諫之旨，可能是裝修門面，使其冠冕堂皇的作法。至於揚雄就不一樣了，他認定辭賦是爲諷諫而作(注一〇)，於是其誇飾鋪敍，都只是作賦的手段，譎諫以悟主才是眞正的目的。且聽聽他的自白(注一一)：

甘泉本因秦離宮，既奢泰，而武帝復增通天、高光、迎風……遊觀屈奇瑰瑋，非木摩而不

> 彫，牆塗而不畫，周宣所考，般庚所遷、夏卑宮室，唐虞採椽三等之制也。且爲其已久矣，非成帝所造，欲諫則非時，欲默則不能已，故遂推而隆之，乃上比於帝室紫宮，若曰此非人力之所爲，黨鬼神可也。又是時趙昭儀方大幸，每上甘泉，常法從，在屬車間豹尾中。故雄聊盛言車騎之衆，參麗之駕，非所以感動天地，逆釐三神。又言「屏玉女，卻虙妃」，以微戒齋肅之事。賦成奏之，天子異焉。

揚雄刻意諷諫，並以此自得之情，眞是溢於言表。陸葇《賦格》稱許它麗而不失則；何焯說賦家之心，當以子雲求之，都是說他的作品有六義之風，不是只作夸飾的。經生寫賦和文士作賦的不同，由此可見。他爲諷諭而寫賦的寫作態度，影響後世賦家既深且遠，成爲賦家的金科玉律，而後人論賦，也莫不以諷諭爲中心。

《甘泉賦》寫郊祀，爲司馬相如未曾開發之題材，雖然其中記行遊，多仿〈大人賦〉；寫宮觀形勢，多取〈上林賦〉和〈長門賦〉，模仿之迹，斑斑可考，但仍有其獨創性。取司馬相如未曾寫的素材，成爲二千來年，郊祀賦之代表作。《昭明文選》賦之郊祀，獨取此篇；淸人所編《御定歷代賦彙》也以此篇爲典禮郊祀之冠冕。

就體制而言，本賦雖然大體承楚辭體的餘緒，但段落之轉承，卻多用散文賦的提頭接頭虛字及句型，似乎有意打破騷體賦抒情述志，散文賦體物敘事的傳統，促其合流以集其大成。因爲此賦寫郊祀之事，而為頌揚諷諭，竟用騷體，就可窺其力求突破的心態。加以騷體語詞「兮」字的運用，或置於句中為稽詞，或置於句末為頓詞，也用楚歌式三字句，中間加「兮」字者。幾種形式揉用在短短一千三百多字的賦中，那種跨越前人窠臼，另開新局的意圖，顯而可見。在文辭上也力求創新，其運用古人名和事典，也和司馬相如不同。那種在辭藻上好奇、好勝、好深、好博的態度，也就成賦家「莫取舊辭」的典範了。明乎此，然後知《文心雕龍．詮賦》說：「子雲〈甘泉〉，構深瑋之風」，良有以也。

(二)〈河東賦〉是揉合變造的另一嘗試

〈河東賦〉和〈甘泉賦〉，同是記敍祭祀的賦篇，但前後進獻，其諷諫自然要另出新意。《漢書》本傳在〈甘泉賦〉之後，說：

> 其三月，祭祀后土，上乃帥羣臣橫大河，湊汾陰。既祭，行遊介山，回安邑，顧龍門，覽鹽池，登歷觀，陟西岳以望八荒，迹殷周之虛，眇然以思唐虞之風，雄以為臨川羨魚不如歸而結罔，還，上〈河東賦〉以勸。

從這段看來，揚雄寫〈河東賦〉，基本上是受司馬相如〈哀二世賦〉的啟發，只是司馬相如藉哀秦二世之行失，隱含勸諫鑑戒之意；揚雄則藉頌揚漢德，指陳自興至治之道，所以手法不同。〈哀二世賦〉藉古諷今，十分隱約；〈河東賦〉寓諷於頌，非常明確。也正如姚鼐在《古文辭類纂》所說：「〈上林〉之末，有游乎六藝之囿，及翺翔書圃之語。此文法之，借行游爲喻，言以天道爲車馬，以六經爲容，行乎帝王之途，何必巡歷山川以爲觀覽乎？」直取〈上林賦〉諷諫的手法。

本賦不到五百字，是記敍賦中難得一見的短篇，在西漢賦中更是少見，這可能跟他依仿不到兩百字的〈哀二世賦〉有關。全賦分三段，首段爲前引，誇張而不鋪衍，連用將近二十句的四言句，有〈上林賦〉的氣勢，是散文賦的形式。但到第二段嗟晉文公以懷古開始，就用楚辭六字句的句法，並在排比的對句之中用「兮」字，以廻轉語氣，前後體式迥異，是融合散文賦和騷體賦的另一種嘗試。比起〈甘泉賦〉，提頭接頭虛字大量減少，而排偶對句的句型大增；人名地名事典增多，狀聲狀貌的語辭相對減少，都是開漢賦轉變之契機，漢賦演化之迹即循此漸進，這影響不能說不大。

(三)〈羽獵賦〉發東漢賦篇有序的濫觴

〈羽獵賦〉寫天子校獵，是依仿司馬相如〈上林賦〉之作，不論體制或內容，完全相彷彿。就形式而言，它將〈上林賦〉鋪敍排比之迹化爲無形之外，連層次條理都完全相同（注一二）。就內容而言，則本賦尚能自鑄新詞以形容外，也都雷同。我們可以從〈羽獵賦〉看到他刻意模仿而又避免抄襲的匠心與功力。胡韞玉說它爲「〈上林〉之遺，奇崛過之。」並非溢美之辭，那是揚雄憑其學養，尤其在小學方面深厚的根基，另鑄新詞，以推陳出新，充分發揮辭賦家「莫取舊辭」的精神！楊愼說：「戰國諷諫之妙，惟司馬相如得之；司馬〈上林〉之旨，惟揚子〈校獵〉得之。」（注一三）也堪稱的評。那是憑「辭賦爲諷諫而作」的信念，依仿相如譎諫之方，奠定並發揚漢賦諷諭的傳統。所以〈羽獵賦〉在文學史上，非徒作摹擬者所可比！

更重要的是西漢之賦，本無序文，《文選》所錄西漢賦篇的賦序，都正如王觀國《學林》所說的：「全係史辭」，對照《史記》《漢書》，就可證明。所以王芑孫《讀賦卮言．序例》就說：「自序之作，始于東京。」我們不妨查考《文選》的〈羽獵賦序〉：

> 孝成帝時羽獵，雄從。以爲昔在二帝三王，宮館臺榭、沼池苑囿、林麓藪澤，財足以奉郊廟、御賓客，充庖廚而已，不奪百姓膏腴穀土桑柘之地……武帝廣開上林……雖頗割其三垂以贍齊民，然至羽獵田車戎馬器械儲偫禁禦所營，尚泰奢麗誇詡，非堯、舜、成湯、文王三驅之意也。又恐後世復修前好，不折中以泉臺，故聊因〈校獵賦〉以風。

除「孝成帝時」四字，爲《文選》所加，其他都是《漢書．揚雄傳》的文字，原非當初獻賦時就有的，所以算不上是眞正的賦序，倒是賦文的第一段：

或稱戲農，豈或帝王之彌文哉？論者云否，各亦並時而得宜，奚必同條而共貫？則泰山之封，烏得七十而有二儀？是以創業垂統者俱不見其爽，遐邇五三，孰知其是非？遂作頌曰……

設「或人」與「論者」對答，本是〈子虛〉、〈上林〉設辭論對的運用，卻類似東漢賦篇的賦序，與班固〈兩都賦序〉尤相彷彿，所以以它爲賦序的濫觴，應該不會太離譜。如果這一點可得到肯定，那麼這篇賦在賦的發展上就有承先啟後的地位。

(四)〈長楊賦〉是承先啓後的另一傑作

〈羽獵賦〉是以天子上林校獵爲其鋪敍的內容，〈長楊賦〉則以天子長楊觀獵爲其論辯的對象。雖然兩篇都針對狩獵，但不論體式或內容，都有很大的不同。何焯《義門讀書記》說：「〈羽獵賦〉序以議論，賦用敍事；〈長楊賦〉序用敍事，賦出議論，此善於用變也。〈羽獵〉步趨〈上林〉，而意極誇張，語加奇崛，以序中奢麗誇詡四字爲主、歸諸謙遜，以爲諷也。長楊之事，尤爲荒遠，故其辭切。」把二賦之不同，說得很清楚。不過這兩篇賦的序，都是史傳的文字，奉獻賦篇，原無序文，所以二者最大的不同，是〈羽獵〉敍事，〈長楊〉議論。〈羽獵賦〉固然是〈上林賦〉之遺，但〈長楊賦〉就「述主客以首引」的形式而言，將比〈羽獵賦〉更接近〈上林賦〉，但是如果論其內容與表現技巧，以及諷諫的手法，實爲司馬相如〈難蜀父老〉之流裔（注一四），所以姚鼐說：「此篇倣〈難蜀父老〉。」

《文選》的〈長楊賦序〉，也就是《漢書・揚雄傳》錄〈長楊賦〉之前的那段文字，是這樣寫的：

> 明年，上將大誇胡人以多禽獸，秋，命右扶風發民入南山，西自褒斜，東至弘農，南敺漢中，張羅罔罝罘，捕熊羆豪豬虎豹狖玃狐兔麋鹿，載以檻車，輸長楊射熊館。以罔爲陆，縱禽獸其中，令胡人手搏之，自取其獲，上親臨觀焉。是時，農民不得收斂。雄從至射熊館，還，上〈長楊賦〉，聊因筆墨之成文章，故藉翰林以爲主人，子墨爲客卿以風。

這是〈長楊賦〉寫作背景和動機的自白。成帝想以禽獸之多向胡人誇耀，不惜發動民眾羅捕野獸，生擒載送到長楊宮，好讓胡人手搏，這種驕奢恣縱之情，實在凌邁武帝獵於上林，也超過成帝當年的校獵，「是時農民不得收斂」，是揚雄要申述的要旨。他卻藉子墨客卿提出，而設翰林主人加以駁斥，表面上是爲皇帝打了圓場，但要申述的意見，卻透過客卿之口，作充分的發揮。

所以何焯說：「客卿之談，正論也；主人之言，微辭也。正論多忤，微辭易入，所以爲諷。借客卿口中入正論，此正妙於諷諫處。」客卿之談，義正詞嚴，爲民請命，因爲還設有主人之言加以駁斥，所以儘管提出尖銳的批評，也不以爲忤，這正是〈難蜀父老〉中耆老大夫薦紳先生之言。至於主人之言，強調射獵是爲安不忘危，雖是冠冕堂皇，但分明是文過飾非，也是陽咏漢德，陰寓譏時，更是殷殷期許，所以茅坤以爲篇中諷諫可觀。

我們可以從〈長楊賦〉模仿〈難蜀父老〉，看到揚雄的模仿，並不是逞才以媲美前賢，而是援筆擬篇時，想到前賢的謀篇技巧可以取法，於是仿其格局，用其體式。他的模仿，使這體類結構有了雛型，樓昉以爲韓愈的〈進學解〉、〈送窮文〉都是仿〈長楊賦〉之作。由此即可見揚雄在「文成法立」過程中，扮演了重要的角色。

從開創方面來說，〈長楊〉之作，於以鋪敍事物的賦，充裕了它的內涵。〈難蜀父老〉只是以賦體用之檄文，而〈長楊賦〉才是使賦有了以議論爲主的篇章，這對以後賦的發展，更有深遠的影響。

(五)〈太玄賦〉已啓漢賦轉變的契機

揚雄撰《太玄經》而作〈太玄賦〉，本賦不但語法和體式，都秉承楚辭的餘緒，而其內容也都直抒胸臆，與〈甘泉〉〈河東〉〈羽獵〉〈長楊〉迴然不同。所以胡韞玉說它「體近〈離騷〉，理兼莊老，造句辭遣，雅近古質。」

本賦開宗明義就說：「觀《大易》之〈損〉〈益〉兮，覽老氏之倚伏。」就指出思想之所出。全賦則基於盈損謙益之理，「執玄靜于中谷」，悠遊自得，實以老子謙虛弱柔，以長保其身，以善處於世的思想為張本。不過它也不是純粹的老子思想，舉《易》於老氏之先，還說「聖作典以濟時，驅烝民而入甲，張仁義以為綱，懷忠貞以矯俗」十分敬重，與老氏「聖人不仁，以百姓為芻狗」，「失道而後德，失德而後仁，失仁而後義，失義而後禮，夫禮者忠信之薄，而亂之首。」(注一五)諸說，有霄壤之別。他要「執玄靜于中谷」是因為「疾身歿而名滅」，而不是像老子所謂「絕聖棄智，民利百倍；絕仁棄義，民復孝慈」，而揚雄在最後還以《太玄》沾沾自喜，和「老子脩道德，其學以自隱無名為務」(注一六)的精神也背道而馳，而見其為天地生民立心立命之志，所以他仍是儒家立場，理兼老莊而已。

〈太玄賦〉僅四百零七字，見於《古文苑》，而不見於《漢書》和《文選》，加以用韻特別，格調及情感態度異於〈解嘲〉，所以是不是揚雄所作，不免啟人疑竇。但這些疑竇也不足以判斷它是別人的作品(注一七)。如果本賦是揚雄的作品，則魏晉的學術思想，固然要上祧揚雄，而其哲理文學，也由他開其端緒。當今論文學史的學者，大多推重張衡的〈歸田賦〉，說它改長篇鉅製為短小篇章，變描述京殿遊獵為表現個人胸懷，一掃堆積模擬之惡習，以清麗的字句，直寫人生的境界、道家的哲學，開魏晉哲理文學的先聲。其實這幾方面，〈太玄賦〉都足以稱之。

所以漢賦的轉變，〈太玄賦〉已見其契機，那麼他的模擬，卻又掌握了轉變的關鍵。

(六)〈蜀都賦〉開刻意排比字形的風氣

京都是漢賦的主要題材，不過寫京都的賦篇是大盛於東漢以後，所以班固、張衡號稱東漢賦家雙傑，而他們的代表作就是〈兩都賦〉和〈二京賦〉。《文選》把它們放在卷首，後來更有左思的〈三都賦〉，洛陽爲之紙貴。然而在西漢之世，寫都城的賦篇，就只有揚雄的〈蜀都賦〉了。所以他的〈蜀都賦〉，不但開風氣之先，爲漢賦題材開發新領域，也爲以後左思〈蜀都賦〉所本，因此就賦史而言，它自有其重要地位。

袁枚《隨園詩話》說：「古無類書，無志書，又無字彙，〈三都〉、〈兩京〉賦，言木則若干，言鳥則若干，必待搜輯羣書，廣採風土，然後成文，果能才藻富麗，便傾動一時，洛陽所以紙貴者，直是家置一本，當類書字彙讀耳。」雖屬臆測，但也不無道理。因爲後世賦家，鋪敍山川鳥獸草木蟲魚，不但務求衍博，也求字形駢排整齊富麗。形容山，就窮搜山旁的瑰字瑋詞；形容水，就盡列水旁的新奇語彙。這種趨向固然要上推司馬相如的〈子虛〉、〈上林〉，但相如的連緜詞多用假借字，只爲後人所衍加形旁（注一八），所以司馬相如還不至有意於同偏旁字形的排比。到了對文字有高深造詣的揚雄，在〈蜀都賦〉就大事排比，如「倉山隱天」至「礫乎岳岳」一段，共有九十二字，山旁的字卽達三十九字。從此之後，蔚爲風氣，由此可見揚雄在「文成法立」方面影響之大了。

(七)<逐貧賦>是句式復古的通變嘗試

〈逐貧賦〉不見於《漢書》和《文選》，而見於《藝文類聚》、《初學記》、《太平御覽》及《古文苑》。還沒有人懷疑它不是揚雄的作品，以用韻來看，完全符合揚雄的特色(注一九)。本賦採當時最通行的對答體式，卻改變賦體參差其句的傳統，運用極爲整齊的四言句。本來詩變而爲楚辭，楚辭而爲漢賦，就是在句式上求得更有彈性的變化，句型變換自由，而〈逐貧賦〉一百一十五句，卻句句四言，而共四百六十字，既無散文賦的提頭接頭語詞，也沒有騷體賦的語中稽詞或語尾助詞，除其間穿插「貧曰唯唯」一句之外，都是兩句八字用一個韻字，極爲規律，並常連用五六個韻字才換韻，不像一般散文賦頻頻換韻。所以如果他不是以賦爲題，還讓人以爲它是詩呢！

賦的一開始，所謂「揚子遁居，離俗獨處。左鄰崇山、右接曠野。鄰垣乞兒，終貧且窶。」那是屈原〈漁父〉「屈原既放，游於江潭，行吟澤畔，顏色憔悴，形容枯槁」的架構，但〈漁父〉隨即參差其句，而〈逐貧賦〉一直四言到底而像詩，揚雄似乎有意用古四言詩的形式，來處理漢賦的答問體。在南朝所謂由賦入詩，或說由詩入賦，那種詩賦合流的現象，揚雄實已開其端緒，只是南北朝以後，是將五言或七言詩句，融入賦中，就像唐初王勃的〈春思賦〉是以五言和七言對句，大量用在賦中，但他還用「若夫」、「於是」、「若乃」等詞轉接，不像揚雄那麼徹底，根本不用。只是揚雄用的是四言句，這當然是因爲在西漢揚雄的時代，詩以四言爲主；王勃的時代，詩是以五言和七言爲主。所以句式雖然不同，但以詩的句式特質用之於賦的作法，是一致的。

〈逐貧賦〉不止意味著揚雄爲詩賦合流開其端緒，更可看出他刻意於句式復古的嘗試及那通古今之變的精神。他以逐貧爲名，而爲安貧樂道自喻自解，正爲韓愈〈送窮文〉所依仿。所以不論體式或內容，以及表現的手法，對後世有相當的影響。

(八)〈反騷〉是仿〈離騷〉而反其義的變新

〈反騷〉是揚雄早期的作品，從起首「漢十世之陽朔兮，招搖紀于周正」，可見它作於成帝陽朔元年（西元前二十四年）十一月（注二〇），當時揚雄三十歲，尚留於蜀地，所以可以說是早年述志之作。據《漢書・揚雄傳》自述：

> 先是時……又怪屈原文過相如，至不容，作〈離騷〉，自投江而死，悲其文，讀之未嘗不流涕也。以爲君子得時則大行，不得時則龍蛇，遇不遇，命也，何必湛身哉！乃作書，往往摭〈離騷〉文而反之，自崏山投諸江流以弔屈原，名曰〈反騷〉（注二一），又旁〈離騷〉作重一篇，名曰〈廣騷〉，又旁〈惜誦〉以下至〈懷沙〉一卷，名曰〈畔牢愁〉。

從他自述看來，揚雄對屈原的作品，大量的仿作，〈廣騷〉和〈畔牢愁〉其辭不傳，而以〈反騷〉看來，它的形式和詞語，大多依傍〈離騷〉，屈原自敍先祖，揚雄也自溯其祖先，而對〈離騷〉之言、屈原之行，不時提出責難。不過他的責難，是他自負得周楚之美烈，出於惺惺相惜之情，痛天路之不開，使純善貞烈之人沈江而死，與班固出於史筆之論斷，完全不同。揚雄出於主觀情感之怨責，所以見其激情；班固則基於客觀理智之評斷，所以見其冷靜。揚雄的〈反騷〉，一如賈誼的〈弔屈原〉，是借他人酒杯，澆自家塊壘。是站在屈原的立場，以屈原爲本位，篇首攀附屈原，即有以屈原自擬的意識，推崇其品德，而貶抑楚王和椒蘭，極爲明顯。由他讀〈離騷〉，未嘗不流涕，就可知道他的基本態度。班固則取其〈反騷〉之義，而脫離同情屈原的基本立場，等到顏之推說他「顯暴君過」，則完全站在君王的立場了。

謝无量說：「〈反騷〉之義，誠不同屈原，而詞實旁〈騷〉而作。」(注二二) 他對賈誼〈弔屈原文〉有所依仿，也有所變革。自此之後，借弔屈原以自弔者日眾，成爲憤世疾邪者自傷的表達方式，而〈反騷〉取〈離騷〉之詞以抒懷的方式，更爲弔屈原以自弔者另闢蹊徑。如後漢應奉的《感騷》三十篇，應該是它的嫡傳，這在「文成法立」的過程中，自有深遠的影響。

(九)〈解嘲〉和〈解難〉爲設論體奠定規模

〈解嘲〉和〈解難〉都是揚雄爲《太玄》而作。〈解嘲〉爲《文選》所收錄，置於設論類，而不在賦類。但姚鼐《古文辭類纂》則將這兩篇收入辭賦類。因爲《文選》的設論一類，雖沒有賦的名稱，但完全是賦的作法。姚鼐認爲凡是以設辭無事實，而義在託諷者，就稱之爲賦（注二三），即以章學誠《校讐通義》所說的：假設問對、恢廓聲勢、排比諧隱、徵材聚事（注二四）四方面來印證，這兩篇也完全合乎賦的要件；再以曾國藩〈經史百家雜鈔序〉所說，以用韻爲條件，它們也合這個條件，更何況許愼《說文解字》在氏部引用〈解嘲〉「響若氏隤」四字，就說是揚雄賦。可見以它爲賦，由來已久，非近人有意比附。

關於〈解嘲〉，《漢書》本傳說：

> 哀帝時丁、傅、董賢用事，諸附離之者，或起家至二千石。時雄方草《太玄》，有以自守泊如也。或嘲雄以玄尚白，而雄解之，號曰〈解嘲〉。

當時丁明、傅晏，以外戚自恃，公然擅權賣爵，而董賢有斷袖之寵，權勢尤盛。〈解嘲〉除設辭答客以自解，並表明心跡之外，也反映時政，或寓諷於褒，或明指時弊，或欲感悟於哀帝，或欲示警於權臣，假設二問二答，而義在託諷，十分明顯。正是胡韞玉所說：「以滑稽之辭，抒憤懣之氣。」

如果推其源流，〈解嘲〉規仿東方朔〈答客難〉是顯而易見的，不但設客嘲難的體式相同，連內容也多彷彿。客嘲揚雄「位不過侍郎，擢纔給事黃門」，卽客難東方朔「官不過侍郎，位不過執戟」的口吻。揚雄反覆申述「世異事變」，東方朔則以「彼一時也，此一時也，豈可同哉」爲開場白；〈解嘲〉所謂「世治，則庸夫高枕而有餘」，卽〈答客難〉「天下無害，雖有聖人無所施才；上下和同，雖有賢者無所立功」的說明。〈解嘲〉「卽使上世之士，處虖今世，策非甲科……安得青紫？」也和東方朔「使蘇秦張儀並生今世，曾不得掌故，安敢望侍郎乎？」同一論調。又如〈解嘲〉「當塗者入青雲，失路者委溝渠，旦握權則爲卿相，夕失勢則爲匹夫。」刻畫世態炎涼極爲尖銳，也是規仿〈答客難〉「尊之則爲符，卑之則爲虜，抗之則在青雲之上，抑之則在深淵之下」而來。

林希元說：「此祖東方曼倩〈答客難〉，枝葉文采過之，其一氣渾成，則不及矣。中間又意不過四轉，說出人才遇世升落之端，曲折詳盡，孟堅〈答賓戲〉亦是祖此。」（注二五）卽說明本篇的淵源和流衍，並有褒有貶。至於虞舜治則推崇有加，他說：「揚子雲〈解嘲〉眞金相玉質之文，〈客難〉其歉于豐腴，〈賓戲〉則過於摹擬。」（注二六）卽說明揚雄模仿變造之能。

至於〈解難〉，是有感於「賦勸而不止」，又非「法度所存，賢人君子詩賦之正也，於是輟不復爲」，而完成《太玄》之後，「客有難《玄》大深，眾人之不好也，雄解之，號曰〈解難〉（注二七）。」可見是他寫過〈解嘲〉之後，還相當滿意，於是再用此形式，以一難一答，說明閎言崇議，不得不深難的道理；並認爲曲高則和寡，抗辭幽說，自然不爲流俗所好，但他相信必有知己。直寫胸襟懷抱，比〈解嘲〉更率直，但它沒有〈解嘲〉譏時刺世的憤懣之氣。

揚雄一而再地仿東方朔〈答客難〉，而相繼完成〈解嘲〉和〈解難〉，於是「文成法立」，爲《文選》設論類奠定規模，班固的〈答賓戲〉固然是沿此而作，韓愈的〈進學解〉更是它後代的枝葉。

(十)〈劇秦美新〉爲符命與勸進之典範

〈劇秦美新〉在《文選》歸於符命一類，它雖然不爲《古文辭類纂》所收錄，但同爲《文選》歸在符命的司馬相如〈封禪文〉，《古文辭類纂》就把它歸在辭賦類。而符命一類，頌述功德，體兼賦頌，如不獨立一類，歸於賦類，應該沒有問題。

揚雄〈劇秦美新〉之作，頗爲人所疵議，也最爲後世所爭訟。它是不是揚雄的作品，即爲焦竑、汪琬、徐文靖、胡玉縉所懷疑（注二八）。而肯定爲揚雄所作的人，也有的以爲他詘身伸道，並非出於本情（注二九）；有的以爲止能美於暴秦，揚雄實有深意（注三〇）；有的以爲揚雄竊取《春秋》之義，以抒憤懣（注三一）；也有人以爲他露才耽寵，詭情懷祿（注三二）。眞是眾說紛紜，評價高低不一，有霄壤之別。細考諸家之說，並參酌用韻特質，皆不足以否定它是揚雄的作品（注三三），至於以〈劇秦美新〉評論揚雄，大多未能就西漢學術思想背景加以考量，實不免隔靴搔癢（注三四），因不屬於本文所討論的範圍，茲不贅言。

〈劇秦美新〉有一段前序，提到往時司馬相如作〈封禪〉一篇，所以他才作此篇，規仿之意就很明顯了。班固〈典引〉在序裏也說：「相如〈封禪〉靡而不典，揚雄〈美新〉典而亡實，然皆游揚後世，垂爲舊式」，於是作〈典引〉。可見它們篇篇相因成文，於是《文選》有符命一類。由〈典引〉說「〈美新〉典而亡實」，班固又自題爲〈典引〉，就可知道揚雄之作在班固心目中較有典式，只是在東漢的政治環境中，不容許稱美王莽，所以要說它「亡實」。如此說來，〈劇秦美新〉在符命類的形成和流衍，是有舉足輕重的地位。而它對後世勸進的表箋，更有「文成法立」的指導作用，它的影響不可說不大。

三、從揚雄頌贊之作，考其模擬和開創

頌和贊，在《文選》是分爲兩類，還有史述贊一類，性質很相近。在《文心雕龍》雖合在一篇敘述，但還是前後分別釐述，《古文辭類纂》則合稱爲頌贊類，而且很簡單地說：「亦施頌之流，而不必詩之金石者也。」並且將揚雄的〈趙充國頌〉放在這一類的第一篇。

揚雄有關這一類的作品，除〈趙充國頌〉見於《漢書．趙充國傳》及各家選文集之外，還有〈玉佴頌〉，但文佚，只於〈答劉歆書〉提到它，此頌爲蜀人楊莊誦之於成帝，爲成帝所喜歡，

以為似司馬相如，於是得到待詔的機會，所以它是揚雄較早期的作品。〈答劉歆書〉還說：「此為都水君常見。」但不見著錄，因已亡佚，今乃不論。

(一)〈趙充國頌〉導頌贊合流開畫贊先河

《文心雕龍・頌讚》說：「四始之至，頌居其極。頌者，容也，所以美盛德而述形容也。昔帝嚳之世，咸黑為頌，以歌九招。自商已下，文理允備。」(注三五)頌體既然由來已久，揚雄當然承之而作了。

《漢書・趙充國傳》說：「成帝時，西羌嘗有警，上思將帥之臣，追美充國，迺召黃門侍郎揚雄，卽充國圖畫而頌之。」所以揚雄此作，雖然以頌為名，實際上就是後世的畫贊。一如收在《文選》贊類的夏侯湛〈東方朔畫贊〉，是因其遺像而「作頌」(注三六)，完全相同。

〈趙充國頌〉和四始的頌，則有很大的不同。「自商以下，文理允備」的頌，是舞容，而為「容告神明」之謂(注三七)。《文心雕龍》說「容體底頌，勳業垂讚」。〈趙充國頌〉是稱美功德，完全是「勳業垂讚」，這是就內容來說的；若就體式來說，完全妥合《文心雕龍・頌讚》所說：「頌惟典雅，辭必清鑠，敷寫似賦，而不入華侈之區；敬慎如銘，而異乎規戒之域。」是頌的正體。

〈趙充國頌〉每句四字，全文三十二句，合一百二十八字。《文心雕龍》將它與班固、傅毅、史岑之作，相提並論，說：「若夫子雲之表充國，孟堅之序戴侯，武仲之美顯宗，史岑之述熹后，或擬〈清廟〉，或範〈駉〉〈那〉，雖淺深不同，詳略各異，其褒德顯容，典章一也。」如今〈安豐戴侯頌〉、〈顯宗頌〉十篇、〈和熹鄧后頌〉，文已散佚，是否受揚雄影響已不可知（注三八）。不過有一點可以確定的，那就是如摯虞《文章流別論》所說的：「頌，詩之美者也。古者聖帝明王，功成始定而頌聲興，於是史錄其篇，工歌其章，以奏於宗廟，告於鬼神，故頌之所美者，聖王之德也。」自揚雄奉召，即充國圖畫而頌之，從讚美漢宣帝聯繫到讚美趙充國，頌就不再是聖王的專利，於是有班固、史岑之作，馬融〈上林〉〈廣成〉之篇，甚至有劉伶的〈酒德頌〉了。

至於贊類，原本有它的傳統，《文心雕龍》說：「昔虞舜之祀，樂正重讚，蓋唱發之辭也。及益讚於禹，伊陟讚於巫咸，並揚言以明事，嗟嘆以助辭也。故漢置鴻臚，以唱拜為讚，即古之遺語也。」揚雄〈趙充國頌〉，使頌贊合流，後世之贊，如《文選》所錄：夏侯湛〈東方朔畫贊〉、袁宏〈三國名臣贊〉，皆〈趙充國頌〉之遺也。

另外，《文選》還有史述贊類，《文心雕龍》以為：「遷《史》固《書》，託讚褒貶，約文以總錄，頌體以論辭；又紀傳後評，亦同其名，而仲洽《流別》，謬稱為述，失之遠矣。」不過鄭樵〈通志序〉說：「《史記》之有太史公曰者，皆史之外事，不為褒貶也。間有及褒貶者，褚先生之徒雜之耳。」班固《漢書》仿「太史公曰」而有「贊曰」，但以褒貶為主。這些與揚雄

〈趙充國頌〉並沒有牽涉。但到范曄《後漢書》的贊曰，就全用〈趙充國頌〉的體式，蓋《史記・太史公自序》述每篇作意，雖多四言，但還是以參差其句為主。到《漢書・敍傳》，則全用四言，與〈趙充國頌〉無異。范曄《後漢書》更散入紀傳後而稱為贊，則完全是〈趙充國頌〉規模，〈趙充國頌〉對這一類體式的影響，由此可見。

四、從揚雄箴銘之作，考其模擬和開創

《漢書・揚雄傳贊》說：「箴莫善於〈虞箴〉，作〈州箴〉。」晉灼說：「九州之箴也。」《後漢書・胡廣傳》則說：「初揚雄作十二州二十五官箴，其九箴亡闕，後涿郡崔駰及子瑗，又臨邑侯劉騊駼增補十六篇，廣復繼作四篇，文甚典美，乃悉撰次首目為之解釋，名曰〈百官箴〉，凡四十八篇。」依此推算，揚雄所作諸箴，在後漢時僅存二十八箴。嚴可均《全漢文》除了《初學記》所載的〈潤州箴〉；《太平御覽》所載的〈河南尹箴〉，顯然誤錄所以不收之外，共有州箴十二篇，官箴二十一篇，竟比東漢所能見到的還要多。縱然〈司空〉、〈尚書〉、〈太常〉、〈博士〉四箴，可歸崔駰、崔瑗父子，但仍然多出一篇。對這一點，嚴可均有圓滿的說明：

> 所謂亡闕者，謂有亡有闕，〈侍中〉、〈太史令〉、〈國三老〉、〈太樂令〉、〈太官

令〉五箴，多闕文。其四箴亡，故云九箴亡闕也。〈百官箴〉收整篇，不收殘篇，故子雲僅二十八篇，羣書徵引據本集，本集整篇殘篇兼載，故有三十三篇。其〈司空〉、〈尚書〉、〈太常〉、〈博士〉四箴，《藝文類聚》作揚雄，必可據信。

此外，揚雄還作〈酒箴〉一篇，因爲性質不同，乃分別論述。至於銘類，依其〈答劉歆書〉，揚雄有〈縣邸銘〉、〈階闥銘〉、〈成都城四隅銘〉等，他以此見知於皇帝，只惜今已亡佚。既已亡佚，只好闕而不論。

(二) 州箴和官箴文成法立垂爲典式

州箴有十二篇：卽〈冀州箴〉、〈青州箴〉、〈兖州箴〉、〈徐州箴〉、〈揚州箴〉、〈荆州箴〉、〈豫州箴〉、〈益州箴〉、〈雍州箴〉、〈幽州箴〉、〈幷州箴〉、〈交州箴〉。都載見於《藝文類聚》、《初學記》和《古文苑》、《古文辭類纂》全部收錄，而置於箴銘類之首。可見它地位的重要。

官箴之作，依《後漢書．胡廣傳》，揚雄有二十五篇。而《全漢文》輯錄二十一篇。其中〈侍中〉、〈太史令〉、〈國三老〉、〈太樂令〉、〈太官令〉五箴有闕文，〈侍中箴〉和〈國三老箴〉都爲《文選注》所引，也都僅存八字；〈太史令箴〉和〈太官令箴〉都爲《太平御覽》所引，一存六十五字，一存三十二字，但依形式，知非完篇；〈太樂令箴〉爲《北堂書鈔》所引，存二十四字（注三九）。其餘〈司空箴〉、〈尙書箴〉、〈大司農箴〉、〈光祿勳箴〉、〈大鴻臚箴〉、〈宗正卿箴〉、〈衛尉箴〉、〈太僕箴〉、〈廷尉箴〉、〈太常箴〉、〈少府箴〉、〈執金吾箴〉、〈將作大匠箴〉、〈城門校尉箴〉、〈博士箴〉、〈上林苑令箴〉等十六篇，都見於《古文苑》，其中有十篇見於《藝文類聚》，九篇見於《初學記》，一篇見於《太平御覽》。但《藝文類聚．司空箴》作揚雄；《初學記》作崔駰；《古文苑》作揚雄，但注云：「一作崔駰。」《文選．西都賦注》引作揚雄；〈尙書箴〉及〈博士箴〉，《藝文類聚》作揚雄；《古文苑》作崔瑗，於〈尙書箴〉則注云：「一作揚雄。」；〈太常箴〉，《藝文類聚》作揚雄；《初學記》作崔駰；《古文苑》也作崔駰，但也注云：「一作揚雄」。從用韻來看：〈尙書箴〉和〈博士箴〉，都該是揚雄所作（注四〇），所以嚴可均說《藝文類聚》「必可據信」的推論，是近乎情理的。

州箴其實就是州牧的官箴，所以州箴和官箴的形式和作法都很相似，都是承〈虞箴〉而來。〈虞箴〉見於《左傳．襄公四年》，開頭是：「芒芒禹迹，畫爲九州。」有十五句六十三字，除了「而思其麀牡」及「用不恢於夏家」，分別爲五言及六言之外，全是四字句，最後以「獸臣司原，敢告僕夫」作結。就其職分，說他自己是主管原獸之臣；敢告僕夫是因不敢告君王，而言「僕夫」，一如後人言「左右」、「閣下」。揚雄的州箴，一如〈虞箴〉，開頭是用疊字形容詞，形容形勢。如〈冀州箴〉：「洋洋冀州」、〈青州箴〉：「茫茫青州」、〈兗州箴〉：「悠悠濟河」、〈揚州箴〉：「矯矯揚州」、〈荊州箴〉：「杳杳巫山」、〈豫州箴〉：「郁郁荊河」、〈益州箴〉：「巖巖岷山」、〈幽州箴〉：「蕩蕩平川」，惟有〈徐州箴〉、〈雍州箴〉、〈幷州箴〉、〈交州箴〉例外，這四箴雖沒用疊字，但言其山川形勢，則無二致。各箴少者如〈青州箴〉一一二字，〈徐州箴〉一一四字，多者如〈揚州箴〉一八二字，都以四言爲主，有七篇雜有一至三句的非四言句，除形容地理形勢之外，再歷述此州史事，加以評論，再以「牧臣司『某』（州名），敢告『某某』」作結，不論立意、形式、句法，都非常一致。

再看官箴，有十四篇篇首是疊字形容詞，在完整的篇章中，除〈大鴻臚箴〉全是四言之外，都有一至三句的非四言句，除〈博士箴〉一八九字外，都在一五〇字以內，〈上林苑令〉九十一字爲最少，所有官箴最後兩句也都是「『某』臣司『某』，敢告『某某』」。可見州箴和官箴，都是仿〈虞箴〉而規格化，由於他的大量製作，他規格化的部分，就變成格律，即所謂「文成法立」，成爲定式，於是自成文類。

當然有一點不能忽視的，那是規格化之中，自有其變化。如篇首疊字形容，用：洋洋、茫茫、悠悠、矯矯、杳杳、郁郁、巖巖、蕩蕩、皇皇、光光、巍巍、肅肅、翼翼、實實、溫溫、侃侃、幽幽、洋洋、陶陶等，惟茫茫三見、蕩蕩兩見，分別見於州箴和官箴，可見他力求變化。篇末敢告某某，也見其挖空心思。如用：在階、執矩、執書、僕夫、執籌、執御、柱史、士夫、贅衣、侍旁、執綱、執憲、在側、侍隅、執繇、執經、在鄰、執主、執維、執皁、執謁、執觚、執璜、執猷、在賓、執指。惟在階和執書各二見，分別在州箴和官箴出現。後之作者，也就在這格律中，各騁巧思，各寓其旨了。東漢崔駰補作〈太尉箴〉、〈司空箴〉、〈尙書箴〉、〈太常箴〉、〈大理箴〉、〈司徒箴〉、〈河南尹箴〉七篇（注四一）。崔駰的兒子崔瑗補作〈尙書箴〉、〈博士箴〉、〈東觀箴〉、〈關都尉箴〉、〈河堤謁者箴〉、〈郡太守箴〉、〈北軍中侯箴〉、〈司隸校尉箴〉、〈中壘校尉箴〉九篇（注四二）。胡廣補作〈侍中箴〉、〈邊都尉箴〉、〈陵令箴〉，亡一篇（注四三），這些合稱〈百官箴〉的作品，固然是同一模式，其他如崔琦的〈外戚箴〉（注四四），以至後來爲《文選》所收的張華〈女史箴〉，莫不是以四言爲主，偶入五言或六言，以叠字形容詞起首，以「敢告『某某』」作結。流風所及，不是政治舞臺角色的箴誦，如李充的〈學箴〉（注四五），也都同此形式，揚雄模擬而定型的影響，由此可見。

（二）〈酒箴〉或爲開拓私箴一類之權輿

〈酒箴〉見於《漢書・游俠陳遵傳》，它說：

> 先是黃門侍郎揚雄作〈酒箴〉以諷諫成帝，其文爲酒客難法度士，譬之於物。

唐宋類書也都引錄，但篇名略有差異。嚴可均在《全漢文》略作考訂：

案《漢書》題作〈酒箴〉，《御覽》引《漢書》作〈酒賦〉，各書作〈酒賦〉，《北堂書鈔》作〈都酒賦〉。都酒者，酒器名也。驗文當以都酒爲長。

全文二十五句，凡一〇一字，僅「酒醪不入口」一句爲五言句，其他全是四言句，與其所作官箴和州箴相似。而稱之爲賦，也是有原因的。它和荀子賦篇類似，此其一；既然是設酒客難法度士，有似賦體，此其二；作以諷諫，如賦之大用，此其三。

不過這一篇還是視爲「箴」比較妥切。因爲《漢書》稱爲〈酒箴〉，篇名應當以比較原始的資料爲依據，此其一；這篇文章雖然像《荀子》的賦篇，但仔細比較，其間差別仍然很大，荀賦於賦末點題，但〈酒箴〉沒有，荀賦雖多四言句，但沒有〈酒賦〉整齊，所以與其說它略似荀賦，還不如說它像州箴和官箴，此其二；設難之體，如東方朔〈答客難〉，揚雄〈解嘲〉、〈解難〉，都沒有以賦爲名，所以《太平御覽》所引，並不可靠，此其三；規諷箴砭，同爲賦和箴的大用，所以不能說因有諷諭，就說它是賦，此其四。既然原本不以賦爲名，而又與箴爲近，所以還是該依《漢書》以箴爲名。

此外，〈酒箴〉設難而未答，不像一般的設難，也不合賦的體制；再說，西漢賦篇大多長篇鉅製，很少有百字的賦篇，而箴卻都是百餘字，所以歸之於箴，還是比較適當。

「攻疾防患」的箴，雖然《文心雕龍》說「斯文之興，盛於三代」，但到揚雄爲止，它一直是應用在政治舞臺上，以箴規有政治權位的人，後來有用以自箴。所以徐師曾《文體明辨》在序說稱「其品有二：一曰官箴，二曰私箴。」〈酒箴〉既然用以諷諫成帝，當然也是用於政治舞臺上，但已與官箴不同，所以揚雄此作，或可謂開拓私箴一類之權輿。也正如《古文辭類纂》所引「吳至父曰：曹子建、蘇子瞻皆奇此文，柳子厚效之而不能逮也。」它對後世的影響也就由此可見了。

五、從揚雄哀誄之作，考其模擬和開創

《文心雕龍．誄碑》說：「周世盛德，有銘誄之文。大夫之材，臨喪能誄。誄者，累也；累其德行，旌之不朽也。」揚雄為王莽的大夫，漢孝元皇后死，奉詔作誄，也就作了一篇敍功德的誄文。今所見揚雄所作誄碑哀祭之文，乃僅此一篇。所以只得就此略為析述。

(一)〈元后誄〉為誄碑體式建立新規範

漢孝元皇后，是王莽的姑母，是造成王家極盛的關鍵人物。因為她權盛，又得八十四年的壽考，王家在她長期庇蔭下，有了十侯五大司馬，終至王莽篡漢，而被封為新室文母。《漢書．元后傳》說：

> 太后年八十四，建國五年二月癸丑崩。三月乙酉，合葬渭陵，莽詔揚雄作誄曰：「太陰之精，沙麓之靈，作合於漢，配元生成。」著其協於元城沙麓。太陰精者，謂夢月也。

誄文在《漢書》僅此四句，摯虞誤以爲全篇僅此四句（注四六）。全文見於《藝文類聚・一五》和《古文苑・二〇》，也收於嚴可均的《全漢文》。

正如《文心雕龍》所說，銘誄之文「夏商已前，其詞靡聞」，而較早的誄辭，應該是見於《左傳・哀公十六年》魯哀公誄孔子：「旻天不弔，不憖遺一老，俾屏余一人以在位，煢煢余在疚！嗚呼哀哉，尼父，無自律。」依《禮記・檀弓》則爲「天不遺耆老，莫相予位焉。嗚呼哀哉尼父！」另外，《列女傳》有柳下惠之妻誄其丈夫的誄辭，則爲用「兮」的騷體，僅八十餘字。

揚雄的〈元后誄〉，則大不相同，述元后之行誼，爲其文過飾非，大談符命，鋪張揚厲，爲鋪采摛文之賦體，異於前人所作的誄辭。就句式而言，除誄文起首有關稱謂和出身十幾字外，全都是四言句，並且大多兩句一韻，少則四句換韻，多則十幾句換韻。大體來說，他是將辭賦的體式和作法，用到誄碑上，只是句式更整齊凝練而已。於是爲誄碑體式建立新規範。自此之後，杜篤的〈吳漢誄〉（注四七）、傅毅的〈明帝誄〉、〈北海王誄〉、蘇順的〈和帝誄〉都是同此體式。所以揚雄對這一方面的開創，具有重大而深遠的影響。原本「大夫之材，臨喪能誄」，自此之後，非能文之士，難以置喙。《後漢書・文苑杜篤傳》說：「大司馬吳漢薨，光武詔諸儒誄之，篤於獄中爲誄，辭最高，帝美之，賜帛免刑。」杜篤之出人頭地，實因〈元后誄〉典型在先，拜受其賜。其後，如收錄於《文選》的曹植〈王仲宣誄〉、潘岳〈楊仲武誄〉、〈楊荊州誄〉、〈夏侯常侍誄〉、〈馬汧督誄〉、顏延之〈陽給事誄〉、〈陶徵士誄〉、謝莊〈宋孝武宣貴誄〉等八篇，其作法與句式，無一不同於〈元后誄〉，甚至每篇最後都和〈元后誄〉一樣，都以「嗚呼哀哉」作結（注四八），其影響之大，由此可見。

六、從揚雄書疏之作，考其模擬和開創

本文所謂書疏，是涵括《古文辭類纂》奏議和書說二類，如果以《文選》來說，那更概括：表、上書、啟、牋、奏記、書、對問等各類了。揚雄這方面的作品，有〈諫不受單于朝書〉（注四九）、〈答劉歆書〉，是完整的。另外有〈與桓譚書〉，爲《文選注》所引，但只有兩句八字；〈答桓譚書〉見於楊愼《赤牘淸裁》，實際上也是綴拾成文而已，並非書信（注五〇）；還有〈對詔問災異〉見於《漢書．五行志》，此爲問對之語，並非文字之撰述，所以除了〈諫不受單于朝書〉和〈答劉歆書〉，將分別探討之外，其他各篇則不在探述的範圍之內。

（一）〈諫不受單于朝書〉見辭賦化傾向

揚雄上書的事和內容，見於《漢書・匈奴傳下》：

建平四年，單于上書願朝五年。時哀帝被疾，或言匈奴從上游來厭人，自黃龍、竟寧時，單于朝中國輒有大故。上由是難之，以問公卿，亦以爲虛費府帑，可且勿許。單于使辭去，未發，黃門郎揚雄上書諫曰……

此篇上書長達一千零七十八字，分析「許」和「不許」的利害得失，縱橫批駁，理則周密，而語多警惕，從形式方面說，多駢偶對句，文辭鏗鏘，句句有力。姚氏謂此奏頗擬信陵〈諫伐韓書〉，吳至父則說：「吾嘗疑此文類李斯〈諫逐客書〉，姚曾均謂擬信陵，蒙所未喩。」（注五一）蓋其分析利害得失，頗取信陵君〈諫與秦攻韓〉，但如：

△六經之治，貴於未亂；兵家之勝，貴於未戰。

△五帝所不能臣，三王所不能制。

△傾無量之費，役無罪之人。

△以忍百萬之師，以摧餓虎之喙；運府庫之財，填盧山之壑。

△難化以善，易隸以惡；其強難詘，其和難得。

△距以來厭之辭，疏以無日之期；消往昔之恩，開將來之隙。

△明者視於無形，聰者聽於無聲。

△深惟社稷之計，規恢萬載之策。

△不一勞者不久佚，不蹔費者不永寧。

△智者勞心於內，辯者轂擊於外。（注五二）

都是李斯〈諫逐客書〉所常用的駢偶句式，所以姚、吳之說，不無道理。

不過，我們若仔細品讀，還可發現：其中不只駢行，更有同句型多句並列的句式。如「浮西河，絕大幕，破寘顏，襲王庭」「屠大宛之城，蹈烏桓之壘，探姑繒之壁，籍蕩姐之場，艾朝鮮之旃，拔兩越之旗。」都是標準的賦用句式，再從「蒙恬樊噲不復施，棘門細柳不復備；馬邑之策安所設，衛霍之功何得用，五將之威安所震」，可看出作者並不是斤斤於駢偶，而是刻意於多句並列中求變化，才會用「何得用」，錯開「安所設」和「安所震」。

〈諫不受單于朝書〉多駢行偶句，及同句型多句並列，完全是漢賦的句式，而且取鋪采摛文、鋪張揚厲的手法，所以辭賦的傾向，相當明顯。所以好古文的方苞評本奏疏說：「亦復朗暢而西漢質厚之氣，索然盡矣。」它對後來駢文發展，有推波助瀾之功。而此奏疏，據《漢書·匈奴傳》說：「書奏，天子寤焉，召還匈奴使者，更報單于書而許之，賜雄帛五十匹，黃金十斤。」這固然是揚雄分析事理，透闢中肯，不拘經生迂見，也未嘗不是因其文反覆曲暢，疊意迴舒，綴文如珠流璧合，詞深而雅，意博而顯，所以致之。後代奏疏，即循發展，如膾炙人口的魏徵〈諫太宗十思疏〉，即語多駢行，而十思並列，及所謂「智者盡其謀，勇者竭其力，仁者播其惠，信者效其忠」都是同句型並列，即〈諫不受單于朝書〉之遺風。

(二)〈答劉歆書〉爲書信代序跋之先聲

〈答劉歆書〉見於揚雄《方言》的卷末，也有列於卷首的。這封信可見《方言》之所以作，而且提到很多《漢書》本傳所不曾提到的事跡。應劭《風俗通義・序》，提到《方言》，和這封信所說的，很多相吻合，《西京雜記》所述的，也和這封信所說的相同，所以有人懷疑這封信是後人依二書而僞作，洪邁更舉嚴君平字，已爲明帝諱，以證明這封信是僞託。有關這一點，《四庫全書總目提要》已辨之甚詳（注五三）。說這封信是後人因《風俗通義・序》和《西京雜記》而僞託，實不可通。因爲僞託者必見《漢書》，《漢書・揚雄傳贊》說揚雄是王音所推薦，僞託者必從之，爲什麼要另造楊莊，而與史傳不合，以啟人疑竇？此其一。史傳列揚雄的作品很多，如是僞託，何以不提這些作品，反而提〈縣邸銘〉、〈玉佴頌〉、〈階闥銘〉、〈成都城四隅銘〉？此其二。

這封信既不是僞託，那麼該是《風俗通義・序》及《西京雜記》因本封信而立說，而這封信對《方言》的來歷，以及揚雄撰著的苦心，述之甚詳，所以被人附於《方言》之書，啟後世以書信代序跋之先聲。

七、從揚雄雜文之作，考其模擬和開創

《文心雕龍》有〈雜文〉一目，標舉《文選》的對問、七、連珠等三類，實際上還涵蓋了「設論」一類，揚雄〈解嘲〉、〈解難〉本文已歸賦類討論，其他可以歸入這三類的，還有〈連珠〉和〈難蓋天八事〉。揚雄難蓋天八事，以通渾天，事見於《隋書・天文志》，也見於《開元占經》，這是有關天文學說的論辯，我們既然探討文學，於是只好捨而不談了。此外，揚雄有關文學的篇章，尚有〈蜀王本紀〉和〈琴清英〉，若另立名目，實嫌瑣碎，而《文心雕龍・雜文》說：「詳夫漢來雜文，名號多品，或典誥誓問，或覽略篇章，或曲操弄引，或吟諷謠詠。總括其名，並歸雜文之區。」所以本文也就將〈蜀王本紀〉和〈琴清英〉併於雜文類目之下了。

(一)〈連珠〉因揚雄綜述碎文肇名定體

《藝文類聚・五七》有揚雄〈連珠〉一首，三十四字；《太平御覽》四六八和四六九，有另一首九十三字。此外，《文選・干寶晉紀總論・注》及《文選・陸機五等論・注》，各引二句。

連珠之體，任昉《文章緣起》就說它肇自揚雄。陳懋仁注云：「《北史・李先傳》：魏帝召先讀韓子連珠二十二篇。韓子《韓非子》書中有聯語，先列其目而後著其解，謂之連語。據此，則連珠又兆韓非。」《藝文類聚・五七》有傅玄〈連珠序〉：「所謂連珠者，興於漢章帝之世，班固、賈逵、傅毅三子受詔作之。而蔡邕、張華之徒又廣焉。其文體：辭麗而言約，不指說事情，必假喻以達其旨，而覽者微悟，合於古詩勸興之意，欲使歷歷如貫珠，易覩而可悅，故謂之連珠也。」又引沈約〈注制旨連珠表〉：「竊聞連珠之作，始自子雲、放《易》象《論》，動模經誥。班固謂之命世，桓譚以爲絕倫。連珠者，蓋謂辭句連續，互相發明，若珠之結排也。」

案《北史・李先傳》是說韓子〈連珠論〉二十二篇。陳懋仁所引，脫「論」一字，而《韓非子》也沒有「連珠論」的篇目，只是《韓非子・內儲說上》有七術七條，〈內儲說下〉有六微六條，〈外儲說左上〉六條，〈外儲說左下〉六條，〈外儲說右上〉三條，〈外儲說右下〉五條，共計三十三條。《韓非子》稱之爲經，大概是李先嫌其稱經不倫，改名爲論，而二十二篇應爲三十三條之誤（注五四）。這些都是人君南面之術，所以李先爲魏明帝讀之。如今我們以它和揚雄〈連珠〉、陸機〈演連珠〉比較，其立意構體，實相符合，揚雄模擬而稱爲連珠，而李先因揚雄之定稱，就稱《韓非子》諸篇爲〈連珠論〉了。

連珠的起源，雖然可溯自《韓非子》，但標名定體，還是始於揚雄，所以《文心雕龍・雜文》說：「揚雄覃思文闊，業深綜述，碎文瑣語，肇爲連珠。」傅玄之說，不可依信。徐師曾

《文體明辨》就說：「蓋自揚雄綜述碎文，肇爲連珠，而班固、賈逵、傅毅之流，受詔繼作，傅玄乃云興於漢章之世，誤矣。」至於孫德謙遠祧《鄧析子》(注五五)，但《鄧析子》出戰國時人之僞託，今之所存，節次不相屬，《四庫全書總目提要》說它是掇拾重編而成，不能據之以論述。

《文心雕龍》又說：「自〈連珠〉以下，擬者間出。杜篤、賈逵之曹，劉珍、潘勖之輩，欲穿明珠，多貫魚目。可謂壽陵匍匐，非復邯鄲之學步，里醜捧心，不關西施之顰矣。唯士衡運思，理新文敏，而裁章置句，廣於舊篇，豈朱仲四寸之璫乎！夫文小易周，思閑可贍。足使義明而詞淨，事圓而音澤，磊磊自轉，可稱珠耳。」可見揚雄標名定體之後，文人多所依仿，但杜、賈、劉、潘之才，難以匹及，不能連明珠，只能貫魚目。到陸機一出，竟使揚雄之作，也爲之失色，但陸機〈演連珠〉五十首，效仿揚雄之迹，顯而易見。連珠之能在《文選》備爲一類，揚雄之功，實不可沒。

(二)〈蜀王本紀〉開殘叢小語式的體制

〈蜀王本紀〉是以傳記而兼近小說，或謂出於依託，但流傳已久，揚雄偶以餘暇爲之，也未可知，如今所見，已非完篇。

〈蜀王本紀〉見於《隋書．經籍志》史部地理類，只提「〈蜀王本紀〉一卷，揚雄撰」。

《重修成都縣志》提到：「〈蜀記〉一卷。《隋書・經籍志》：揚雄撰。載蠶叢以前洪荒之事，下迄西漢，有本紀有傳，李膺、常璩多引用之。」嚴可均《全漢文》輯得本紀二十六則，或全或缺，長的有一百二十二字，短的有僅存六個字一句而已。以《太平御覽》存二十則爲最多，此外《藝文類聚》和《初學記》各六則，《事類賦注》五則，《北堂書鈔》、《寰宇記》、《後漢書注》各四則，《文選注》三則，《白帖》二則，《三國志注》、《開元占經》、《史記正義》、《法苑珠林》各一則，但大多爲《太平御覽》所有，只有《寰宇記》二則，《後漢書注》、《初學記》、《史記索隱》、《續漢郡國注補》各有一則，爲《太平御覽》所未收，所以僅得二十六則。所敍之內容，或見於正史，或爲傳說，可以稗官野史視之，他上溯三萬四千年的神話說起，志怪者頗多。

就形式而言，是屬於散文體的殘叢小語，名人軼事，有如魏晉志怪小說的體式，或爲《世說新語》之所出。

(三)〈琴清英〉或爲類書和詩話之先導

〈琴清英〉和〈蜀王本紀〉一樣，是屬於分條記事，會聚成篇的，今存五則，五則都是完整的。長的一百零七字，短的僅二十六字，也以《太平御覽》所引爲最多，有四則，《通典》、《水經注》、《藝文類聚》、《文選注》各一則，也都見於《太平御覽》，惟馬驌《繹史》所引一則，爲《太平御覽》所未收。

八、結論

揚雄博覽好學，又好「深湛之思」，他的著述，都是力追天下之最，《漢書・揚雄傳贊》說：「以為經莫大於《易》，故作《太玄》；傳莫大於《論語》，作《法言》；史篇莫善於《倉頡》，作《訓纂》；箴莫善於〈虞箴〉，作〈州箴〉；賦莫深於〈離騷〉，反而廣之；辭莫麗於相如，作四賦。」可見他志大而多能，實非常人所能企及，所以桓譚說「漢興以來，未有此人」，葛洪方之以孔子（注五六），司馬光〈述玄〉則說：「揚子雲眞大儒邪，孔子沒後，知聖人之道者，非子雲而誰？孟荀殆不足擬，況其餘乎？」眞是推尊備至。雖然有顏之推、朱熹、蘇洵、蘇軾、晁公武、顧炎武、章學誠等，以其臣節有虧，非其人品，薄其學養（注五七），但如果說西漢學者，其博學多能，太史公以下，堪稱第一，應無異辭。

我們撇開他的學術成就和人品方面的爭議，專就他在文學的成就來說，也為古來文人所肯定。自來「揚馬」已成文才之代稱，姚鼐《古文辭類纂》大量收錄他的作品，而曾國藩論文章陽剛之美，也都以「揚馬」為代表（注五八）。只是近數十年來，由於薄辭賦而又貴獨創的風尚，提到揚雄，總是認為他是長於模擬的賦家，而輕鄙之。其實揚雄的模擬，只是體制的遵循，而求得內容的擴大，和技巧的超越。雖然朱自清有一篇〈背影〉膾炙人口，但我們不能因此去鄙夷一篇試圖再以父親身影，去描寫父愛的散文；朱自清寫過〈荷塘月色〉，並不因此貶抑其他以荷塘月色為題材的文章。有了這種體認，我們才能避免先入為主的排斥感，去欣賞揚雄的篇章，客觀評估它的文學價值，確認他的文學地位。

如今我們從文章體類發展的觀點，去觀照揚雄所有的篇章，竟發現他的每一個篇章，幾乎都在文學史上有它獨特的地位，有它歷史的意義。同時，也發現他的模擬，常使某一類文章，從此文成法立，備為一體；他的變造，常使這一類文章，從此更有品式；他的開創，使文章的體類多所開拓。假使沒有揚雄，《文選》的體類，將不會是那三十八種，漢魏六朝文學也將不是今日我們所見的風貌，辭賦對後世文章的影響，也不會如此深遠。因此，我們即使因他的模擬，以貶抑他作品的藝術成就，卻無法否定他作品的歷史價值，那麼就應該還他公道，在文學史上給他合理的地位。

注釋

注一：《顏氏家訓・文章》：「夫文章者，原出五經：詔、命、策、檄，生於《書》者也；序、述、論、議，生於《易》者也；歌、詠、賦、頌，生於《詩》者也；祭祀、哀誄，生於《禮》者也；書、奏、箴、銘，生於《春秋》者也。」

注　二：《文心雕龍・宗經》：「故論說、辭序，則《易》統其首；詔、策、章、奏，則《書》發其源；賦、頌、歌、讚，則《詩》立其本；銘、誄、箴、祝，則《禮》總其端；紀、傳、銘、檄，則《春秋》爲其根。」

注　三：也有將司馬相如〈難蜀父老〉自「檄」類提出，自成「難」類，則有三十九類。

注　四：見王夢鷗先生〈試論曹丕怎樣發見文氣〉。該文收入《古典文學論探索》頁七一，民國七十三年，正中書局出版。

注　五：見王夢鷗先生〈貴遊文學與六朝文體的演變〉。同注四，頁一一八。

注　六：依《漢書・藝文志》，揚雄有《訓纂》一篇、《蒼頡訓纂》一篇、《太玄》十九篇、《法言》十三篇。應劭《風俗通義・序》提到《方言》，王逸《楚辭章句・天問敍》提到揚雄解〈天問〉，任昉《文章緣起》提到《志錄》揚雄作。《宋史・藝文志》有《四注孟子》十四卷，爲揚雄、韓愈、李翺、熙時子四家注。依《史通》尚有子雲《家牒》，未知是否自作。另外，王充《論衡・須頌》謂揚雄錄宣帝以至哀、平之功德，或即任昉所題之《志錄》。

注　七：皆見於蕭統《文選・序》，因本文以探討揚雄對六朝文體之影響，故文學觀念亦以六朝爲標準。

注　八：班固《漢書・藝文志》承劉歆《七略》而作，稱揚雄十二篇賦，是不包括〈解嘲〉、〈解難〉？或有作品不爲劉歆所見？或今知各賦之中，有僞作羼入？已不可考。嚴可均輯《全漢文》，計算揚雄賦十二篇，即不算〈解嘲〉、〈解難〉，而把〈酒箴〉稱爲〈酒賦〉算了進去。

注　九：見《漢書・揚雄傳》自序，引薦之人，依〈答劉歆書〉爲蜀人楊莊。

注一〇：在《漢書・揚雄傳》和他的《法言》，都在在提出這個觀念，拙作《漢賦源流與價值之商榷》第一篇，有詳細的比較。

注一一：顏師古注《漢書・揚雄傳贊》：「雄之自序云爾」，說：「自《法言》目之前，皆是雄本自序之文。」

注一二：〈羽獵賦〉在形式內容以及條理層次，雷同〈上林賦〉，請見拙作《司馬相如揚雄及其賦之研究》自刊本，頁二五六—二六〇，民國六十四年十二月出版，有詳細之比較。

注一三：見《丹鉛雜錄》卷八「上林賦」條。

注一四：各段合〈難蜀父老〉的地方很多，請見拙作《司馬相如揚雄及其賦之研究》頁二六三—二六六。

注一五：《老子》第五章和第三十三章。

注一六：《老子》第十九章。

注一七：有關啟人疑竇的細節及考證，請見拙作《司馬相如揚雄及其賦之研究》頁二七一—二七二。

注一八：有關這方面之考證，請見拙作《漢賦源流與價值之商榷》，頁六一—七二，民國六十九年十二月，文史哲出版社出版。

注一九：同注一七，頁二七九。

注二〇：《漢書・注》引晉灼曰：「十世數高祖呂后至成帝也，成帝八年迺稱陽朔。」應劭曰：「招搖斗杓星也，主天時周正十一月也。」

注二一：原作〈反離騷〉，今據王先謙《漢書補注》而改，其引王念孫《讀書雜志》云：「離字涉上下文而衍。曰〈反騷〉曰〈廣騷〉，其篇名皆省一離字。《後漢書・梁竦傳》：感悼子胥、屈原以非辜沈身，乃作〈悼騷賦〉；〈應奉傳〉追愍屈原，因以自傷，著《感騷》三十篇。篇名皆省一離字。義與此同也。《文選・頭陀寺碑文注》引作〈反離騷〉，離字亦後人依誤本《漢書》加之。其〈魏都賦注〉、〈贈秀才入軍詩注〉、〈陳情表注〉、〈與稽茂齊書注〉、〈運命論注〉、〈辯命論注〉皆引作〈反騷〉。又〈江水注〉、《後漢書・馮衍傳注》、舊本《北堂書鈔・藝文部八》（陳禹謨本加離字）、《藝文類聚・雜文部二》、《白帖・六五及八六》、《御覽・文部一二》、《御覽・百卉部三》，亦皆引作〈反騷〉（吳氏刊誤補遺，引此文作〈反騷〉，則吳氏所見本尚無離字）。」本文據此而改。

注二一二：見謝无量《中國六大文豪》，中華書局印行。

注二一三：見《古文辭類纂》序目辭賦類，頁二二，世界書局注本第一冊。

注二一四：見《校讎通義・內篇三・漢志詩賦一五》之二，華世出版社《文史通義》，頁六〇四。

注二一五：見凌稚隆輯《漢書評注》，掃葉山房印行。

注二一六：同注二一五。其他有關評論請參見拙作《司馬相如揚雄及其賦之研究》頁二八九。

注二一七：本段引號內之文字，皆《漢書・揚雄傳》本文。

注二一八：焦竑《焦氏筆乘・揚子雲始末辨》，取胡正甫之說以爲出於谷子雲。汪琬《堯峯文鈔》，爲梁章鉅《文選旁證》所徵引。徐文靖《管城碩記》以爲後人誣筆。徐氏之說，爲葉慶炳先生《文學史上的辯誣與同情》（《幼獅月刊》三十七卷三期）所駁斥。另外胡玉縉《許廎學林・卷二〇・文選劇秦美新書後》也以爲揚雄未作此文。

注二九：如《文選五臣注》李周翰以爲求免禍。曾鞏〈答王深甫論揚雄書〉以其合於箕子之明夷，亦同於孔子見南子，皆詘身以伸道。

注三〇：見洪邁《容齋隨筆》卷一三。

注三一：見吳汝綸《讀文選符命》，自注二八至此，拙作《司馬相如揚雄及其賦之研究》頁二九四－三〇三，皆引述原文，並加以論證。

注三二：見《文選李善注》。

注三三：同注一七，頁二九九－三〇〇。

注三四：同注一七，頁三〇三－三〇四。

注三五：原作「咸墨爲頌，以歌九韶」，據唐寫本而改。《呂氏春秋・仲夏紀・古樂篇》及《困學紀聞・四》可以爲證。

注三六：〈東方朔畫贊〉序說：「慨然有懷，乃作頌焉」，稱之爲頌，但《文選》卻將它歸在贊，而不歸在頌類。

注三七：見《文心雕龍・頌讚》。

注三八：依摯虞《文章流別論》說：「昔班固爲〈安豐戴侯頌〉、史岑爲〈出師頌〉、〈和熹鄧后頌〉，與〈魯頌〉體意相類；而文辭之異，古今之變也。揚雄〈趙充國頌〉，頌而似雅。傅毅〈顯宗頌〉，文與〈周頌〉相似，而雜以風雅之意。」

注三九：《北堂書鈔》未删改本，存二十四字；陳禹謨本僅存十六字。有關《太平御覽》和《北堂書鈔》卷數，以及《文選注》出處，詳見《全漢文》卷五四。本段所引皆同。

注四〇：同注一七，頁二二一—二二二。

注四一：見《全後漢文》卷四四。其中〈太常箴〉及〈司空箴〉，同列於揚雄名下。

注四二：見《全後漢文》卷四五。其中〈尚書箴〉、〈博士箴〉，同列於揚雄名下，另於《古文苑》有〈侍中箴〉，《初學記》以其爲胡瑗所作。

注四三：見《全後漢文》卷五六。依《後漢書・胡廣傳》應作四篇。

注四四：見《全後漢文》卷四五。亦見《後漢書・崔琦傳》。

注四五：見《全晉文》卷五三。此期間之作者多矣，如傅咸〈御史中丞箴〉，見《全晉文》卷五二，傅玄〈吏部尚書箴〉，見卷五六，茲不枚舉。在《文心雕龍・銘箴》就舉了「潘勖〈符節〉，要而失淺；溫嶠〈侍臣〉，博而患繁；王濟〈國子〉，引廣事雜；潘尼〈乘輿〉，義正體蕪。」如今〈符節箴〉及〈國子箴〉已佚，可見今之所存，恐不及半，當時創作之多，由此可見。

注四六：見《文心雕龍・誄碑》，據姚範《援鶉堂筆記・四〇》及孫詒讓《札迻・一二》的解釋。

注四七：見《藝文類聚・四七》。孫星衍《續古文苑・二〇》校，云此未全。雖不全，但已見其兩句一韻的四言體式，與〈元后誄〉相同。

注四八：「嗚呼哀哉」雖見於魯哀公誄孔子，但不在篇末。〈元后誄〉以此作結，竟成定式。

注四九：此依《古文辭類纂》定名。《全漢文・五二》作〈上書諫勿許單于朝〉。

注五〇：詳見《全漢文・五二》嚴可均有詳細考證。

注五一：姚、吳之評，皆見於《古文辭類纂・一五・揚子雲諫不受單于朝書》之諸家集評，後引方苞之評亦然。

注五二：其他如「奇譎之士，石書之臣」、「負前言，緣往辭」、「威之不可，諭之不能」、「圖西域，制車師」、「百年勞之，一日失之」皆三言或四言駢偶，都未予列入。

注五三：洪邁之說，見《容齋隨筆》。《四庫全書總目提要・卷四〇・經部四〇・小學類一・方言》。此書信之眞僞，涉及《方言》之眞僞。戴震與洪邁持論相反，盧文弨、錢繹、王先謙皆從戴震之說。

注五四：皆見於明倫出版社印行之《文心雕龍注》頁二五八—二五九。其注云：「《周禮・天官・掌皮・注》『故書二爲三，杜子春云當爲二。』二之與三，最易混淆，自古爲然。」

注五五：見《六朝麗指》，乃指《鄧析子・無厚》：「夫負重患塗遠，據貴者憂民離……故智者量塗而後負，明君視民而出政。」又：「獵羆虎者不於外圂……呂子之蒙恥。」

注五六：見王充《論衡・超奇》和顏之推《家訓》。

注五七：分別見其《家訓》、《朱子語錄》、《太玄論》（王應麟《困學紀聞》引）、〈答謝氏師書〉、《郡齋讀書記》、《日知錄》、《文史通義》。

注五八：見〈聖哲畫像記〉。又於《丙寅日記》中說：子雲乃文學中人，非道德中人。

叁 賦體語言藝術的歷史考察

王夢鷗先生在他的《文學概論》第三章說：「詩的——文學本質，只是一種恰好透過『語言』——這個實用的事實而成立的美經驗。亦卽因爲語言的『聲音組織』與『章句構造』這些媒介物的條件，與它的潛在的要素（感情、想像、知解）互相融洽，所以它所形成的（口講或書寫），便不同於其他表現品（一面是哲學科學，一面是音樂繪畫）。對於這種藝術，我們倘若依照前人已做過的分類，亦可稱之爲『語言的藝術』。」（注一）如果說文學是語言的藝術，那麼語言本身——聲音組織與章句結構——的藝術講求的歷史，是文學史所應考察的軌轍，也是文學研究者所應矚目的焦點。

漢賦是中國文學從口傳轉爲書面文學的初期產物。賦的發展，正當文學致力於語言本身——聲音組織與章句結構藝術的階段。因此，從賦體的演化，不難看出中國語言藝術的發展進程。反過來說，探討中國語言藝術發展的理路，也可以解釋和了解賦體演化的現象和原因。本文便是試圖從賦體的題材內容、表現形式，以探討賦體語言藝術的發展脈絡，從而解釋各階段辭賦的特質及其轉變的原因。

一、為「體物寫志」走「鋪采摛文」之路

賦雖為漢代的文學主流，但是能言簡意賅說明賦是什麼？賦體如何？卻有待於南北朝文學理論的經典之作——《文心雕龍》。《漢書・藝文志》所謂「不歌而誦謂之賦」，只是從語言表現方式，說明它與歌的區別；班固〈兩都賦序〉所謂「賦者古詩之流也」，也只是從文學演化的角度，說明它與古詩的傳承關係。《文心雕龍・詮賦》：「賦者鋪也，鋪采摛文，體物寫志也。」正如紀昀所評：「鋪采摛文，盡賦之體；體物寫志，盡賦之旨。」既說明作品外在的語言特徵，也說明作者內在的表現動機與方法。賦為寫志，所以它是古詩之流，於是不免令人想到它與《毛詩・關雎序》所謂《詩》有六義，其二曰賦，似乎有了關連；也與鄭玄注《周禮・大師》所謂「賦之言鋪，直鋪陳今之政教善惡」有了不可割捨的關係。當然這並不能表示賦的原始，是取六義之賦推演而成，更不能為兩者畫上等號，只能說賦體的表達方式，或許與六義之賦有若干的關聯。

風雅頌賦比興，其名始見於《周禮》(注二)，東漢經師都平均訓詁這六個字而未加分類。自唐人以下，才有詳細的區分，將六義分為兩種類名。大體以風雅頌為狹義的文體之稱，以賦比興為構成那些文體的方法(注三)。在如此區分下，賦乃被認為是一種不用譬喻而直接表述作者意象的方式(注四)。大盛於兩漢的賦體，在其篇章中，直接鋪陳外在事物，確是最慣用、使用比例最

的表現方式。不過我們並不能因此就說：賦體之所以稱之爲賦，是因爲作者採用直接表達意象的手法；換句話說，是因採取平鋪直敍的緣故。

漢人稱賦，實際上是包括屈原的作品，此外還涵蓋荀子的賦篇。而屈荀之作，比興實繁；而且漢人賦作，雖然用了較多的鋪敍，仍大用譬喻（注五），況且不只明喻，更用略喻（注六）。《文心雕龍・比興》更說：「至於揚、班之倫，曹、劉以下，圖狀山川，影寫雲物，莫不纖綜比義，以敷其華。」怎麼還是以賦爲名呢？因此賦體之所以稱之爲賦，與其說是因它採用直接鋪陳作者意象的方式，不如說是因它採用鋪排的形式設計。換句話說，它指的可能是外在的語言形式，而不是表現內在意象的方法。《文心雕龍》說得好：「賦者鋪也，鋪采摛文，體物寫志也。」賦之言鋪，不在於是不是直接鋪陳，而在於鋪采摛文的特色上。鋪采摛文是語言形式的特徵，體物寫志才是賦體表達內在意象的方式。

「體物」是方法，「寫志」是目的。詩言志，賦也寫志（注七），所以賦是古詩之流。但詩偏重內在心靈的發抒，賦卻偏重外在事物的描述。描述外在的事物，如何達成言情寫志的目的？除了運用譬喻，以達成意象的間接傳達，以及引發繼起意象之外，當需講求寓情於景，抒志於敍事之中。情景交融是後來的要求，義在託諷則成爲諷體的內容特色。義在託諷，所以「遯辭以隱意，譎譬以指事」（注八）也就成爲慣用的手法。

在漢代那麼繁華富庶的社會，擁有壯盛一統的政治局面，帝王充滿了驕侈的情感，三言兩語不足以形容其豪奢的排場，含蓄內斂又何足以發抒其放曠的情懷？賦家只有作精密的觀察、細膩的描述，排比文采，依次鋪述，才能使澎湃的情懷一波又一波宣洩出來；貴遊讀者也只有在接受那些密集的訊息之後，重拾其回憶，亢奮其情緒，得到高度的滿足。所以賦篇在其排比字句的鋪陳之下，恣放曠之心，融澎湃之情。如司馬相如〈上林賦〉，藉亡是公一角，在指陳子虛及烏有先生之言失之後，從「左蒼梧」到「衍溢陂池」用了兩百二十二字，說明上林苑以水爲界，形容其形勢與水的流態、聲音。從「於是乎蛟龍赤螭」到「咀嚼菱藕」用了一百一十八字，形容水中及水面之物；從「於是乎崇山矗矗」到「晻薆咇茀」用了一百六十九字，形容山溪及山溪所生之草木。從「於是乎周覽泛觀」到「駃騠驢驘」用了九十三字，形容苑中景物，詳述獸類，爲下文畋獵之張本。從「於是乎離宮別館」到「和氏出焉」用了一百五十九字，形容離宮建築形勢，苑中閣道、臺觀及珍寶之多。從「於是乎盧橘夏熟」到「究之無窮」用了一百八十二字，形容離宮草木之暢茂。從「於是乎玄猿素雌」到「百官備具」用了八十三字（注九），形容猿獸之多，並總結離宮的形容。從「於是乎背秋涉冬」到「應聲而倒」用一百六十五字，鋪敘天子檢閱各部曲將帥校獵的情景。從「於是乎乘輿弭節徘徊」到「掩平彌澤」用了二百五十字，描寫天子親自射獵。從「於是乎遊戲懈怠」到「心愉於惻」，用了二百三十六字，寫天子置酒張樂以及侍酒女子之儀態。凡此爲形容形勢之壯闊，畋獵之慘烈，以「於是乎」分割各項，逐一鋪敘，以滿足其驕奢之情感。〈子虛〉齊王畋獵，爲子虛口中的楚王之獵所壓過，接著〈上林〉天子部曲校獵又勝過諸侯，最後天子親獵又歷過部曲，如此一波淹過一波，使亢奮的情緒節節升高，而後得到宣洩的作用，其層層轉強，節節升高，就是以恢廓聲勢鋪采摛文，所達到的效果。

此外，由於辭賦義在託諷，也自然造成它走上「排比諧隱」「徵材聚事」的鋪采摛文之路。程大昌說：

> 武帝之有上林也，本秦故地，以秦苑爲小，又從而開拓之。苟諫者不順其所欲而逆折其爲，則無自而入也。故相如始而置辭也，包四海而入之苑內，其在賦體固可命爲敷敍矣，而夸張飛動，正是縱臾使爲，故揚雄指之爲勸也。夫旣先出以勸，以中帝欲，待其樂聽，而後徐加風諭，以爲苑囿之樂有極，而宇宙之大無窮，則諷或可入也，此其導之以勸者，理蓋出此。（注一〇）

「導之以勸」是否必要，甚至會不會造成反效果，如揚雄所說：「往時武帝好神仙，相如上〈大人賦〉，欲以風，帝反縹縹有陵雲之志」（注一一），這些都暫且不論。託諷時鋪采摛文，確是常見的手法。如〈上林賦〉所謂曲終奏雅的部分，描述帝王忽有所悟，乃戒奢崇儉，罷獵改制，與道遷義，就超過了四百字，這正是「遯辭以隱意，譎譬以指事」（注一二）的運用，也是託諷者避免逆鱗遇害之所必需。

當需要「遯辭以隱意，譎譬以指事」的時候，就更會運用以景生情的「體物寫志」之法，如〈長門賦〉便是典型的例子。「浮雲鬱而四塞兮，天窈窈而晝陰」便是以景寫情；從「下蘭臺而周覽兮」到「悵獨託於空堂」，用二十八句將近兩百字，寫陳皇后周覽長門宮之建築，藉宮室之鋪敘，以寫其周覽徙倚之情，烘托其難以消受之空虛寂寥。尤其「白鶴嗷以哀號兮，孤雌峙於枯楊」，更是「譎譬以指事」的運用。這些鋪敘以求意在言外，透露其微諷之意，都是賦體常見的手法。

依此看來，「體物寫志」的賦，走上「鋪采摛文」之路，是有所必要，也勢所必然。

二、為「物無隱貌」採「鋪張揚厲」之法

早期的賦體，既然是偏重外在事物的描述，以寄其情懷或微諷之意，於是作家就需要做細密的觀察，細膩的刻畫，以求物無隱貌，所以造成「寫物圖貌，蔚似雕畫」（注一三）的現象，如〈子虛賦〉鋪敘楚王左右侍女容飾之美：

> 於是鄭女曼姬，被阿錫，揄紵縞，雜纖羅，垂霧縠；襞積褰縐，紆徐委曲，鬱橈谿谷，衯衯裶裶，揚袘戌削，蜚襳垂髾。扶輿猗靡，翕呷萃蔡，下摩蘭蕙，上拂羽蓋，錯翡翠之葳

> 蕤，繆繞玉綏，眇眇忽忽，若神仙之髣髴。

先從華貴衣服的質地與款式，然後寫衣服合身的婀娜之姿，狀其擦拂之聲，眞可以說「繁類以成艷」「極聲貌以窮文」，到〈上林賦〉形容天子侍女：

> 若夫青琴、宓妃之徒，絶殊離俗，妖冶嫺都，靚莊刻飾，便嬛綽約，柔橈嫚嫚，嫵媚孅弱，曳獨繭之褕袣，眇閻易以恤削，便姍嫳屑，與世殊服。芬芳漚鬱，酷烈淑郁，皓齒燦爛，宜笑的皪；長眉連娟，微睇緜藐，色授魂與，心愉於側。

將容貌、體態、氣質、服飾、氣息，多方描述，尤將皓齒、笑貌、蛾眉、眼神，逐一刻畫，使人難以加矣。到曹植〈洛神賦〉就只好以「比體雲構」來推陳出新了。

又如王褒〈洞簫賦〉，就簫來說，不論如何寫物圖貌，也難寫成長篇巨作，他卻從其材料——小竹的外觀、生長環境入手，又寫其受天地之氣，然後才寫其人爲加工以成形，更描述其聲音之變化。運用形象化的形容，還分巨音、妙聲、武聲、仁聲，加以鋪排。後來詠物賦都承此趨勢，鋪采摛文，求其盡致。換句話說，賦體在抒情寫志方面，求其委婉含蓄，甚至意在言外，求其微諷感悟。在體物圖貌方面，則求其淋漓盡致，甚至物無隱貌，求其無以復加。關於這一點，正如揚雄所說：「賦者將以風也，必推類而言，極麗靡之辭，閎侈鉅衍，競於使人不能加也」（注一四）。

這種「推類而言，極麗靡之辭，閎侈鉅衍，競於使人不能加也」的心態，最具體是表現在排比字句上，蓋排比字句能在盡舉其類時，有整齊的美感，將平仄聲音加以參錯，使有抑揚頓挫之致而有聲情之美，而且排比字句，長短自如，可多可少。如〈子虛賦〉在開始形容楚王畋獵時，形容雲夢山中土石：

其土則丹青赭堊，雌黃白坿，錫碧金銀，眾色炫耀，照爛龍鱗。其石則赤玉玫瑰、琳瑉琨珸，瑊玏玄厲，碝石武夫。

前用五句，後用四句，並無不宜，可用兩字一詞，如丹青、赭堊、雌黃、白坿之類；可一字一詞，如錫、碧、金、銀之類。平仄相間，如其土的名詞部分，是「平平仄仄，平平仄仄，仄仄平平」，由於排比名詞先後可自由安置，因此可為色澤之斑爛、聲調之鏗鏘，做周密之考量。除四字句外，三字句也是早先賦體寫物圖貌鋪張揚厲時所樂用，如〈子虛賦〉寫楚王與眾女宵獵於蕙圃：

揜翡翠，射鵕鸃，微矰出，孅繳施；弋白鵠，連駕鵝，雙鶬下，玄鶴加……浮文鷁，揚桂枻，張翠帷，建羽蓋；罔毒冒，釣紫貝；摐金鼓，吹鳴籟，榜人歌，聲流喝，水蟲駭，波鴻沸，涌泉起，奔揚會。

這種三字句的大量排比，也見於〈上林賦〉。將「上一下二」和「上二下一」的句型，參互使用，使排比有了變化，於是大量排比也不流於呆板了。

多寡不拘、運用自如的排比句，有利於寫物圖貌，使其淋漓盡致、物無隱貌，所以爲體物之賦所樂用；也由於體物寫志之賦，偏重於外在事物的描述，以抒發情志，以託其微諷，乃致力於極聲貌的語言藝術講求。於是鋪張揚厲，「極麗靡之辭，閎侈鉅衍，競於使人不能加也」，運用排比繁類成艷，也就成爲早期賦體的語言特色。

三、從「窮變聲貌」入「據事類義」之途

寫物圖貌的形容詞彙，大多是取自當時活生生的口語（注一五），而辭賦家一直本著「屈宋屬篇，號依詩人，雖引古事而莫取舊辭」（注一六）的精神，基於「辭務日新」的追求，先是在文字形體上求變，如司馬相如〈大人賦〉用「林離」一詞，揚雄在〈甘泉賦〉用「幓纚」，在〈河東

賦〉用「滲灕」，在〈羽獵賦〉用「淋漓」(注一七)。如〈上林賦〉「嶕嶫」一詞，張衡〈西京賦〉用了兩次，一作「岌嶫」，一作「崨嶫」。何以如此？那是因爲「圖寫聲貌，假借用之，無定字也」(注一八)，而人心好異，辭賦家莫取舊辭，於是將原來的假借字衍加形符；還有既造形聲又另造形聲，恣改文字形旁或聲旁，以求別樹一幟。更有同偏旁的聯邊，形同《字林》。其實這也是語文藝術講求的結果，同形旁文字的類聚，造成視覺上的整齊，該是賦家曾經追求的藝術項目。

早先賦篇講究語彙的變造，除了換字或加形旁以求美觀之外，也有濃縮或析衍之法，如〈上林賦〉「訇磕」一詞，是枚乘〈七發〉「訇隱匈磕」的濃縮；揚雄〈甘泉賦〉「柴虒參差」的「柴虒」，也該是〈上林賦〉「柴池茈虒」的濃縮。至於析衍之法，如〈子虛賦〉的「唐曼」，〈甘泉賦〉就析衍爲「唐其壇曼」了(注一九)。

這種變造語彙之法，不論是改字、加邊、濃縮、析衍，都會有所窮，也正如蕭子顯所說：「習玩爲理，事久則瀆，在乎文章，彌患凡舊，若無新變，不能代雄。」(注二〇)再說辭賦一類的作品，與貴遊文學關係密切，貴遊作家縱然心無鬱陶，爲應付恩主的需求，甚或爲迎合某些場合，就不能不仗著胸中書本與熟練的造句技巧來鋪衍自己的篇章(注二一)，於是逐漸走向「隸事」之路。

早先賦篇正如《文心雕龍·事類》所說：「雖引古事，而莫取舊辭。」充其量也只是爲「徵義舉乎人事」，但原先造語之法既窮，就不得不從熟讀的古書取其成辭加以改造，以爲「新變」之資，正如《文心雕龍・事類》所說：「以子雲之才，而自奏不學，及觀書石室，乃成鴻采。」於是類書也應運而生，類書的產生也爲隸事之風，造成推波助瀾的效果。

宋齊以下的賦家，又或感到可使用的典故與艷詞的俗濫，於是又力求變化取新，用隱喻象徵之法，以及原已在瑋詞所使用的換字、壓縮之法（注二三），在此我們也就不難看出語言藝術演化的軌轍。

當然，從「窮變聲貌」入「據事類義」，還有另一個重要原因，那就是《文心雕龍・練字》所說的：「魏代綴藻，則字有常檢」，「自晉用字，率從簡易，時並習易，人誰取難。」在字有常檢，並從簡易之後・瓌怪的瑋字就失去了它生存的空間，於是棄聲貌之求變，遁入「據事類義」之途。同時「珠聯偶對」也取代了「窮變聲貌」的同句型排比。

四、結語

辭賦一向是文人騁才的園地，也是語言藝術求新求變可塑性最大的文類。而賦體特質的變化，多少反映了中國語言藝術追求創新的結果。辭賦在語言藝術極度深求下，就像祝堯《古賦辨體・敍》所說：「刊落陳腐，惟恐一語未新；搜奇摘艷，惟恐一字未巧；抽黃對白，惟恐一聯未偶；回聲揣病，惟恐一韻未協。辭之所爲，罄矣而愈求，妍矣而愈飾。」（注一三）這些都是書面文學講求語言藝術的必然結果，賦體一直走鋪采摛文之路，但語言特徵已不同於前。至於體物寫志，也從偏重外在事物的描述，轉爲隱喩及象徵。祝氏還說：「彼於其情，直外焉而已」，則有商榷的餘地。後人對於賦的「情」，一直因其「爲文造情」而加以貶抑，卻忽略它在「情景交融」方面的貢獻和成就。於是入主出奴，後來更成爲耳食之談，畸重畸輕，這都是我們應該洞察而修正的。

當然，書面文學語言藝術的精求，似乎不足以解釋賦體所有特色逐漸蛻變的全部原因。但無疑的，它可以提供一個相當寬廣的觀察角度，使賦體很多的演化現象，得到相當合理的詮釋。這些詮釋對中國文學史的了解，應該是很有助益的。因爲這些語言藝術深求的軌轍，不但見之於賦，也見之於其他的文類。掌握了它，一條中國文學演化的脈絡，也就清楚地凸顯出來了。

注釋

注 一：頁二一，民國五十三年九月初版，帕米爾書店。

注 二：《周禮・大師》：「教六詩，曰風曰賦曰比曰興曰雅曰頌。」十三經注疏本，頁三五六，藝文印書館。

注　三：見王夢鷗先生《文學概論》頁一一六。「文體」今或譯西洋之 genre，或稱之爲文類。賦比興是否應與風雅頌如此並列，也不無可疑，友人黃景進先生卽爲此質疑，與本人有所討論，近期將寫論文。

注　四：同注三，頁一二三有詳細引述。與賦並列的比興，是指借用譬喻，造成意象的間接傳達；以及原意象引發繼起意象的傳達方式。

注　五：《文心雕龍・比興》卽大量引用辭賦用「比」之例。

注　六：如〈上林賦〉寫天子檢閱各部曲將帥校獵之一段，所謂「孫叔奉轡，衞公參乘」卽爲略喻。

注　七：有關這一點，在《漢書・藝文志》，正如周鳳五先生所說，班固把「春秋以後，由於時代變遷、社會結構變化，『賦詩言志』一變而爲『作賦言志』。」周文見《文心雕龍綜論》頁三九二，民國七十七年五月出版，學生書局。

注　八：見《文心雕龍・諧讔》，賦中譎譬以指事，如揚雄〈甘泉賦〉言「『屛玉女，卻虙妃』，以微戒齊肅之事」便是。

注　九：此段依《史記》則多三字，本文所計以《漢書》爲準。

注一〇：程大昌《雍錄》卷九，藝文印書館取古今逸史本，收入《百部叢書》。

注一一：見《漢書・揚雄傳下》。

注一二：《文心雕龍・諧讔》。

注一三：《文心雕龍・詮賦》贊。

注一四：同注一一。
注一五：詳見拙著〈漢賦瑋字源流考〉，收入《漢賦源流與價值之商榷》頁四五—九七。
注一六：《文心雕龍·事類》。
注一七：此經王先謙指出。見《漢書補注》在其〈揚雄傳·甘泉賦〉「灕乎幓纚」句下。
注一八：同注一七。
注一九：同注一五。
注二〇：見《南齊書·文學傳》後論。
注二一：關於這一點，王夢鷗先生〈漢魏六朝文體變遷之一考察〉有所說明，刊於《中央研究院歷史語言研究所集刊》第五十本第二分，頁三九六。
注二二：同注二一，頁四二〇—四二一。
注二三：見吳訥《文章辨體序說·三國六朝》引。

肆　從專業賦家的興衰看漢賦特性與演化

一、前言

什麼人唱什麼歌，什麼樣的文人就寫什麼樣的篇章，所以有關文學作品的研究，常從作者入手。如果背景相同的作者羣，同爲某些讀者而創作，那麼他們的作品，將呈現某些共同的特性，這是可以預期的。所以，某些作品何以呈現共同特性，從作者羣的共同背景，常不難考察其原因。

漢賦被稱爲貴遊文學，昌盛於宮廷，是一種相當特殊的宮廷文學。御用的專業賦家，被稱之爲言語侍從，他們的職分，就是「朝夕論思，日月獻納」，這是班固〈兩都賦序〉所明言的。這些言語侍從之臣的背景是什麼？他們的前身是什麼？我們若加以探討，便不難了解他們的出身、學養與地位，從而探究他們的作品所呈現的共同特性，乃其來有自。甚至從其地位的起落，去探討漢賦特性變化的原因，似乎都可以得到相當合理的解釋。所以從專業賦家的興衰，去觀察漢賦，去推知漢賦，應不失爲一個可取的角度與有效的途徑。

本文卽嘗試循此途徑，做一個新的開拓，以期對漢賦這大國（注一）做不同的探索與認知，使漢賦的各種特質與現象，能得到更合理的詮釋，並使漢賦對中國文學的影響，得到更具體的肯定。當然，這種嘗試與詮釋，應是前所未有的，草創發端，不免思慮欠周，尚祈方家，有以教之。

二、專業賦家地位之起落與漢賦之開拓

在中國古代的社會，能文之士除了得寵入仕之外，只有寄食於列侯或帝王，充當侯門清客文學侍從。早期漢賦，依附貴遊而興，因列侯帝王獎倡而盛。漢賦的盛衰與言語侍從之臣的地位起落，有密切的關係。

（一）梁王菟園爲宮廷專業賦家之搖籃

梁孝王武，是漢文帝的次子，與景帝同爲竇太后所生，乃深受寵愛。又因平七國之亂有功，所以「居天下膏腴之地」，「築東苑，方三百里，廣睢陽城七十里；大治宮室，爲複道，自宮連屬於平臺三十餘里。得賜天子旌旗，出從千乘萬騎，東西馳獵，擬於天子。出言蹕，入言警，招延四方豪傑，自山以東游說之士，莫不畢至」（注二），而這些游說之士，長於辭令，有行人應對

之才。在戰國時代，則爲縱橫家，當其太平無事，長才不得施展，只好淪爲言語侍從，成爲漢代貴遊文學的先驅，而梁王的菟園，也就成爲日後宮廷專業賦家的搖籃了。

在《史記・梁孝王世家》提到的游說之士，有齊人羊勝、公孫詭、鄒陽之屬。依《西京雜記》所載，羊勝作〈屏風賦〉，公孫詭作〈文鹿賦〉，鄒陽作〈酒賦〉、〈几賦〉，另外還有枚乘作〈柳賦〉，路喬如作〈鶴賦〉，公孫乘作〈月賦〉，都是在「梁孝王遊於忘憂之館，集諸遊士，各使爲賦」(注三)的情況下寫作的。當然這些遊士，未必都是言語侍從，如《史記》就說公孫詭多奇邪計，官至中尉，號稱公孫將軍，還與羊勝使人刺殺袁盎及他議臣十餘人(注四)，看來就不是言語侍從而已。不過，游說之士與言語侍從，原本就難分軒輊，《文心雕龍・時序》便說辭賦「暐燁之奇意，出乎縱橫之詭俗」。他們在梁王聽政餘暇，於忘憂館作賦取樂，罰酒賜帛，不免崇尚辭賦之道，於是梁王菟園就成爲培養賦家之搖籃了。

梁王菟園的賦家不止這些，西漢第一大賦家——司馬相如，也出身於梁王賓客，他的〈子虛賦〉和〈美人賦〉應作於他遊梁之時(注五)。另外，在《漢書・藝文志》列有賦二十四篇的嚴忌，也是梁王的上客(注六)，他的兒子嚴助後來也就成爲武帝的言語侍從，並立有事功(注七)，足見梁王菟園孕育賦家之功。

當然，在漢初招致天下之娛游子弟，並不是始於梁王，也不限於菟園。正如《漢書・地理志下》所說：

漢興，高祖王兄子濞於吳，招致天下之娛游子弟，枚乘、鄒陽、嚴夫子之徒興於文、景之際。而淮南王安亦都壽春，招賓客著書。而吳有嚴助、朱買臣，貴顯漢朝，文辭並發，故世傳楚辭。

但吳王濞因其子被殺，稱疾不朝，圖謀作亂。枚乘、鄒陽、嚴忌諫言不被採納，隨即赴梁，都爲梁王所吸收（注八）。這些娛游子弟的大匯集，才成爲漢一代文學主流的發皇。至於淮南王劉安，雖也有賦八十二篇，其羣臣有賦四十四篇（注九），但這些賦作是不是早於武帝招致言語侍從之時，則不無疑問（注一〇）。再說，他們與後來宮廷專業賦家，缺乏直接的淵源，所以論漢室專業賦家的搖籃，也就非梁王菟園莫屬了。

（二）西漢言語侍從鵲起與辭賦鼎盛於宮廷

梁王武薨於景帝中元六年（西元前一四四年）（注一一），娛游子弟頓失了依恃，辭賦失去了良好的發展環境。言語侍從流離失散，他們不能再在一起切磋，或相互激盪。所幸，漢武帝適時收納了這些漸成專業的賦家，給予更優裕的發展空間，提供更豐富的諷詠題材。

《漢書‧枚乘傳》說：「武帝自爲太子聞乘名，及即位，乘年老，乃以安車蒲輪徵乘，道死，詔問乘子，無能爲文者，後乃得其孼子皋。」可見武帝徵求能文之士，是如何的殷切。這位撰〈七發〉、〈柳賦〉、〈梁王菟園賦〉的枚乘（注一二），沒有接受武帝恩寵的福分，可是他的庶子就成了武帝的言語侍從，「從行至甘泉、雍、河東，東巡狩，封泰山，塞決河宣房，游觀三輔離宮館，臨山澤，弋獵射馭狗馬蹴鞠刻鏤，上有所感，輒使賦之」，而留下可讀的賦一百二十篇，而尤嫚戲不可讀的賦數十篇（注一三）。司馬相如則借狗監楊得意獻〈子虛賦〉，獲得武帝的召見，並再獻〈天子游獵賦〉，而爲言語侍從，後來還拜中郎將，建節往使通西南夷。但他還是安於言語侍從之位，「其進仕宦，未嘗肯與公卿國家之事」（注一四）。依《漢書・藝文志》記載，他死後留下賦二十九篇。嚴忌的兒子嚴助（注一五），也獲得武帝的擢拔，而爲中大夫，在其左右，常「與大臣辯論，中外相應以義理之文，大臣數詘」，乃獲親幸，曾使南越，拜會稽太守，與淮南王安交私論議，可見他有縱橫家的本質。後來淮南王反，受到株連，武帝欲寬貸其罪，但廷尉張湯以爲他「出入禁門，腹心之臣，而外與諸侯交私如此，不誅，後不可治」（注一六），而予以棄市。從所謂「出入禁門，腹心之臣」，就可知其受寵的程度了。

除了梁王菟園出身的司馬相如，及菟園賓客的下一代——枚皋和嚴助之外，武帝還網羅了其他的能文之士。嚴助推薦朱買臣，在召見時「說春秋，言楚詞」，於是爲武帝所悅，拜爲中大夫。後來擔任會稽太守及主爵都尉（注一七），《漢書・藝文志》記其賦三篇。另外，還有吾丘壽王、東方朔、嚴葱奇，都是隨侍武帝左右的言語侍從（注一八）。《漢書・藝文志》列吾丘壽王賦十五篇，嚴葱奇賦十一篇。至於東方朔有〈七諫〉、〈答客難〉，都是辭賦之作。

《漢書・東方朔傳》說：「是時朝廷多賢材，上復問朔：『方今公孫丞相、兒大夫、董仲舒、夏侯始昌、司馬相如、吾丘壽王、主父偃、朱買臣、嚴助、汲黯、膠倉、終軍、嚴安、徐樂、司馬遷之倫，皆辯知閎達，溢于文辭，先生自視，何與比哉？』」可見當時能文之才士濟濟（注一九）。當然我們不能將這些能文之士，一律歸之爲言語侍從。因爲武帝好賦，而自己也作賦（注二〇），風氣所及，那些公卿大臣及儒生也不乏能文善賦者。正如班固〈兩都賦序〉所謂：「言語侍從之臣」固然「朝夕論思，日月獻納」，「公卿大臣：御史大夫倪寬、太常孔臧、太中大夫董仲舒、宗正劉德、太子太傅蕭望之等，時時間作」。依據《漢書・藝文志》著錄，倪寬賦二篇，太常蓼侯孔臧賦二十篇，陽成侯劉德賦九篇，司馬遷賦八篇，蕭望之賦四篇。至於董仲舒，《漢書・藝文志》雖然沒有著錄其賦作，卻在《藝文類聚》可以看到他的〈士不遇賦〉。

從這些公卿大臣都汲汲於作賦，就可知道當時宮廷辭賦之盛了。從司馬相如「其進仕宦，未嘗肯與公卿國家之事」，安於言語侍從之職，以及嚴助等言語侍從大多有事功，在皇帝左右備受優遇，出任官職，職位不低，就可以知道當時言語侍從地位之高了。

武帝之後，昭、宣、元、成，大體承此遺風，因此辭賦歷久不衰，尤其宣帝令王褒「與張子僑等並待詔，數從褒等放獵，所幸宮館，輒爲歌頌，第其高下，以差賜帛」（注二一），完全是貴遊作風。當時待詔金馬門，還有劉向、華龍、柳褒等人，當「太子體不安，若忽忽善忘，不樂」，還「詔使褒等皆之太子宮虞侍太子，朝夕誦讀奇文及所自造作，疾平復，乃歸。」簡直以辭賦奇文爲藥石，太子確也「喜褒所爲〈甘泉〉及〈洞簫頌〉，令後宮貴人左右皆誦讀之。」（注二二）這位太子就是後來的元帝，其在位雅好辭賦，自在意料之中。

成帝也是辭賦的雅好者，從《漢書·揚雄傳》：「孝成帝時，客有薦雄文似相如者，上方郊祠甘泉泰畤、汾陰后土，以求繼嗣，召雄待詔承明之庭。」爾後揚雄有〈甘泉〉、〈河東〉、〈羽獵〉、〈長楊〉諸賦之作，便知此時言語侍從乃爲朝廷所必需，爲帝王所雅好，但貴遊的成分轉淡，歌頌盛德，稱述盛事，以備揚於後世的意味趨濃。賦既非帝王所熱心投入，對言語侍從不再恩寵有加，所以揚雄便有「頗似俳優淳于髡、優孟之徒，非法度所存，賢人君子詩賦之正」的感慨，造成「輟不復爲」的反應（注二三）。

辭賦自武帝以來，既被如此獎倡，言語侍從得以侍帝之左右，於是風起雲湧，鼎盛於朝廷。班固〈兩都賦序〉說：「孝成之世，論而錄之，蓋奏御者千有餘篇」，《漢書·藝文志》列「詩賦百六家，千三百一十八篇」，扣去「歌詩二十八家，三百一十四篇」，以及「屈原賦二十五篇」、「唐勒賦四篇」、「宋玉賦十六篇」、「孫卿賦十篇」、「秦時雜賦九篇」等不是漢人的作品，西漢賦家凡七十三家，作品九百四十篇，其他未被著錄者，更不知凡幾。西漢就在帝王的獎倡下，言語侍從大展長才，給予辭賦廣大的發展空間，也提供強烈的創作動機，辭賦之盛於朝廷，乃其來有自。

(三) 東漢言語侍從沒落與辭賦普及於朝野

言語侍從到東漢就沒落了，因爲帝室侯門對文學的興趣，已產生改變。王莽藉讖緯而篡漢（注二四），光武亦據之而中興（注二五），光武因此特重讖緯，一時公卿大夫莫不善於圖讖。非議圖讖，竟斥爲非聖非法，怒令處斬（注二六）。明帝、章帝也祖述圖緯，於是儒者爭學，兼復附以妖言（注二七）。那些著名的侯王自能詩賦者，也沒有招致言語侍從以遊戲筆墨爲能事（注二八）。章帝以後，都是母后臨朝，幼主卽位，權歸女主，這些女主無不「委事父兄，貪孩童以久其政，抑明賢以專其威」（注二九），都沒有言語侍從專業賦家的生存空間。所以《後漢書》雖立有文苑傳，卻很難找到一個是充任言語侍從的專業賦家。雖然在靈帝時，有樂松、賈護之徒，招集淺陋的文人待制於鴻都門下（注三〇），略具言語侍從的規模，「但眞正有名望的作家卻因世亂而散居各地。其時算得上結納文士的，先是荆州的劉表，然後於鄴下的曹操父子們。劉表以虛譽得官，頗爲一些文人所歸附，但到了曹氏父子得勢，而有名望的作家們又被網羅到鄴下去了。」（注三一）依曹丕的記述，他們「行則連輿，止則接席，何曾須臾相失。每至觴酌流行，絲竹並奏，酒酣耳熱，仰而賦詩」（注三二），又見當年梁孝王於梁園、漢宣帝遊幸宮館的貴遊作風，但時居東漢末葉，辭賦在言語侍從長久的沒落之後，已經產生質變與量變。

「東漢以下雖沒有職業的貴遊文學家，而貴遊文學的作風不但沿襲未改而且擴大普及了。」這是王夢鷗先生所強調的，他還說：「當時名人如班固、傅毅、崔駰、張衡之倫，都是雅擅辭賦的；尤其可觀的是在民間以文學傳授者，幾乎無遠弗屆，而且他們的徒眾，動輒以百千數。」因為：

> 《後漢書》別立〈文苑傳〉，其中被劉勰說到，僅有杜篤、傅毅二人，其餘或自有傳，或則僅見於此者，所為詩賦，數目不少。此外被列入〈儒林傳〉的，如衛宏、趙壹、張升、王延壽、邊讓、酈炎、張超、侯瑾等人，也都有賦頌之類作品。尤其是這夥儒林人物，他們所擁的門徒多至萬人者有張興、牟長、蔡玄、樓望；三千人以上者有張超、曹曾、朱登、魏應；其餘，數百至千餘人者，更是隨在可見。這些教師能名見史傳，當屬眾中佼佼者，等而下之，不見史傳的人師當然更多。儘管他們教學的內容以經術為重，但寫作辭賦亦自是必修的課程。(注三三)

由於辭賦擅場於儒家定於一尊的武帝之世，言語侍從得意於漢帝國鼎盛之時，於是專業賦家依附儒家以求發展，儒者亦運用辭賦以曲達其旨(注三四)，以致辭賦已非言語侍從之專能。在言語侍從失勢之時，辭賦並不因此而銷聲匿跡。這種「暇豫事君」的文學(注三五)，到了不能「暇豫事君」的時候，仍有其自娛娛人的功能，所以仍有廣大的愛好者。職是之故，在東漢已缺乏言語侍從之臣的生存空間，辭賦仍有大肆發展的餘地。只惜《後漢書》沒有藝文志，我們不能據以了解東漢辭賦的盛況，但王夢鷗先生的引證，已足以見其端倪。其實以今可考見的賦家賦作，亦可見其一斑。

何沛雄依嚴可均《全上古三代秦漢三國六朝文》，列《現存漢魏六朝賦作者及篇目》，西漢得二十家四十九篇，東漢則有五十家一百九十篇（注三六）。曹淑娟〈兩漢辭賦總目〉，則列西漢二十四家七十九篇（含佚名四篇），東漢四十三家一百二十九篇（注三七）。由於二家對賦的界定不同，所以數量不一，曹氏包括七類與騷類，何氏除〈七發〉外，七類全被排除，所以西漢部分，何氏少於曹氏所計。可是曹氏總目不含括名列《三國志》的建安七子及楊修、張紘、潘勖、繁欽、丁儀、丁廙、崔琰等人，因此所列東漢賦家及作品就少於何氏。其實，建安七子及楊修等，皆死於東漢建安年間，都該列入東漢。其他，如曹操父子三人八十五篇，何、曹二氏皆未計入，他們的賦大多作於東漢未亡之時，所以東漢賦家及作品，今可考見者，當不止此數。

由這些統計數字，我們已不難看出：東漢雖然缺乏言語侍從這種專業賦家，但賦的作家和作品，卻比言語侍從得意的西漢多得多。東漢朝廷雖然缺乏言語侍從的生存條件，但公卿大臣時有製作，班固、張衡的京都大賦，就傳承了原有特質，不能騁才於朝廷的能文之士，當然不肯埋沒他們的專能，仍用力於體物寫志之作，於是辭賦普及於民間。由於施展的空間不同，服務的讀者不同，不但造成量的擴充，作品的特質也必然產生變異。因時代不同，環境有別，爲迎合時勢需要，辭賦到東漢不論形式或內容都有所不同，是可以理解的。

三、從西漢專業賦家地位看西漢賦的特色

在西漢之世，不論言語侍從或公卿大臣，作賦爲的是：「或以抒下情而通諷諭，或以宣上德而盡忠孝，雍容揄揚，著於後嗣」（注三八），是以帝王爲作品主要的讀者，以朝廷爲作品流通的場所，於是形成以下的特色：

（一）呈現口誦的特色

《漢書・藝文志》說：「傳曰：『不歌而誦謂之賦，登高能賦可以爲大夫。』」所以賦雖非口傳的文學，但它的表現卻是採用口誦的方式。換句話說：賦雖是書面寫作而成，欣賞者卻是用聽覺來領受。至少在西漢的帝室侯門是如此。《漢書・王褒傳》說王褒到太子宮虞侍太子，「朝夕誦讀奇文及所自造作」，太子病癒後，「喜褒所爲〈甘泉〉及〈洞簫頌〉，令後宮貴人左右皆誦讀之。」即可知其端倪。

由於西漢的賦篇奏獻於朝廷，不以目讀而以口誦，所以賦中大量採用基於口語別義需要而衍

生的複音詞；爲增強口誦的音樂效果，大量使用雙聲或疊韻的聯緜詞；爲使口語傳誦生動，不免挖空心思提煉口語中傳神的聲貌形容詞。這些語彙，平時騰之於口舌，自然而流利，生動而貼切，但取之入賦，寫成書面，原無定字，各憑其聲，或假借用之，或再疊加形旁以造新字，於是瑰怪的瑋字就層出不窮了。西漢賦篇瑋字聯邊疊綴，正是口語文學的特色（注三九）。

由於賦是諷誦的文辭，西漢帝王不以目治而以耳聞，所以賦叶韻以求美，不同於一般的文；而且通常採對話的方式，以便誦讀時增添戲劇效果。這些爲尋求口誦美感而採取的形式特色，就成了西漢辭賦所專有或永恆不變的特色。至於提煉自口語的聲貌形容詞，則在辭賦完全淪爲書面文學之後，就不得不沒落了。

(二) 刻意於語文加工

論者都強調辭賦之興，致使文章與學術分途（注四〇），那是因爲言語侍從的辭賦，是講求文辭的華麗壯闊、反正開闔、翻空易奇，以聳人耳目；或以詼詭之筆，寫牢騷之情，表諷諫之旨。不同於學術文字，探求事實之眞，或思想的表達。他們「不以立說爲宗，但以能文爲本」（注四一），這是本於言語侍從的職能。其所以如此，當然是有原因的。

《文心雕龍．詮賦》說：「原夫登高之旨，蓋覩物興情。情以物興，故義必明雅；物以情觀，故詞必巧麗。麗詞雅義，符采相勝，如組織之品朱紫，畫繪之著玄黃，文雖新而有質，色雖糅而有本，此立賦之大體也。」賦原本就有文辭巧麗的要求，加以這些言語侍從，原先就因能文而邀寵，其所以能侍帝左右，卽在於爲文奇巧。所以他們要見重於主上，必須刻意於語文的加工；他們「言務纖密」，所以「寫物圖貌，蔚似雕畫」。及其末流，因競相加工，造成「繁華損枝，膏腴害骨」（注四二）的現象，也就勢所難免。

語言加工是言語侍從脫穎而出的主要手段，文辭巧麗也就成爲專業賦家的專能。其加工求巧，一方面努力鑄造瑋詞，其構辭造語的方法，對後世自有啓示的作用，一方面求音節的和諧與頓挫，而走駢儷之路，爲中國文學開導一派主流，影響不可謂不大。同時，語言藝術的講求，使文章與學術分途，純文學獨立於學術之外，於是文學觀念逐漸明晰，文學理論次第建立。從另方面來說，語言藝術講求的結果，使文章成爲士大夫的專利品，也產生一些專以寫文章爲能事的士大夫，這些在中國文學史上都是不可忽視的大事（注四三）。

(三) 肆其內容的誇張

「暇豫事君」的言語侍從，在漢帝國鼎盛的武、昭、宣、元之世，自然需要謳歌各種享用及禮儀的作品，以宣揚君王的威德，也需要鋪張揚厲的描述，以滿足帝王驕縱狂放的情感。更何況如王充《論衡・藝增》所說的：「俗人好奇，不奇，言不用也。故譽人不增其美，則聞者不快其意；毀人不益其惡，則聽者不愜於心。」（注四四）所以「自天地以降，豫入聲貌，文辭所被，夸飾恆存」（注四五）。辭賦的誇大描述，也就其來有自了。

《文心雕龍・夸飾》對賦的誇誕有所批評：

> 自宋玉景差，夸飾始盛，相如憑風，詭濫愈甚。故〈上林〉之館，奔星與宛虹入軒；從禽之盛，飛廉與鷦鷯俱獲。及揚雄〈甘泉〉，酌其餘波，語瓌奇則假珍於玉樹，言峻極則顛墜於鬼神。至〈東都〉之比目，〈西京〉之海若，驗理則理無不驗，窮飾則飾猶未窮矣。又子雲〈羽獵〉，鞭宓妃以饟屈原；張衡〈羽獵〉，困玄冥於朔野。孌彼洛神，既非罔兩；惟此水師，亦非魑魅；而虛用濫形，不亦疎乎！

當然這些作品，並非全屬西漢；這些作者，也不全是言語侍從，但有一個共同點：這些都爲帝王而作。班固〈兩都賦〉是諫和帝不可去洛陽而就長安；張衡〈二京賦〉是諫天下王侯之踰侈，都是貴遊的傳統。這些作品，當初帝王何以對其詭濫夸飾沒有任何的疑惑或批評？道理很簡單：內心充溢驕奢之情的帝王，要求臣下所奏御的賦，就好像對自己形貌有自憐傾向的人，對專屬攝影師所拍攝的，要求的不是眞，而是美（注四六）。言語侍從的辭賦之作，不論場面的描述，或盛德的形容，如果不誇大增美，如何能快主上之意？又如何能愜君王之心？所以肆其內容的誇張，是辭賦的作者——言語侍臣，爲討好讀者——帝王，所不得不講求的特色，也就難怪「誇張聲貌，則漢初已極，自茲厥後，循環相因」了（注四七）。

（四）寓諷於頌的講求

基於專業賦家的職分，以及西漢評析詩騷充斥諷諭的影響，奏御之賦，無不帶有諷諭的意味（注四八）。不論其諷諭是出於賦家的自覺，或是貴遊文學用以掩護外來攻訐的幌子，每篇奏賦有諷諭的存在，是無法抹殺的事實。不過，俗云：「伴君如伴虎」，言語侍從之臣如不講求諷諭技巧，批逆鱗而觸人主之怒，恐怕就會招致殺身之禍。所以「先出以勸，以中帝欲，待其樂聽，而後徐加諷諭」（注四九），或寓諷於頌的講求，也就成爲言語侍從作品的共同特色。

司馬相如的〈上林賦〉，在極聲貌以鋪敍天子狩獵之後，爲天子狩獵找到最好的理由，所謂「以覽聽餘閒，無事棄日，順天道以殺伐」，但話鋒一轉，恐「後世靡麗，遂往而不反，非所以爲繼嗣創業垂統也。」（注五〇）於是行孟子所謂「與民同樂」之仁政，提出一套漢儒的政治理想。完全藉天子的自覺而命有司興革政事，以透露諷諭之微意。

相如〈哀二世賦〉，指秦二世持身不謹、信讒不寤，其亡國失勢、宗廟滅絕，可爲殷鑒。這是「指著禿子說和尚」的譎諫手法。〈大人賦〉稱中州大人訪仙，其威儀顯赫、氣勢逼人，而神仙之最——西王母，卻「暠然白首，戴勝而穴處兮，亦幸有三足烏爲之使，必長生若此而不死兮，雖濟萬世不足以喜」（注五一），諫武帝不必求仙的諷諭暗示，也十分強烈。以賦體來寫的

〈難蜀父老〉，雖宣明通西南夷之旨，爲武帝覓求正大道理，但藉父老之口，論通西南夷之不當，並再三言百姓之勞，正如譚復堂所說：「力爭上游，言之鑿鑿，終是頌不忘規。」

又如揚雄〈甘泉賦〉，「聊盛言車騎之眾，參麗之駕，非所以感動天地，逆釐三神；又言『屏玉女，卻虙妃』，以微戒齊肅之事」（注五二），〈河東賦〉則因成帝遊古蹟，「思唐虞之風，揚雄「以爲臨川羨魚不如歸而結罔」（注五三），於是藉頌漢德，指陳自興至治之道，正如姚氏所說：「〈上林〉之末，有游乎六藝之囿，及翱翔乎書圃之語。此文法之，借行游爲喻，言天道爲車馬，以六經爲容，行乎帝王之途，何必巡歷山川以爲觀覽乎？」（注五四）則取〈上林〉的諷諭手法。其〈羽獵賦〉，自謂「羽獵田車戎馬器械儲偫禁禦所營，尚泰奢麗誇詡，非堯舜成湯文王三驅之意也。又恐後世復修前好，不折中以泉臺，故聊因校獵以風。」（注五五）在此賦中又言「鞭洛水之宓妃，餉屈原與彭胥」，蓋針對當時趙昭儀之得寵，諫成帝遠女色重賢臣，不敢以古代亡國禍水相擬，而以神女宓妃喻之，庶無譖謗之罪，而收譎諫之效，所以楊慎說：「戰國諷諫之妙，惟司馬相如得之；司馬〈上林〉之旨，惟揚子〈校獵〉得之」（注五六）。至於〈長楊賦〉是因爲要誇示胡人，命民入山，生擒禽獸輸長楊宮，令胡人搏之，揚雄以爲有違農時，藉翰林主人與子墨客卿對談，客卿義正詞嚴，爲民請命，主人爲人主文過飾非，陽咏漢德之盛，陰寓譏時之旨，賦文表面是客卿服主人之論，但正如何焯《義門讀書記》所云：「客卿之談，正論也；主人之言，微辭也。正論多忤，微辭易入，所以爲諷。借客卿口中入正論，此正妙於諷諫處。」

言語侍從之臣既然需要「或以抒下情而通諷諭，或以宣上德而盡忠孝」（注五七），帝王也以為「辭賦大者與古詩同義，小者辯麗可喜」，「有仁義風諭、鳥獸草木多聞之觀」（注五八），諷諭乃成為言語侍從奏賦之所必需，然而要達到「言之者無罪，聞之者足戒」的境地，寓諷於頌就成為他們所講求的技巧，也成為暇豫文學之共同特色。

(五) 披加儒家的外衣

司馬相如〈上林賦〉，藉天子的自覺以行諷諭，寫天子命有司：「地可墾辟，悉為農郊，以贍萌隸，隤牆填塹，使山澤之民得至焉」，即是孟子諫齊宣王「獨樂樂不如眾樂樂」之遺意；其所謂「出德號，省刑罰，改制度，易服色，革正朔，與天下為始」，正是受「五德終始說」影響的漢儒主張。接著又說：

於是歷吉日以齋戒，襲朝服，乘法駕，建華旗，鳴玉鸞，游乎六藝之囿，馳騖乎仁義之塗，覽觀春秋之林，射貍首，兼騶虞，弋玄鶴，舞干戚，載雲罕，揜羣雅，悲伐檀，樂樂胥，修容乎禮園，翱翔乎書圃，述易道，放怪獸，登明堂，坐清廟，恣羣臣，奏得失，四海之內，靡不受獲。

藉雙關語，字面言射獵，而實指文教禮樂，將六藝儒家經典——《春秋》、《詩》(雅)、《樂》、《禮》、《書》、《易》，逐一嵌入；更將《詩》的篇名《騶虞》、〈伐檀〉、〈貍首〉(後一篇爲佚詩)等鑲進其中。也把「仁義」等儒家主張，巧妙融入。全篇以儒家思想爲中心，似是儒者的進言書。其實司馬相如是文士，不是經生，更不是思想家，其作品之所以倡言儒術，完全是披加儒家的外衣，以妥合當時之所需，或做爲保護色。

早在秦始皇在位第三十四年，批准了李斯的建議，而有焚書和學術思想的禁制（注五九），結束了百家爭鳴的時代，此後學術思想幾乎被收攏在統治者的意志之下。文景時代，統治者好黃老之術，則所有學術思想便依附在黃老的名義下求生存，帝王喜愛老子，文士言論必引老子以自重。到漢武帝罷黜百家、獨尊儒術，於是陰陽雜家之說，也都以孔子爲其護身符。漢賦極盛於武帝定儒術於一尊之後，言語侍從之臣奏御賦篇，自然披加儒家的衣冠，並攀附儒家解析古詩所強調的價值，大行其美刺。言語侍從的身分未改，其專屬的讀者不變，其學術思想的壟斷依舊，那麼其賦作，這方面的特色就難有變革，所以披加儒家外衣就成爲西漢專業賦家奏御之賦的共同特色。

四、從東漢專業賦家沒落看東漢賦的變化

到了東漢，言語侍從在朝廷缺乏生存空間，已如前述，作品由於作者身分不同，讀者有所改變，其特色自然有所不同：

（一）漸呈用典的傾向

當專業賦家逞才於朝廷，賦篇以口誦呈現，不以目治閱覽，他們自然刻意於傳神的聲貌描述，以及新語彙的變造（注六〇）。馳騁其想像，鋪張揚厲，以快人耳。口誦的文采，要求音節的抑揚變化，以及巧爲形似之言，以求意象的直接顯現。但到了專業賦家失去了他們的天地，帝王不再是他們的知音，賦篇雖可以逞才，卻不能向帝王邀寵，於是漸成爲發抒感慨或自娛娛人的工具。作品的讀者，不再是驕奢的帝王，而是同受語文訓練的文人墨客，同是飽讀經典的士子才人，他們欣賞賦篇，兼以自治，因此他們大可「以多識前言往行，亦有包於文」（注六一）的方式，以增加美感的「密度」（注六二），以顯示學博才高。《文心雕龍．時序》說：「中興之後，羣才稍改前轍，華實所附，斟酌經辭，蓋歷政講聚，故漸靡儒風者也。」而在《文心雕龍．事類》更確切指出：「至於崔、班、張、蔡，遂捃摭經史，華實布濩，因書立功，皆後人之範式也。」其實「巧爲形似之言」也好，「捃摭經史」也好，都是走語文加工的路子。只是口誦之賦與目治之賦，有兩種不同的講求，形成不同的特色。其特色的演化肇因於言語侍從的起落，卻是其中重要的原因。

當然，這種修辭方式的改變，也是愛奇好異的心理使然，正如蕭子顯《南齊書・文學傳》所說：「習玩為理，事久則黷，在乎文章，彌患凡舊，若無新變，不能代雄。」到了魏晉以後，字有常檢，作家已不能再任意假借形聲製造新字，以求新奇，「便應用換喻或隱喻的修辭法來增益其文辭的刺激力，如果遇到簡單的詞彙，其隱喻性不足以擔負其刻畫的任務時，就要擴充到那隱喻的材料，使其能作更進一步的形容。一個故事的內容比單詞的涵義要複雜得多，而涵蓋面也較廣，所以使用一個故事，縱使內容之某一部分不切合於對象的性態，但仍有其他部分可與相通」（注六三），但這些隱喻材料的使用，其所以能成為溝通的媒介，是建立在對這些材料有共同認知的基礎上，而能有這種認知，是以飽覽經典為其先決條件。在言語侍從奏御辭賦的時代，欣賞他們作品的讀者（實際上是聽眾）——帝王，實際上並不像士子那樣終日與詩文為伍，作者與讀者之間，缺乏共同的認知基礎，做為御用文人也就不敢賣弄這方面材料而肆其發揮了。到了言語侍從沒落之後，賦的作者與讀者，同是長期濡染於語文訓練的讀書人，於是逐漸從「巧為形似之言」的講求，轉到把語意隱藏在典故之下，以求新奇的道路之上。到後來不但著重底層的隱喻，也在表層施展文字抽換和壓縮的花招（注六四），那大體是魏晉以後的事了。但推求其轉變的根由，言語侍從的沒落應是重要的契機。

（二）辭賦影響的普及

江河壅塞，水必氾濫；蟻徑被阻，蟻羣必漫衍擴散。奏賦的利祿之途既開，趨湧者眾，而公卿大臣也運用它以達諷諭之旨，於是辭賦從原本是少數文士的專能，漸成爲士子普遍濡習的項目。後來，奏賦的利祿之途逐漸封閉，言語侍從之臣失去了徜徉的天地，爲了生計，不得不另謀出路。而他們所到之處，總不免施展其看家本領。於是辭賦反而因此更爲普及，作品數量也多於前漢。這一點前已述及，在此不贅。

至於賦家施展看家本領，影響其他的文類，則早見於西漢時期。東方朔的〈答客難〉、〈非有先生論〉，司馬相如的〈難蜀父老〉、〈封禪文〉，王褒的〈四子講德論〉，揚雄的〈解嘲〉、〈解難〉、〈劇秦美新〉，都是賦體浸濡於其他文類的明證（注六五）。風氣所被，東漢時期影響更深。

晉初摯虞《文章流別論》，論賦時說：「夫假象過大，則與類相遠；逸辭過壯，則與事相違；辯言過理，則與義相失，麗靡過美，則與情相悖。」（注六六）王夢鷗先生說：「前引其論賦之言，雖說的是『賦』，但魏晉以下各種文章大略從同，文人不僅使用這方法作賦，同時也用這方法寫作公文書牘以及哀誄碑銘。倘依劉知幾在其《史通．載文篇》的說法，則連史傳的記載也已辭賦化了。從這觀點說來，可知魏晉六朝文體的形成，只是一個『文章辭賦化』的現象。而且這種現象在這一時期，不特先進的辭賦作家，自屈原至於司馬相如、揚雄，無不受到當時文人名士之無窮的企慕，而辭賦的寫作也幾乎變作士流必須用力的一端。他們長期受這風氣的薰陶，辭賦的體式便成爲寫作文章的公式；上以對朝廷，下以應酬朋友，使得公文書牘莫不帶有辭賦的色彩。」（注六七）東漢時期，便是辭賦色彩普遍滲透其他文類的時代，正如臺靜農先生所說，他們「善於軍國書檄之文，這一類體制，最盛行於時代動盪之際，如光武初年、東漢末年，便有許多名文，應時而生；大都反正開闔，翻空易奇，既華麗亦復壯大。」（注六八）華麗壯大是賦的特徵，也是東漢文士文的特徵，盛行於東漢的碑傳文（注六九），更是被賦濡染的文士文最主要的代表。其「體制同史傳文的血緣」，是「顯而易見的，尤在其敍事處，如碑主的家世，官階的陞黜，以及死後哀榮，皆是史傳文的作法」，但這類文章，「純以抽象的句子，鋪張碑主的盛德，至如聖賢一般的人物，這與史傳文以眞實爲準則，大不相同；而兩者的分野在此，兩者的蛻變之跡亦在此。」（注七〇）因此我們似乎可以說：盛行於東漢的碑傳文，與史傳文的分野，在於前者受到辭賦的濡染，它是以賦筆寫史傳文的傑作。辭賦影響廣大而普及，也就由此可見。

(三) 題材擴大篇幅縮小

劉大杰分析魏晉賦之特色有四，其中有「篇幅短小」和「題材擴大」兩項，稱「短賦在漢代張衡、王逸、蔡邕諸人的集子裏，雖然有了，但究竟不是普遍的形式，到了魏晉，短賦成爲主體了。」又說：「漢賦的題材，大都以宮殿遊獵山川京城爲主體，東漢以後，雖稍有轉變，然其範圍亦極狹小。到了魏晉，隨著詩歌的廣大範圍，賦也跟著擴展了。」（注七一）其中謂賦隨著詩歌而擴展範圍，當然不無可議。因爲究竟是詩影響賦，或賦影響詩，仍有商榷的餘地。至於劉氏所談兩項特徵，則無不肇始於東漢。

其實，西漢賦已不乏短篇。《西京雜記》所見梁園賓客的賦作，其眞僞或不無可疑，我們就暫且不談它。司馬相如的〈哀二世賦〉不及二百字（注七二），其〈美人賦〉及揚雄〈河東賦〉、〈太玄賦〉、〈逐貧賦〉、〈解難〉，都是不及五百字的短篇（注七三）。當然，就西漢而言，今所見者，長篇鉅作多於短小精練者。因奏御之賦，非鋪張揚厲不足以滿足帝王的驕奢情感，而且言語侍從奉命奏賦，繳交短篇，不免有敷衍之嫌。若是抒情之作，或暇豫卽興之作，便無此顧忌，所以在東漢言語侍從沒落之後，短賦就相對多了起來，以張衡爲例，其〈二京賦〉、〈南都賦〉、〈思玄賦〉固然是長篇，其〈歸田賦〉、〈髑髏賦〉、〈冢賦〉、〈溫泉賦〉，都是不及兩百五十字的短篇。

篇幅之大小，也與題材有關，寫宮殿遊獵山川京都，非長篇鉅製不足以描述；登臨、悼亡、遊仙、述懷、詠物，就不必鋪陳事物，篇幅自然趨於短小。論者或以此爲魏晉賦之特色，其實只是承東漢之餘緒，更爲顯著而已。蓋東漢在言語侍從沒落之後，少有奏御之賦，而多感懷之作，卽或「傲雅觴豆之前，雍容衽席之上，灑筆以成酣歌，和墨以藉談笑」（注七四）含貴遊性質的作品，也在「觴酌流行，絲竹並奏，酒酣耳熱」之時，完成作品，是不可能寫長篇鉅作的。

職是之故，東漢之際，賦的題材逐漸擴大，篇章則逐漸縮小，也就不難理解了。

(四)漸趨情感化個性化

由於賦家本身的職能，以及漢代評析詩騷充斥諷諭的影響(注七五)，漢人作賦幾乎都有所興寄或諷諭。但西漢言語侍從之臣的諷諫，無不披儒家外衣，依附聖人以自重，或扳起面孔說聖賢之道，或寓諷於頌述仁人之心，莫不折衷法度，標舉禮義。但在言語侍從沒落之後，賦家寫賦不再專為帝王而作，於是他們可以不再披儒家外衣，而表現個人感情，劉大杰描述魏晉賦的個性化和情感化：「大家都會感到在那些文字裏，作家的個性非常分明，情感也極其真實，他們或是表現人生的理想，或是反映現實的生活，或是歌誦道家的哲學，或是描寫自己的命運，或是敘述田園山水的樂趣，無論怎樣，他們是在抒寫自己的胸懷，發洩著自己的情感，分明地表現著作者的個性。」(注七六)其實在西漢也有寫個人感情的作品，或悲屈原之不遇，如賈誼之〈惜誓〉、〈弔屈原賦〉，嚴忌〈哀時命〉，東方朔〈七諫〉，王褒〈九懷〉，劉向〈九歎〉，揚雄〈反離騷〉，率多悼屈原以自傷；也有反映自身之不遇的，如賈誼〈鵩鳥賦〉，董仲舒〈士不遇賦〉，司馬遷〈悲士不遇賦〉，東方朔〈答客難〉，揚雄〈解嘲〉、〈解難〉。到了東漢，反映個人情志或遭遇的賦，就更多了。如馮衍〈顯志賦〉，班固〈幽通賦〉，張衡〈思玄賦〉、〈歸田賦〉、〈髑髏賦〉，蔡邕〈述行賦〉，趙壹〈刺世疾邪賦〉，禰衡〈鸚鵡賦〉，王粲〈登樓賦〉等幾篇的賦篇，似乎就具備了劉氏所說魏晉賦內容的項目。

漢人作賦，或直陳、或譎諫、或託諷、或隱喻，由於作者身分不同，面對不同層次的讀者，便用了不同的手法，不同的人生態度，去處理作品素材，寄寓其深意。身爲言語侍從，基於本身的職分，以及「賦者古詩之流也」的體認，以爲諷諫是賦所必需的；而非言語侍從，寫賦以抒其感慨，仍將施其故技，在賦的底層有所寄寓或宣洩。只是言語侍從之臣面對帝王，乃訴諸理性，寓諷於頌，遂其嚴肅的諷諫使命；非言語侍從面對同好，則訴諸感性，遂其感情的發抒。動機有異，作品的內容、表現的情感，自然有所不同。所以東漢言語侍從沒落之後，賦篇的個性化與情感化，就逐漸顯現了。

（五）浮現道家出世思想

言語侍從之臣奏御之賦，一方面因爲朝廷獨尊儒術，他們也就依附聖賢之說以自重，披加儒家之外衣；另方面也因諷諫帝王，自然是諫其勤政愛民、積極入世，因此充滿了儒家的色彩。公卿大臣獻賦，自是基於諷諫的需要。所以言語侍從鵲起之後，西漢之賦多爲傳揚儒家學說的工具，揚雄在不得志之時，〈解嘲〉抒憤懣之氣，〈太玄賦〉倡言「疾身歿而名滅，豈若師由聃兮，執玄靜于中谷」，雖皆不失儒家立場，但已開思想轉變之端緒（注七七）。

言語侍從沒落之後，文人之不遇，更甚於往昔，加以他們不必披借儒家的外衣，也不擔負諷諫帝王之使命，在進不能淑世致用之時，不免退而求通透達觀以自解，於是「老聃貴玄，孔子知命，彭祖養壽，以及莊子之眞人、至人之境，皆是賦家立爲嚮慕之典型」（注七八），如馮衍〈顯志賦〉：「嘉孔丘之知命兮，大老聃之貴玄……夫莊周之釣魚兮，辭卿相之顯位，於陵子之灌園兮，似至人之髣髴，蓋隱約而得道兮，羌窮悟而入術」便是。再如崔篆〈慰志賦〉：「恨遭閉而不隱兮，違石門之高蹤，揚蛾眉于復闕兮，犯孔戒之冶容……聊優游以永日兮，守姓命以盡齒，貴啟體之全歸兮，庶不忝乎先子。」（注七九）雖非不能爲時用，也出現相似的出世之想。

張衡在不順意時，也呈現出世之想，〈歸田賦〉在寫其盤遊至樂之後，說他「感老氏之遺誡，將廻駕乎蓬廬。彈五絃之妙指，詠周孔之圖書……苟縱心於物外，安知榮辱之所知。」他甚至將《莊子・至樂》見空髑髏的寓言，改寫成爲〈髑髏賦〉，以見莊子之髑髏，闡發其出世理念：「死爲休息，生爲役勞。冬水之凝，何如春冰之消？榮位在身，不亦輕于塵毛？飛風曜景，秉尺持刀，巢許所恥，伯成所逃。況我已化，與道逍遙……堯舜不能賞，桀紂不能刑，虎豹不能害，劍戟不能傷。與陰陽同其流，與元氣合其樸。以造化爲父母，以天墜（地）爲牀褥。以雷電爲鼓扇，以日月爲燈燭。以雲漢爲川池，以星宿爲珠玉。合體自然，無情無欲。」（注八〇）這些都不是言語侍從奏御之賦所能言。作者身分與讀者對象有所不同，於是有了不同的人生態度，運用不同的表現手法，造成作品的不同特色，由此可見一斑。

五、結語

漢賦一向被認爲是貴遊文學的代表，是一批「暇豫事君」的言語侍從之臣，在宮廷「朝夕論思，日月獻納」的產物。其實，漢賦貴遊作風雖緜延久遠，但言語侍從早在東漢就失去了他們可以依附的生存空間。本文乃探討其鵲起與沒落的現象及原因，藉以觀察兩漢辭賦的種種特色，以及演化的現象。於是：漢賦何以有那麼多瑰怪的瑋字？賦家何以刻意於語文的加工？賦描述的場景何以如此夸誕？何以都十分講求寓諷於頌的技巧？何以皆披加儒家的外衣以諷諫？後來又何以漸呈用典傾向？東漢以後的賦何以題材擴大、篇幅變小？何以有情感化個性化的趨勢？何以逐漸浮現道家出世之想？這些問題竟都可以從言語侍從之臣的興衰，得到相當合理的解釋，所以相信這該是一個值得提出的觀察角度。從這個角度加以剖析，可使我們很合理地詮釋漢賦的某些現象與特質，以尋求客觀評估其影響與價值的途徑。

當然，本文所做的觀察與詮釋，並未臻於圓融。任何單一角度的觀察，不論就理論而言，或就事實來說，都是難以面面俱到，有所見也會有所蔽。同時，某種現象的產生，原因都可能是多方面的。不過有關文學史的研究，一個新角度的提出，只要對當時文學生態的了解有所助益，就有它的價値。所以不揣鄙陋，做拋磚引玉的工作，希望引起更多的回響與探討，以期揭開漢賦的僵硬外殼，去體察那段燦爛的生命歷程。

注　釋

注　一：《文心雕龍・詮賦》：「荀況〈禮〉、〈智〉，宋玉〈風〉、〈釣〉，爰錫名號，與詩畫境，六義附庸，蔚成大國。」

注　二：見《史記・梁孝王世家》。

注　三：見《西京雜記》卷三。各家賦作亦見於唐人類書，如〈屏風賦〉亦見於《初學記》卷二五，〈酒賦〉亦見於《初學記》卷一〇及卷二六，〈柳賦〉見於《初學記》卷二八，〈月賦〉見於《初學記》卷一。各賦亦爲《文選注》所徵引。

注　四：同注二。

注　五：司馬相如遊梁，見於《史記》及《漢書》本傳，〈子虛賦〉之寫作年代，史傳已明言，至於是否爲今所見之文，請見拙作〈子虛上林賦研究〉（《中華學苑》十九期，民國六十六年，國立政治大學中國文學研究所出版）；〈美人賦〉之作者原本多有爭議，有關考證請見拙作〈美人賦辨證〉（《大陸雜誌》四十六卷一期，民國六十二年出版）。二文今皆收入本書。

注　六：嚴忌游梁，見《史記・司馬相如列傳》及《漢書・鄒陽傳》。

注　七：嚴助，見《漢書・嚴朱吾丘主父徐嚴終王賈傳》，《漢書・藝文志》列其賦三十五篇，已堪稱專業賦家。

注　八：見《漢書・鄒陽傳》及《漢書・枚乘傳》。

注　九：見《漢書・藝文志》。

注一〇：依《史記・淮南衡山王列傳》，劉安受封於文帝十六年（西元前一六四年），下獄自殺於武帝元狩元年（西元前一二二年）。

注一一：見於《史記・漢興以來諸侯年表》。其世家亦云卒於梁王三十五年（卽中元六年）。

注一二：依《漢書・藝文志》枚乘賦九篇。

注一三：見《漢書・賈鄒枚路傳》。枚臯之賦，今已不存。

注一四：見《史記・司馬相如列傳》，亦見於《漢書・司馬相如傳》。

注一五：《漢書》有傳，一說爲其族子。

注一六：見《漢書・嚴助傳》。

注一七：見《漢書・朱買臣傳》

注一八：《漢書・嚴助傳》：「武帝善助對，繇是獨擢助爲中大夫。後得朱買臣、吾丘壽王、司馬相如、主父偃、徐樂、嚴安、東方朔、枚臯、膠倉、終軍、嚴葱奇，並在左右……上令助等與大臣辯論，中外相應以義理之文，大臣數詘。尤親幸者，東方朔、嚴助、吾丘壽王、司馬相如。相如常稱疾避事。朔、臯不根持論，上頗俳優畜之。惟助與壽王見用，而助最先進。」大體將十一人同列爲言語侍從之列。〈兩都賦序〉所列言語侍從。《漢書》除司馬相如、東方朔各有傳，劉向入〈楚元王傳〉外，都同列於卷六十四此傳。可見主父偃、徐樂、嚴安、膠倉、終軍，同爲武帝言語侍從，惟數人於《漢書・藝文志》未列入賦家，故在此暫且不論。

注一九：《漢書・東方朔傳》所列人物，與《漢書》卷六十四所列之人物相合，惟王褒和賈捐之不是武帝時人，所以不在其中。因此其中雖有徐樂、嚴安、終軍，於《漢書・藝文志》中未著錄其賦，但皆爲言語侍從之流，殆無可疑。

注二〇：今見武帝有〈李夫人賦〉（見於《漢書・外戚傳》）及〈秋風辭〉（見於《文選》），《漢書・藝文志》有「上所自造賦二篇。」顏師古注曰：「武帝也。」

注二一：見《漢書・王褒傳》。

注二二：同注二一。據《漢書・藝文志》劉向賦三十三篇，張子僑賦三篇，華龍賦二篇，王褒賦十六篇。

注二三：見《漢書・揚雄傳》。言語侍從頗似俳優，乃其來有自，如武帝時便有此現象，《漢書・嚴助傳》所謂：「朔、皋不根持論，上頗俳優畜之。」但那是東方朔、枚皋的滑稽作爲使然，於嚴助、吾丘壽王、司馬相如皆不是如此，揚雄是經生，竟以辭賦侍左右，而所諫未被見重，乃有此感慨。

注二四：王莽於未篡之時，因欲達目的而喜符命，既篡之後，因已達目的而厭符命，故先獻者皆得封侯，後獻者或遭誅戮，詳見《漢書・王莽傳》。

注二五：光武得赤伏符，羣臣卽勸其應天，見《後漢書・光武紀》。他也以西狩獲麟讖折服公孫述，見《後漢書・公孫述傳》。

注二六：見《後漢書・桓譚傳》。

注二七：呂凱《鄭玄之讖緯學》頁四八，民國六十三年七月，政大中文研究所博士論文。

注二八：如光武之子東平憲王劉蒼，作有〈光武受命中興頌〉，死後留有賦頌。見《後漢書・東平憲王蒼傳》。

注二九：《後漢書・后紀》：「東京皇統屢絕，權歸女主，外立者四帝，臨朝者六后，莫不定策帷帟，委事父兄，貪孩童以久其政，抑明賢以專其威。」外立者，安、質、桓、靈四帝；臨朝者，章帝竇皇后、和帝鄧皇后、安帝閻皇后、順帝梁皇后、桓帝竇皇后、靈帝何皇后。章帝崩後，和帝即位年方十歲；殤帝繼和帝誕育方百餘日；安帝繼殤帝立，年十三；北鄉侯懿繼安帝立，誕育方百餘日，立二百餘日，不及改元而薨；順帝立，年十一；沖帝繼順帝立，年僅二歲；質帝繼沖帝立，年僅八歲；桓帝繼質帝立，年十五；靈帝繼桓帝立，年十二；皇子辯繼靈帝立，年十七，皆太后臨朝。

注三〇：《後漢書・蔡邕傳》：「初帝好學，自造《皇羲篇》五十章，因引諸生能爲文賦者，本頗以經學相招，後諸爲尺牘及工書鳥篆者，皆加引召，遂至數十人。侍中祭酒樂松、賈護多引無行趣勢之徒，並待制鴻都門下，憙陳閭里小事，帝甚悅之，待以不次之位。」

注三一：見王夢鷗先生〈漢魏六朝文體變遷之一考察〉（見《中央研究院歷史語言研究所集刊》第五十本第二分）頁三九三。

注三二：見《文選・魏文帝與吳質書》。

注三三：以上同注三一，頁三九二—三九三。

注三四：詳見拙作〈漢代賦家與儒家之淵源〉，刊載於《孔孟學報》三十九期，民國六十九年四月出版，亦收入《漢賦源流與價值之商榷》，民國六十九年十二月出版。

注三五：《文心雕龍・雜文》稱宋玉〈對問〉、枚乘〈七發〉、揚雄〈連珠〉爲「暇豫之末造」。「暇豫」出於《國語・晉語二》，優施自謂「暇豫事君」。

注三六：見何沛雄《漢魏六朝賦家論略》頁七三—七九，民國七十五年六月初版，學生書局。

注三七：見曹淑娟《漢賦之寫物言志傳統》頁二三—三六，民國七十六年八月出版，文津出版社。

注三八：班固〈兩都賦序〉。

注三九：此項見解，本人已多所陳述，而於〈漢賦瑋字源流考〉（刊於《國立政治大學學報》三十六期，民國六十七年十二月出版，亦收入《漢賦源流與價值之商榷》），考證最詳。

注四〇：如王夢鷗先生〈從士大夫文學到貴遊文學〉（刊於《文季》第一期，頁十，民國六十二年八月出版）即列此爲貴遊文學之影響。

注四一：蕭統《文選序》說明他選文時，說：「老莊之作，管孟之流，以立意爲宗，不以能文爲本。」所以就略而不選，即嚴分文章與學術。

注四二：本段以上引號內之文字，皆出於《文心雕龍・詮賦》。

注四三：同注四〇。

注四四：見《新編諸子集成》第七册《論衡》頁八三（民國六十七年七月，世界書局出版）。

注四五：見劉勰《文心雕龍・夸飾》。

注四六：這或許該說是人的通病，無關於驕奢之情與自憐傾向。拍照的人把自己照得好看，就說照得好；照得很清楚而不好看，就一定不喜歡那照片，實爲人之常情。帝王何不然？

注四七：見《文心雕龍・通變》。

注四八：詳見拙作〈漢賦文學思想源流〉（刊於《國立政治大學學報》三十七、三十八期，民國六十七年十二月出版，亦收入《漢賦源流與價值之商榷》）。

注四九：程大昌《雍錄》，論〈上林賦〉之所作。

注五〇：皆見〈上林賦〉。

注五一：見〈大人賦〉。

注五二：見《漢書・揚雄傳》。

注五三：同注五二。

注五四：見姚鼐《古文辭類纂・辭賦類七》。

注五五：同注五二。

注五六：見《丹鉛雜錄》卷八。

注五七：班固〈兩都賦序〉。

注五八：漢宣帝之言，見《漢書・王褒傳》。

注五九：見《史記・秦始皇本紀》。

注六〇：其例請見拙作〈漢賦瑋字源流考〉。同注三九。

注六一：見《文心雕龍・事類》。

注六二：此取余光中先生的語彙。余先生在〈剪掉散文的辮子〉，提到「密度」，謂「在一定的篇幅中（或一定的字數內）滿足讀者對於美感要求的份量。份量越重，密度越大。」見《逍遙遊》頁三九，民國七十三年三月，時報出版公司出版。

注六三：同注三一，頁四一三—四一四。

注六四：其例詳見王夢鷗先生的〈漢魏六朝文體變遷之一考察〉，同注三一，頁四〇四—四一二。

注六五：以上所列，《文選》歸於「設論」、「論」、「檄」、「符命」各類，《古文辭類纂》則多歸於「辭賦類」。本文稱賦體，大體就文章形式特色而言，如「永明體」之類；稱文類，多就內容而分，如「哀祭類」之類。歷來討論文體，頗多糾結。徐復觀則以Literary genre爲文類，以文體爲風格。

注六六：見《藝文類聚》卷五十六。

注六七：見王夢鷗先生〈貴遊文學與六朝文體的演變〉，收入《古典文學論探索》頁一一八，民國七十三年，正中書局出版。

注六八：見其〈論兩漢散文的演變〉刊於《大陸雜誌》五卷六期，民國四十一年九月出版。

注六九：葉昌熾《語石》卷一云：「東漢以後，門生故吏，爲其府主，伐石頌德，徧於鄉邑。」《文心雕龍・誄碑》云：「自後漢以來，碑碣雲起。」

注七〇：同注六八。

注七一：以上兩段文字，見《中國文學發展史》頁一五五—一五六，民國六十六年五月版，華正書局。

注七二：依《史記》爲一百五十八字，依《漢書》爲一百二十三字。

注七三：其〈溫泉賦〉僅一百一十一字，其他〈羽獵賦〉、〈定情賦〉、〈舞賦〉、〈扇賦〉、〈鴻賦〉皆已殘，以今所見，率爲短篇。

注七四：《文心雕龍・時序》。

注七五：同注四八，頁一一二—一一八。

注七六：同注七一，頁一五六—一五七。

注七七：拙作《司馬相如揚雄及其賦之研究》自刊本，頁二七〇—二七一，及二八八已有所評述，民國六十四年十二月出版。

注七八：同注三七，頁九六。

注七九：崔篆於王莽時，以郡文學舉步兵校尉，投劾歸，後爲建新大尹，到官稱疾去。建武初，舉賢良，辭歸不仕。此賦作於建武年間，並非不遇，但亦見同類思想。

注八〇：依嚴可均所輯《全上古三代秦漢三國六朝文》，「飛風曜景，秉尺持刀」二句，從《文選・郭泰機贈傅咸詩・注》補。

滄海叢刊書目（一）

國學類

中國學術思想史論叢㈠～㈧	錢　穆　著
現代中國學術論衡	錢　穆　著
兩漢經學今古文平議	錢　穆　著
宋代理學三書隨劄	錢　穆　著

哲學類

國父道德言論類輯	陳立夫　著
文化哲學講錄㈠～㈤	鄔昆如　著
哲學與思想	王曉波　著
內心悅樂之源泉	吳經熊　著
知識、理性與生命	孫寶琛　著
語言哲學	劉福增　著
哲學演講錄	吳　怡　著
後設倫理學之基本問題	黃慧英　著
日本近代哲學思想史	江日新　譯
比較哲學與文化㈠㈡	吳　森　著
從西方哲學到禪佛教——哲學與宗教一集	傅偉勳　著
批判的繼承與創造的發展——哲學與宗教二集	傅偉勳　著
「文化中國」與中國文化——哲學與宗教三集	傅偉勳　著
從創造的詮釋學到大乘佛學——哲學與宗教四集	傅偉勳　著
中國哲學與懷德海	東海大學哲學研究所主編
人生十論	錢　穆　著
湖上閒思錄	錢　穆　著
晚學盲言(上)(下)	錢　穆　著
愛的哲學	蘇昌美　著
是與非	張身華　譯
邁向未來的哲學思考	項退結　著
逍遙的莊子	吳　怡　著
莊子新注（內篇）	陳冠學　著
莊子的生命哲學	葉海煙　著

墨子的哲學方法	鐘友聯 著
韓非子析論	謝雲飛 著
韓非子的哲學	王邦雄 著
法家哲學	姚蒸民 著
中國法家哲學	王讚源 著
二程學管見	張永儁 著
王陽明——中國十六世紀的唯心主義哲學家	張君勱原著、江日新中譯
王船山人性史哲學之研究	林安梧 著
西洋百位哲學家	鄔昆如 著
西洋哲學十二講	鄔昆如 著
希臘哲學趣談	鄔昆如 著
近代哲學趣談	鄔昆如 著
現代哲學述評㈠	傅佩榮編譯
中國十九世紀思想史(上)(下)	韋政通 著
存有・意識與實踐——熊十力《新唯識論》之詮釋與重建	林安梧 著
先秦諸子論叢	康端正 著
先秦諸子論叢（續編）	康端正 著
周易與儒道墨	張立文 著
孔學漫談	余家菊 著
中國近代哲學思想的展開	張立文 著
近代哲學趣談	鄔昆如 著
現代哲學趣談	鄔昆如 著

宗教類

天人之際	李杏邨 著
佛學研究	周中一 著
佛學思想新論	楊惠南 著
現代佛學原理	鄭金德 著
絕對與圓融——佛教思想論集	霍韜晦 著
佛學研究指南	關世謙 譯
當代學人談佛教	楊惠南編著
從傳統到現代——佛教倫理與現代社會	傅偉勳主編
簡明佛學概論	于凌波 著
修多羅頌歌	陳慧劍 著

禪話　周中一　著

自然科學類

異時空裡的知識追求
——科學史與科學哲學論文集　傅大爲　著

社會科學類

中國古代游藝史
——樂舞百戲與社會生活之研究　李建民　著
憲法論叢　鄭彥棻　著
憲法論衡　荊知仁　著
國家論　薩孟武　譯
中國歷代政治得失　錢　穆　著
先秦政治思想史　梁啟超原著、賈馥茗標點
當代中國與民主　周陽山　著
釣魚政治學　鄭赤琰　著
政治與文化　吳俊才　著
中國現代軍事史　劉　馥著、梅寅生　譯
世界局勢與中國文化　錢　穆　著
海峽兩岸社會之比較　蔡文輝　著
印度文化十八篇　糜文開　著
美國的公民教育　陳光輝　譯
美國社會與美國華僑　蔡文輝　著
文化與教育　錢　穆　著
開放社會的教育　葉學志　著
經營力的時代　青野豐作著、白龍芽　譯
大眾傳播的挑戰　石永貴　著
傳播研究補白　彭家發　著
「時代」的經驗　汪　琪、彭家發　著
書法心理學　高尚仁　著
清代科舉　劉兆璸　著
排外與中國政治　廖光生　著
中國文化路向問題的新檢討　勞思光　著
立足臺灣，關懷大陸　韋政通　著
開放的多元化社會　楊國樞　著
臺灣人口與社會發展　李文朗　著

日本社會的結構	福武直原著、王世雄 譯
財經文存	王 作 榮 著
財經時論	楊 道 淮 著

史地類

古史地理論叢	錢 穆 著
歷史與文化論叢	錢 穆 著
中國史學發微	錢 穆 著
中國歷史研究法	錢 穆 著
中國歷史精神	錢 穆 著
憂患與史學	杜 維 運 著
與西方史家論中國史學	杜 維 運 著
清代史學與史家	杜 維 運 著
中西古代史學比較	杜 維 運 著
歷史與人物	吳 相 湘 著
共產國際與中國革命	郭 恒 鈺 著
抗日戰史論集	劉 鳳 翰 著
盧溝橋事變	李 雲 漢 著
歷史講演集	張 玉 法 著
老臺灣	陳 冠 學 著
臺灣史與臺灣人	王 曉 波 著
變調的馬賽曲	蔡 百 銓 譯
黃　帝	錢 穆 著
孔子傳	錢 穆 著
宋儒風範	董 金 裕 著
弘一大師新譜	林 子 青 著
精忠岳飛傳	李 安 著
唐玄奘三藏傳史彙編	釋 光 中 編
一顆永不殞落的巨星	釋 光 中 著
新亞遺鐸	錢 穆 著
困勉強狷八十年	陶 百 川 著
我的創造・倡建與服務	陳 立 夫 著
我生之旅	方 治 著

語文類

文學與音律	謝 雲 飛 著

中國文字學　潘重規 著
中國聲韻學　潘重規、陳紹棠 著
詩經研讀指導　裴普賢 著
莊子及其文學　黃錦鋐 著
離騷九歌九章淺釋　繆天華 著
陶淵明評論　李辰冬 著
鍾嶸詩歌美學　羅立乾 著
杜甫作品繫年　李辰冬 著
唐宋詩詞選——詩選之部　巴壺天 編
唐宋詩詞選——詞選之部　巴壺天 編
清真詞研究　王支洪 著
苕華詞與人間詞話述評　王宗樂 著
元曲六大家　應裕康、王忠林 著
四說論叢　羅盤 著
漢賦史論　簡宗梧 著
紅樓夢的文學價值　羅德湛 著
紅樓夢與中華文化　周汝昌 著
紅樓夢研究　王關仕 著
中國文學論叢　錢穆 著
牛李黨爭與唐代文學　傅錫壬 著
迦陵談詩二集　葉嘉瑩 著
翻譯散論　張振玉 著
西洋兒童文學史　葉詠琍 著
一九八四　George Orwell 原著　劉紹銘 譯
文學原理　趙滋蕃 著
文學新論　李辰冬 著
分析文學　陳啟佑 著
解讀現代、後現代
——文化空間與生活空間的思索　葉維廉 著
中西文學關係研究　王潤華 著
魯迅小說新論　王潤華 著
比較文學的墾拓在臺灣　古添洪、陳慧樺主編
從比較神話到文學　古添洪、陳慧樺主編
神話卽文學　陳炳良等譯
現代文學評論　亞菁 著
現代散文新風貌　楊昌年 著

現代散文欣賞	鄭明娳 著
實用文纂	姜超嶽 著
增訂江皋集	吳俊升 著
孟武自選文集	薩孟武 著
藍天白雲集	梁容若 著
野草詞	韋瀚章 著
野草詞總集	韋瀚章 著
李韶歌詞集	李 韶 著
石頭的研究	戴 天 著
留不住的航渡	葉維廉 著
三十年詩	葉維廉 著
寫作是藝術	張秀亞 著
讀書與生活	琦 君 著
文開隨筆	糜文開 著
印度文學歷代名著選(上)(下)	糜文開編著
城市筆記	也 斯 著
歐羅巴的蘆笛	葉維廉 著
移向成熟的年齡1987～1992詩	葉維廉 著
一個中國的海	葉維廉 著
尋索：藝術與人生	葉維廉 著
山外有山	李英豪 著
知識之劍	陳鼎環 著
還鄉夢的幻滅	賴景瑚 著
葫蘆・再見	鄭明娳 著
大地之歌	大地詩社 編
往日旋律	幼 柏 著
鼓瑟集	幼 柏 著
耕心散文集	耕 心 著
女兵自傳	謝冰瑩 著
抗戰日記	謝冰瑩 著
給青年朋友的信(上)(下)	謝冰瑩 著
冰瑩書柬	謝冰瑩 著
我在日本	謝冰瑩 著
大漢心聲	張起鈞 著
人生小語(一)～(四)	何秀煌 著
記憶裏有一個小窗	何秀煌 著

回首叫雲飛起	羊令野 著
康莊有待	向陽 著
湍流偶拾	繆天華 著
文學之旅	蕭傳文 著
文學邊緣	周玉山 著
文學徘徊	周玉山 著
種子落地	葉海煙 著
向未來交卷	葉海煙 著
不拿耳朵當眼睛	王讚源 著
古厝懷思	張文貫 著
材與不材之間	王邦雄 著
忘機隨筆	王覺源 著

美術類

音樂人生	黃友棣 著
樂圃長春	黃友棣 著
樂苑春回	黃友棣 著
樂風泱泱	黃友棣 著
樂境花開	黃友棣 著
音樂伴我遊	趙琴 著
談音論樂	林聲翕 著
戲劇編寫法	方寸 著
戲劇藝術之發展及其原理	趙如琳譯著
與當代藝術家的對話	葉維廉 著
藝術的興味	吳道文 著
根源之美	莊申 著
扇子與中國文化	莊申 著
水彩技巧與創作	劉其偉 著
繪畫隨筆	陳景容 著
素描的技法	陳景容 著
建築鋼屋架結構設計	王萬雄 著
建築基本畫	陳榮美、楊麗黛 著
中國的建築藝術	張紹載 著
室內環境設計	李琬琬 著
雕塑技法	何恆雄 著
生命的倒影	侯淑姿 著
文物之美——與專業攝影技術	林傑人 著